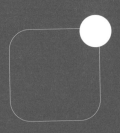

From Interest to Taste

以文藝入魂

讓過去成為此刻 臺灣白色恐怖小說選

胡淑雯 童偉格 主編

卷二 眾聲歸來

朱天心
李 昂
楊 照
藍博洲
陳垣三
黃 凡
東 年
黃崇凱

目次

◎序

寫在《讓過去成為此刻：臺灣白色恐怖小說選》出版前

國家人權博物館館長　陳俊宏

在臺灣邁向民主的道路上，滿布著人們的受苦、抵抗與勝利的故事，這些故事曾經被忽略，甚至已被遺忘；如今，為了確保這些故事能被我們的後代與世界聆聽、記憶並流傳，歷經多年的籌備，國家人權博物館終於在二〇一八年正式成立，下轄白色恐怖綠島、景美紀念園區，將歷史傷痕遺址轉化為紀念的地景。做為亞洲第一座結合歷史遺址，闡述威權統治斲傷人權歷史的博物館，國家人權博物館肩負著重要的使命與任務。我們期許人權館能成為面向臺灣歷史與民主人權的「觀景窗」，從博物館這個小窗望出去的風景，既能像顯微鏡頭一般，瞥見歷史最微小陰霾的角落，又能轉場成為廣角鏡頭，以啟發性與多元思考，拓展民主、人權的開闊視野。在此，我們將得以讓一代又一代的臺灣人持續追問、辯論與創造，去思考自己想打造什麼樣的社會、想成為什麼樣的公民。

轉型正義做為文化反省運動

如何克服過去的歷史傷痛，將過去的負債轉化為未來的共同資產，是轉型正義的重要目標，也是人權館當前的重要任務之一。如何讓白色恐怖斲傷人權的歷史成為社會的集體記憶，讓過去所發生的「永遠不再」發生，我們除了體認威權統治時期國家暴力對人性尊嚴的侵害，同情受難者的遭遇之外，更需反省體制性暴力的本質，時時提醒著我們，民主不能走回頭路，不能再重蹈覆轍。因此，轉型正義的工作不只是加害者與被害者之間有關究責與賠償的問題，也不只是法律與制度的改革，而是臺灣社會必須互相對話學習、共同嚴肅面對的一場文化反省運動，藉助對過去的反省來建立民主文化。唯有對過去錯誤加以理解、以及基於理解而來的反省，才是防止暴政在未來再度發生的重要機制。

在這樣的信念驅使下，人權館持續嘗試透過文化介入的方式，邀請社會各界透過藝術媒介共同參與對話，藉由直視過去，尋找未來的道路。南非憲法法院前大法官奧比・薩克思（Albie Sachs）曾經在參訪人權館後，分享南非透過藝術媒介打開對話空間的經驗，他甚至認為藝術是南非「後種族隔離時代」中最重要的工作之一，透過藝術可以打開思辨與對話的空間，和厚厚的總結報告書一樣有力量。近年來人權館除了邀請藝術家以「不義遺址」主題進行視覺藝術創作之外，也規劃人權繪本、人權戲劇、人權音樂等各類創作，擴大社會連結，探索藝術創作在記憶工程中的各式可能性。而白色恐怖文學書系的規畫，正是藝術介入途徑的另一個嘗試。這些文學作品蘊藏深層真實，反映人的視域、感知與關懷，我們期待透過這些跨越不同年代的文學作品，「讓過去成為此刻」，讓讀者感同身受小說隱藏的歷史，深觸時代的樣態與記憶。新文化史學巨擘林．亨特（Lynn Hunt）在探討「人權」這個概念究竟如何被發明的書（《人權的發明》〔*Inventing Human Rights: A History*〕）曾經指出，人權觀念的興起，與十八世紀書信體小說的發展，有很大的關係。這種全新體驗類型的小說閱讀形式，藉由小說中對平民主角飽受不平等之苦的內心情感細膩的呈現，讓讀者得以超越性別、階級、信仰的界限，意識到「他者」和自己一樣，擁有共同的內在情感，促進了平等觀念在廣大讀者中的傳播。換言之，同理（empathy），讓「在差異中想像平等」成為可能。我相信讀者們，特別是未曾經歷過這段歷史的年輕讀者，在閱讀本書系的作品之後，必能理解壓迫年代的社會氛圍與個人處境，探詢體制性壓迫的本質，思索人權的核心價值。

本書系的出版，對人權館而言，意義非凡，這是臺灣社會首次以「白色恐怖」為主題所進行的文學選集。特別感謝胡淑雯與童偉格兩位主編，以人權館所建置的「白色恐怖文學目錄資料庫」為基礎，從眾多作品當中挑選三十位作家的作品，並搭配他們的深入導讀，讓讀者們得以藉由小說體認戰後威權統治下，臺灣社會的特殊樣貌與歷史傷痕，感受在那些苦難的年代裡，人們的現實處境與生命經歷。其次，為了突破以往政府出版品的通路與行銷的種種限制，讓此書系能夠打開更大的社會對話空間，我們很榮幸能與春山出版社一起合作，藉由莊瑞琳總編輯所帶領的專業團隊，讓本書未上市即已獲得高度的重視。而在編輯過程中必須分別聯繫出版社與作家，取得作

倒退著走入未來

◎編序

胡淑雯

曾經，面對白色恐怖，如同面對一座廢墟。廢墟裡有死傷，有監獄，有恐懼，斷垣殘壁裡迴盪著震耳欲聾的沉默，卻也閃爍著微微跳動的光點，只是，那些光點覆滿塵土，很少人伸手去撿。

二戰結束，日本帝國戰敗，臺灣送走了殖民政權，迎來了新的祖國。但是，這個祖國，就像馬奎斯筆下的「草葉風暴」，是一場沒完沒了的，內戰的遺物。他們像一陣暴風刮到這裡，在島嶼的中心扎下根來，尾隨其後的是「枯枝敗葉」。先是二二八事件，與其後的清鄉，再來是戒嚴，白色恐怖，美蘇冷戰與韓戰。「枯枝敗葉冷酷無情。枯枝敗葉臭氣熏天，既有皮膚分泌出的汗臭，又有隱蔽的死亡的氣味。」*在這群暴風般襲來的陌生面孔之間，最早與較早的居民反而成為違建般的存有，在自己的故鄉就地流亡。

動員戡亂（一九四八～一九九一）與戒嚴令（一九四九～一九八七，金門馬祖則遲至一九九二年才解除戒嚴），將「戒嚴」這樣的「例外」變成常態，將「臨時」（動員戡亂時期「臨時」條款）無限拖延成半個永恆，將「非常時期」化為「日常」，以殘酷的「律法」（《懲治叛亂條例》，《戡亂時期檢肅匪諜條例》）炮製政治案件，將威權體制鞏固成國家體質，從而造就了臺灣的「國民體質」。恐懼吞噬心靈。在政權對肉體對反抗對言論與思想的鎮壓中，人民以沉默求得自保，遁入舒適的遺忘，安定向上，明哲保身。四十幾年過去，我們迎來了解嚴，但解嚴超過三十年，戒嚴的遺緒至今依舊，禁錮著這座島嶼。這之中最突出的「國民精神」之一，大概是，「去政治」的政治性格。許多人成為恨政治的人，一講到政治就反感，以「政治很髒」來迴避政治。然而，這種「去政治」的過程，弔詭地，正是一種高度「政治化」的過程，是幾十年教化的結果。它的政治效果是，讓人民懵懵懂懂，幾近無知，卻以這樣的無知為常，甚至引以為傲，以為乾淨。於是，開口談論政治的人，拒絕無知的人，往往被視為偏激，可笑，討人厭。白色恐怖不但鎮壓了反抗者與異議者，也將彷彿無關的所謂大眾，調教成某種方便統治的精神與形貌，從而傷害了文學與藝術，傷害了幾代人的創造力。

如此說來，《讓過去成為此刻》這套小說選的出版，或許可以是某種，以虛構抵抗現實的方式，抵抗威權統治的「教化虛構」，讓政權及其暴力的每一場勝利，都變得可疑。思考白色恐怖，如同書寫政治小說，恰恰在拒絕政治（尤其政權）對藝術的傷害。以小說的創造性擾動那些曾經，擾動那段均值，布滿「同一性」，因而空洞化了的時間。向「過去」借道，是我們邁向未來，或許不是唯一，但絕對不枉此行的一種方式。這條路或許比較遠，但是比較美，而小說所能提供的美學經驗，包括認識醜陋，認識惡。

然而，書寫與閱讀都不是容易的事。我們對威權統治的記憶何其空泛，直到今天，民主化超過三十年，我們依舊在澄清與爭論著，威權統治下被槍決與監禁的確切人數。特務，眼線，抓耙子的身分與數量，跟政治案件的數字同樣不明不白。數字是謎。無解的謎足以造就各種扭曲。記憶的扭曲，道德的扭曲，人性的扭曲。於是這套書，某種程度可以被視為，「島嶼的肉體與精神傷殘史」。這是小說此一文類，給人性最獨特的禮物。它為我們留存了那一段，無論有無政治意識，都可以成為匪諜與叛亂犯的生活，「不要亂說話」，「囝仔人有耳無嘴」，彷彿就連夢話也能告了自己的密。沒說出口的思想，心裡的苦悶，房間裡的祕密，夢中的恐懼，也要面對特務的盯梢，與「軍憲警」三合一的戶口檢查。小心日記，小心與某某的合照，小心同事同學與朋友，小心你的抽屜，小心「知情不報」。在強迫告密的「連保連坐」下，在鼓勵告密的獎金制度下，人們在相互猜忌裡相互監視，官僚參與其中，基層公務員參與其中，學校老師也參與其中。就連即將出獄的政治犯，也要簽下這樣的切結書：「保證絕不洩漏案情等一切坐監經過否則願受法律制裁」，借用作家陳列的話，這形同配合政權嚴厲遂行社會控制的權力，協助掩飾加害者的罪行。「假如我們沉默不語，我們的心裡會覺得不舒服。假如開口說話，我們又變得可笑。」[†]但文學收容了一切的曲折，與看似中立理性的成見決裂。文學抗拒媚俗，尤其抗拒「黨國」，「信仰」，「主義」，「領袖」施加的心靈獨裁。在黨國威權的媚俗裡，兩蔣的屍體不能下葬，他們的屍身不容腐爛。這對父子被幽禁在黨國神話的教化虛構之中，浸泡於防腐劑的惡臭裡面，活埋在銅像的微笑裡，一日無法步下神壇，就一日無法得到安息。

在解嚴後社會力爆發，本土化與自由化的浪潮下，白色恐怖逐漸受到研究與重視，並且在大眾化的學習熱情裡，出現了各種通俗的面貌，卻也冒著被「新的政治正確」抹除面貌的風險。這當中最顯著的現象是，「冤，錯，假」與「英雄敘事」的風行。在編選這套小說的過程中，我們捨棄了這一類，略顯理所當然的申冤喊痛之作，過分化約的歷史意識，也繞開了英雄與烈士崇拜，而試圖以美學為尺度，給「內省」較多的空間，讓差異擴增，讓複雜性留存。這套小說無意為昂揚的「主義」服務，不論它是左是右，保守或是進步。不服務於舊的國家神話，也不服務於另一種，與之對反的，新國家想像的建構。小說維持它的叛逆，讓差異——政治的差異與差異的人性——復活，這是小說的無用之用。於是，在這套小說選當中，我們可以讀到出賣與背叛，讀到「政治轉向」，讀到「不重要的受難者」所遭遇的生存艱辛，家人的冷待，對信念的疑惑，讀到告密者的自剖，行動者的思想貧困，與思考者的行動軟弱。以及，中共在臺地下黨員的理想與挫折。

最後，讓我改寫小說家珍奈・溫特森（Jeanette Winterson）的話：文學是公有地，它無法由國家或商業利益完全把持，也不像流行文化那樣，被資本驅動著進行大面積的露天開採，它是由想像力所開展的一方，空曠不羈的空間。‡書寫是強敘事。閱讀，則是強記憶。頑強地走下去，並非常人所稱許的所謂勇敢，反而，這是一件幸福的事，即使幸福裡布滿蹣跚。

在蹣跚的幸福裡，有班雅明的新天使守護著我們。祂抵擋著一切裹脅著逼祂背向過去，面朝未來的風暴，凝視著歷史災難的廢墟，明智而堅強地，面向過去，背對未來，以倒退的姿態，向未來邁進。

*出自《枯枝敗葉》，加西亞．馬奎斯著，劉習良、筍季英譯（北京：新經典文化，二〇一三）。

†出自《呼吸鞦韆》，荷塔．穆勒著，吳克希譯（臺北：時報出版，二〇一一）。

‡請參考《正常就好，何必快樂》，珍奈．溫特森著，三珊譯（新北市：木馬文化，二〇一三）。

空白及其景深

◎編序

童偉格

忝列本書共同編者，以一年多的時間，閱讀相關文本，我個人最確切的感觸，是在臺灣，以小說書寫白色恐怖的誠然不易。也許，這首先是因白色恐怖自身，已是虛構設想的大規模落實：許多探討現代政治的論著，都可為我們陳明，國家的恐怖治理，對抗的，與其說是真實威脅，不如說是威脅的幻影。簡單說：國家對抗的主要敵人，正是國家自製的「國民公敵」。

或者，一如哲學家阿甘本的分析：當強力建構某種「假想圍困狀態」論述，國家統治者，即可藉保衛國家主權之名，一併創造出一種凌駕一切律法，以行使治理的所謂「例外狀態」。在這種狀態中，統治者對「國民公敵」的計畫性逮捕、偵訊、審判與刑罰等，每一道儼然法治化的程序，事實上，都反證了統治者，是以絕不受任何程序節制的法外威權，來遂行制度化的迫害。更簡單說：白色恐怖的法治核心，正是絕對人治。

發生在臺灣的國民黨白色恐怖治理，原則上不脫上述反證，且也如我們在歷史中的既驗：黨國統治者，將對「國民公敵」的監控，藉連坐懲治或密告獎掖等設計，以系統化地轉嫁給國民全體的做法，具體說明了這種治理邏輯，曾如何細密、經濟且高效地，將所有人，牽制在同一個共犯結構裡相互偵防。於是可知：白色恐怖自身，是一種臨場催發真實的強虛構。

由此看來，白色恐怖為什麼不義，其實毋須更多辯證，也無法藉各種說辭，來為其權宜迴護——對我而言很明白，從前提假設到細節落實，關於白色恐怖，沒有一處堪稱符合正義。它最弔詭的創造，是執法者必以僭法，來汲取、並維繫威權。它對社會造成的最大破壞，是共同體成員，必以恐懼彼此，來做為共同生活意識。它加諸這種生活的更虛偽粉飾，則是切身經受它的成員，不被允許提及它。也就是說：它一面無處不在，滔滔訓講自己的絕對光明，一面卻極端猥瑣地，一路埋證滅跡，令人自承感它的當下起，即難以明確記述它。

人人浸漬其中，但人人皆知，最好不要聲張這種浸漬。它之禁制個人表達，並將這般禁制深化為集體生活共識，使得多年後，我們不僅無法確知它造成的死亡實數，連用「白色恐怖」一詞，來實稱這種生活的顯在恐怖，好像都顯得太過驚動了依然潛在的集體禁制。這種難能實說，正是在臺灣，以小說書寫白色恐怖的不易其二：至少一世代的創作者，或自那制度化迫害的現場寂滅，或在其後，更漫長噤語，僅將真實的空闕，留白為「恐怖」的如實臨陣。

面對上述留白，小說選《讓過去成為此刻》，採取不無矛盾的編選方針。一方面，因上述雙重不易，我們珍視任何直擊現場的文學表述，敬佩這些小說家，對集體記憶責任的果敢承當。就此而言，我們銘感吳濁流〈波茨坦科長〉（一九四八），與邱永漢〈香港〉（一九五五）的深刻在場。這兩部原初皆以日文書寫的小說，前者既直陳終戰以來，黨國官僚對臺灣社會資源的「劫收」情況，也為我們，穩確留影了政權輪替的動盪彼刻，臺灣的「零年」地景；後者，則以臺灣白色恐怖治理最嚴峻的一九五〇年代當下為背景，栩栩再現出自由香港，這一寶重避禍處，描述避禍之人，生活在其中的奮鬥或淪沉。

另一方面，對嚴峻年代之後、自一九七〇年代起，始大量出現的白色恐怖相關小說書寫，除了銘感與珍視，我們也有更大空間，在選編作業時，斟酌這些作品的文學價值。這是說：我們不以重構那已然湮沒的歷史現場，做為小說創作的最重要目的論，而更希望在這基礎之上，小說做為一種文學體裁，能寄存更豐厚的思索或體驗，也能更扎實地，收納現場以來的歷史蹤跡。會這麼設想，原因其一，是因做為編者，確實，在密集閱讀大量以重構歷史現場，做為主要意向的小說作品時，我感到記憶與經驗的雙重疲乏：非常可能，當許多作者，沿用對歷史現場的同一刻板印象，且再一致複寫時，這些寫作總體成就的，不是現場重構，而是對現場重構之可能性的重複抹消。

如此設想原因其二，是因做為小說寫作者，我私心期許小說作品，不應總被看待為是遲來的歷史證言，而應正好相反：小說，將以小說能為的方式，自當下此刻起，為我們前引集體歷史想像。就此而言，抗拒簡化思考，正是事關小說的前瞻性，小說家們，能為小說所做的最好說情。

於是，本書四卷架構，原則上，即依上述前瞻訴求，力圖延展一個已然留白之歷史現場的多重可能景深，以求相對完備且深思地，解構昔時至今的噤語。如此，本書卷一，「血的預感」所錄篇章，著重白色恐怖治理，從起點前刻，直至最冷峻年代的直接體驗描摹。卷二，「眾聲歸來」，複現多年以後，記憶者或聆聽者，對那同一冷峻體驗，多元而活絡的重述。卷三以「國家從來不請問」為題，反詰國家體制的無所不能為，與是否應為。卷四「白色的賦格」，則對位式顯影再更長久以來，在我們集體履歷中，遭體制選汰之邊緣人等的從來實存。

也因本書主要意向，是在寄存關於白色恐怖，小說家們各異的豐厚體驗或思索，於是，一種深沉而內省的詩學，成為總體看來，本書所錄作品的核心共徵之一。關於這個共徵，讀者可將全書開篇，郭松棻〈月印〉（一九八四）做為代表，且再就本書各卷所錄篇章，來延伸審視。某種意義，這般以內向視角，在多年以後，將集體創傷，重新封印於主角一身的詩學實踐，既確證了白色恐怖自肅殺現場起，再更綿長的結構性後效，也透露了小說家們筆下的孤絕人等，對修復生活共同體的深願——若非因為集體連帶感，主角的深切自咎將顯得憑空無由；而所有這些篇章，事實上都不需要寫出。也於是，我們當然亦盼望所有這些篇章，果能共同集成一個重新的「此刻」，幫助讀者，更明晰檢視在臺灣，竟已顯得像是毋須被具體記憶的一段集體歷史。

我個人認為，這正是這部嘗試以文學文本自身的複雜度，抵禦一切簡化之政治思維的選集，最直白的一種政治性：它引領我們，對抗種種太過輕省的遺忘，特別，是緣於真相未明的遺忘，與終究，連同「真相未明」此事本身的一併遺忘。以「白色恐怖」之名，實稱我們歷史中，確曾存在的那種黨國治理方式，僅是關於這項記憶與反省工程，一個重要的起點。因透過坦然實稱它，我們獲得立場，開始據實理解它。透過據實理解它，我們將不允許自己，將政權犯下的嚴重罪行，簡單託言為是社會結構必然，或歷史的不得不然。這是說：透過據實理解，我們可望消解這般恐共分九項的食療法講完，人車已遠去，兩人發著午後熱病似的不小心掉入懷舊的陷阱，但都不掙扎，甚至暗自有些歡迎，久久總要暖身溫習一番，害怕事蹟湮滅，記憶遭到腐蝕。

出於一種奇異的默契，他們，他、和老蔡，努力的存活，不只為自己，也為了保薦對方的存活。他一點也不知道老蔡擺攤以外的生活狀況，包括他的居處。老蔡也是，可能只有他的電話號碼，這他不確定，因為也沒通過電話。但只要待在這城市的一天，或長或短總會在彼此面前現身，讓對方知道自己的還存在，日日謹慎認真的出示、維繫自己的足跡和糞味，一旦有事時，利於對方的追蹤偵伺。

——朱天心，〈從前從前有個浦島太郎〉

構，從而偷渡了民間對二二八的記憶，以及其後，關於「匪諜」的種種消息。這三伯父曾短暫入獄，經家人行賄才被釋放，他將自己輾轉聽來的種種官方說法，揉進隱密的民間傳說，給出了一個複雜，立體，百變而充滿肉體感與性能量的革命女性形象。而「那件事」，那件政權不許人們談論的事，「在不能被提及，當然更沒有資料、文字、圖像可見的情況下，以一種更巨大模糊而至無所不在的真實，恆久禁錮在我們周遭。」帶著鮮明的曖昧，化成各種鬼故事，與瘋人的囈語。當土地廟邊拖著四個小孩乞討的婦人，以「匪諜」的身分被捕而謠言紛飛，消失的謝雪紅繼續在小說裡進行她無盡的逃亡，成為一片豐饒的空缺，等待史學與小說的填補，一如「事變」後的地景，那續接而來的白色恐怖，在陳垣三的小說中化為一個彷彿不存在的地方，「浦尾」，寄存著一段彷彿不存在的時間，「浦尾的春天」。

在這篇風格奇異的小說中，有一個很廢的男孩，虛戀著一個同樣很廢的、阿姨年紀的女人，在荒村般百無聊賴的時光中，暫時停擺的廢工寮裡，談著某種廢到不算戀愛的戀愛。小說裡的人物個個有著不清不楚的過去。女人有過一個男人，但那個男人不知怎地消失了，男孩聽說後來有個「便衣」追求過她，而她最終嫁給了管區警察，這警察最終當上了市長。工頭以前是個老師，或許還當過校長，不懂他為何困在這裡。女人的父親混著地方派系，跟「當局」有著無法言明的默契。而那個春天不驚不擾地，在等待復工的「作廢」時間裡緩緩流過，直到工地掘出了一堆人骨，有彈痕的人骨。在陳垣三慵懶幽默的語言底下，我們閃進了一個彷彿大屠殺之後，時間卡住了的墳場地景。之後，我們才得知工頭曾經入獄，並且在人骨出土後再次被捕，一串工人受到牽連。

而女人之嫁給管區，是為了尋求庇護嗎？女人過去的男人與工頭有什麼關係？我們都不清楚。這是一篇神祕的小說，神祕於白色恐怖的神祕。

神祕的人骨。神祕的人血。人血在早春的寒流中，化為「圳上的血凍」。楊照在這篇小說中，以大學生的視角，帶我們重返祖輩的「大正浪漫」。這是一篇注青春於革命的純愛小說。純愛的是「阿舍仔」，身為浪漫愛情的受害者，他四處浪蕩，墮落，報復他婚前出軌的妻，不斷重覆著「自責的循環」。妻子在一樁由墳墓遷葬而引致的「鬼的騷動叛亂」裡，死於一件超現實的意外，喪妻後，阿舍投入了反日的鬥爭，前前後後被抓去關了好幾個「二十九天」。阿舍在政治運動中愛上了「博子」，為了守住博子的忠貞，亦步亦趨投入了博子關心的事，因為她「不是那種會乖乖被關在家裡的女人」。純愛的也是博子，她在內心耍賴地告訴自己，「是啊，我是個有可能會放蕩的女人啊，你得一直看管著我喔……」純愛的還有敘事少年的祖父，他每見到博子，內心就「有些什麼在蠢」，而博子是祖父一生所遇「最危險的女人」，她是一個共產黨員。

什麼是共產黨？什麼是共產黨員？藍博洲半生的書寫，都在回答這個問題。在楊照筆下，亡者在生者的夢中歸返，化為一隊隊「沒有身體的傷口」。生者昭告子孫，絕對不准觸碰政治，卻暗暗銘記，留待解嚴以後滔滔述說。生者對政治暴力的敘述衝動，本身，就是最微小的抵抗行動。政權知道這一點，所以恐懼。在言論禁制下，藍博洲早早就孜孜不倦於追索「在臺地下黨」的身世，以口述歷史為職志，抵抗遺忘。小說《臺北戀人》貼著史料，以扎實的細節，第一手報導的形式，還原了「四六事件」及一九四九年的抗爭現場。當時的大學生怎麼搞運動？怎麼做組織？如何在宿舍抵禦軍隊攻堅，以「無辜」掩護「非法」？校長怎麼與高層談判？人如何躲藏？怎麼被抓？怎麼出逃？隔著七十幾年的時差，重返這些細節，只感覺與當代的強烈共振。

就在「四六事件」的下一個月，國民黨宣布戒嚴，大逮捕開始了。地下黨組織在五〇年代被殲滅，六〇，七〇之後，潛伏者逐漸被肅清，槍決案減少了，但白色恐怖並未消退，政權對挑戰者的打擊，甚至延伸到解嚴以後，包括一九八九年自焚的鄭南榕與詹益樺，與一九九一年的獨臺會案。黃凡筆下的「賴索」，是在荒蕪的六〇年代出獄的。小說時間啟動於一九七六年，「這一天對混亂如常的世局並不重要，」然而這一天，對賴索而言，正是「一連串錯亂、迷失、在時間中橫衝直撞的開始。」因為，當年逃亡的「組織上級」韓先生從日本回來了，經過二十多年的流亡，韓先生重歸「自由祖國」的懷抱，即將上電視接受專訪。小說領著我們走過賴索的青春，家庭，與婚姻，直到莫名其妙的中年，他成為一個體重四十六公斤，「內在力量消失殆盡」，在果醬工廠上班，一個「矮小、生動、黑色的背影」。他要去電視臺找韓先生，向他討個說法。

一個人被捕多寂寞。在《臺北戀人》裡，年輕人這樣豪氣地說。二十一歲時，賴索也曾在軍事審判官面前，「表演了一次男子氣概，」卻在刑期中變成一個打小報告的人，並且學會了，再也不要崇拜任何活著的人。於今，他潛入韓先生的錄影現場，賊也似的，被工作人員問東問西驅趕著，但他不是來這裡回答別人的問題的，他是來提出問題的，卻在人生中這歷史的一刻，發現，「自己什麼也沒有準備好」。韓先生之「轉向」，與賴索的困頓，令人感到悲傷的，並不是理想的傾頹，比此更一無所獲的是，他們甚至連可以失去的理想都沒有。而賴索的虛無，並非源自無知，或膚淺的犬儒，而是小人物無從掌握個體命運，也無從辨別歷史趨向的無力感。這與東年筆下那種略帶沈鬱的虛無並不相同。

《去年冬天》這部中篇，寫的是七〇年代出獄的政治犯，在當上父親迎接新生的時刻，遭逢美麗島事件。小說男主角「王戎」自從政治撤退的傾向，優雅地，並未轉向保守主義，也沒有落入輕挑的犬儒，而比較接近於，對政治行動深思熟慮的懷疑。無從掌握也無意掌握政治權力的人，出獄時並無喜悅，反倒感覺，「自己好像上臺替別人演了一齣戲，下了戲退場時，並沒有什麼掌聲在迎接他。」而女主角陳琳瑯，那個原本拒斥政治的少女，反而在步入中年以後，從現實主義轉向精神上的激進派。整部小說就挨著這樣的張力，一路走向悲劇。黃凡的〈賴索〉，在美麗島事件爆發前夕，得到一九七九年的時報小說首獎，這樣的題材在當時可說罕見而創新。東年的《去年冬天》完成於美麗島事件後的一九八〇年春天，卻因為新聞局的禁令，無法發表。敗者的輕聲細語，與創傷者年邁的癲狂，由小說收容起來，等待未來的讀者。

時間是老人，但遲到的青年會趕上來，以當代的想像力，活潑地，還歷史以青春。於是二〇一七年，我們迎來了黃崇凱的〈狄克森片語〉。小說起於一個提問：臺灣高中生必讀的英語參考書《狄克森片語》與《新英文法》到底是誰寫的？前者出自一個由古巴移民美國的混血女性瑪利亞，後者出自綠島與泰源監獄的政治犯柯旗化，兩個人皆以外國人的身分，教外國人學英語。這是一部思考語言之可能性，語言之安頓意義，語言之橫徵暴斂的小說。語言可以拿來拷問、欺瞞、與威嚇，也可以拿來承載思想與義理。語言可以拿來寫信寫卡片，騙孩子「爸爸在美國留學」，語言

◎一九九〇年十一月二十八日至三十日首次發表於《中國時報》人間副刊

在秋天，日夜等長的季節，他回到這個城市。

用不著看第二眼，就知道這是一個人們漫不經心卻又傾盡全力所建造的潦草城市。

為了持續的保護自己，他好會寫檢舉書，當然在文件上，他名之為「聲明疑義異議書」，投寄對象不一，最早是管區警察（但不久他就發現管區的某警員就是監視他的諜報員），後改為某市議員，但該市議員在他投訴六封之多後，只回了一薄本印刷精美、過期的競選政見手冊。

因此目前他同時進行兩個對象，一是該區選出的新立委，一是昔年他的大學同班同學，現在某公立大學政治系任教的黃新榮教授。

花了好多的郵費和影印費（他非常謹慎的一定保留影印本），他斷定他所居住地區的郵政支局有了問題，他常收不到該收到的信，他也彷彿寄不出哪怕是附了雙掛號的郵件。

那日，他寫了封檢舉該支局的函件，突破他日常在城市中的動線，確定無人跟監後，到北門的夜間郵局去，苦苦思索一個晚上，想不出投遞的對象，最直覺的當然第一個想到郵政總局局長，但是官官相護的必然結果，即使昇高到行政院長，他也不清楚是否可能都已被諜報系統收買或控制。但為了不晚過最後一班公車時間，他到底在信封上胡亂的寫了一個陌生的單位。

掛號窗口排隊等候之時，他瞥見排他前面一名的老芋仔，手中持的信封上，毛筆字工整的寫著「臺北市　總統府　蔣經國尊鑒」，寧靜等候的神態讓他駭然，突然困惑起小蔣死了已兩年的事是做夢還真的，還沒輪到他，拔腳離去，那一行人手一信安靜的隊伍，好像一列等候買票去陰間的人。

或許拜託老蔡吧，投入一個尋常路邊的綠色平寄郵筒，他不信現今的特務能效率如此高的布防全城的每一個郵筒。

當晚，他又將前時密集投送的「反對十二年國民義務教育」一式謄寫二份，一寄國民黨黨報（以免動機被抹黑、抹紅），一寄該區立委，無論如何他要在此事成真之前，盡一切力量阻止，否則國教一旦延長成十二年，他的孫子君君，會因為祖父過往的紀錄，名正言順的遭到不公不義的待遇。聰明的君君，憑實力一定可以考上好高中的君君，特務們正可以勾結老師，做出無法讓他升學的評鑑。

他輕易的又被猛烈襲來的強烈恐懼激怒得無法入睡，於是在心不在焉上完廁所後，繼續進行近來著手的意見書，關於同性戀、戀物癖、手淫、口淫、獸姦……，這些他曾經待過的世界中極其普通尋常的事，竟是他睽違三十幾年的城市如此風行公開的事，其實，他是贊成的，從人口控制的觀點看來，這些都足以充分發洩性慾而無人口爆炸之虞，但是具有同樣功效同樣風行的獨身、自殺、監禁、閹割（避孕），他卻無法苟同。選擇獨身、閹割的人，該是對人類的前途感到悲觀、謹慎的人吧；自殺者，該是對自己生命負責、自制、有思省能力的表現；至於受監禁者，無論如何就人類這種動物來說，他們是仍保有動物冒險犯難、充滿變異特性的稀有族群。然而後面這些人種的注定減少消逝（自殺、監禁、獨身），劣幣驅逐良幣的將是一個愈來愈趨疾弱的人們的世界，所以，……

所以，他思索了好多日，並歸納不出個結論來，好比因此他應該要主張什麼、反對什麼。結論遲遲出不來，他倒花大部分的時間在憂煩這番意見該投訴哪裡才適合，與什麼人的利益、立場可能一致，與什麼人的又相衝突，當然首先他必須突破那無所不在、反對、封殺他的特務集團。

凌晨四點多，循例廚房內起了似宵小似老鼠的摸索聲，那是他的妻起床的時間，妻通常看完八點檔連續劇就與君君一道入睡，四點多，至遲不會晚過天亮時刻，他與妻像衛兵一樣的換班，不點燈，不發一言，錯身經過餐廳旁窄窄的甬道，從沒碰撞過彼此一下。

他從來不知道在他入睡後的妻，在做什麼，離清晨市場還有一段時間，他甚至不知道這段時間她在不在家，他只覺不方便探究，如同不便探究他的妻、子這三十年來是如何過的。兩年多來，他無時無刻不小心翼翼，他不希望因為自己的闖入，帶給任何人任何的不便與改變。

屬於他的睡眠時間，通常只有四個多小時，但他因此都睡得很沉，不用做夢。

醒來的時候，自然也非從迷茫的亂夢中掙扎起，那時床前通常已站著自己吃好早點、穿好幼稚園圍兜的君君，正大力搖晃著他的腿，憂愁的臉色因他的終於醒來而乍現笑容，大概沉眠、削瘦、久搖不醒的老人，總給即使才六歲的小孩也感覺得出的一種死亡的恐懼無常感吧。

已經是第三年了，從開始接送君君上幼稚園。

起初，為了擺脫特務的跟蹤，每天換不同的路線，但是二十分鐘不到的腳程，實在變不出太多花樣，漸漸的，變得其實好規律，禮拜一走A路，禮拜二走B巷，禮拜三穿越C工地，禮拜四走D老市場街（因為每星期的那一天會有一個賣金魚的小販出現），禮拜五……。尤其其中一個路口建地下道建了兩年，一個菜園正興建七樓電梯公寓、一條小巷被人家擅自圈了做修車廠，這都使得他可行的路憑空少掉一半。

剛開始時，還得分神應付啼哭不願上學的君君。他抱著君君，逃難似的四顧張惶，怕他的號啕聲便於引來可能剛才擺脫的特務，有次情急，未估量距離的跳跨過菜園裡的糞池，穩不住重心的栽倒在一叢野草堆中，君君被他突然的大動作嚇得止了哭，他則被一種強烈的熟悉氣味攪迷惑了，身下被他壓折的種種野草一致發出攻擊性的毒味兒，他半天動彈不了，沉入其中，好奇的努力解析著：有夭折小楊桃果落土後的腐爛，淌著澀綠汁液的尤加利，頻頻被修剪成尖塔狀的龍柏的宿命，生氣的腳步踐踏過後的軟芝草坪，開滿印度蓮的水池邊，么妹與鄰居小孩仰起臉來不怕被拒絕的邀請他一起用餐，紅瓦片中的荊芥花泥、穗狀的檳榔花飯、竹葉編作的雞腿、黃泥巴米醬湯、充滿黏液的石蒜細葉麵線，飯後水果有一大盤，早夭的龍眼落果、七里香豔紅的果實、美人蕉有黑有白的種子、桃樹樹幹上取下的半透明的樹脂（強被揉塑成圓形以致上面布滿了各家指紋）、龍葵的黑甜籽（只有這樣真的可吃），一旁兩支從父親診療室偷來的廢棄空藥瓶分別裝著螞蟻洞口的細泥粒作鹽或糖、另一瓶做醬油的大概真的是從廚房裡偷來的……。

他未停下腳步的行過她們，清楚感覺到被凌遲的植物們發出的強烈求援氣味。更多時候，他躺在曬得到日光的二樓榻榻米上讀樂譜，只要掉頭向窗，就可輕易看到尤加利樹上的父親，有種種日本人生活習性的父親，仿效日人每年的修直杉樹，但亞熱帶植物的強悍生長方式簡直激怒父親，只要規律作息之外的任何時間，他都賭氣似的隨時反覆修剪院牆外的三十幾株尤加利，不接受任何人幫忙，不准母親站在梯下仰臉請求並提醒他已四十幾或五十歲了。

那時候，他翻身伏在榻榻米上，讓日光照在裸露的腿肚，他舒適的深深感嘆，列寧說，我們是布爾喬亞的空談者……

高與他窗齊的檳榔剛過花期，被日光炙燒出一種溫香，與新被剪過的種種植物混合成似有形體的一面網路，透過那層氣味，他望見樹上猴子似的父親，一手緣樹，一手拿鋸子……革命巨斧既能伐木，又何必剪枝。至今他都記得這句話曾經給他如何劇烈的戰慄與興奮。

這一天，他和君君選了一條通衢大道，原因無他，路口新開了一家超商，每天都會推出種種特價的新奇事物，君君不進去略事盤桓是決計不肯順利上學的。

攔路大盜似的那家商店之於他，他堅決除付帳時不願進去，但因為君君，什麼時候他淡去了怨憎，只剩口頭禪的唸叨，「這些資本主義！」要到好幾天後才認出映在光鮮玻璃門上白雜鬢髮、寬襯衫寬褲腿稻草人一樣的是自己。其實，他很願意穿得整齊些、好些，起碼像路上的其他普通人，總不致引人、當然尤其是特務們的注目。……可是竟然有一種困難，他原來打算撿拾的那些兒子的衣服，小襯衫領、打了縐摺的寬腿褲，是記憶裡父親輩的歐幾桑穿的，他以為自己至多三十幾歲，一度老以為君君是他兒子，因此必須常常提醒自己，費盡力氣調整感情，雖然不明白祖孫和父子的感情到底必須有何差異，也不明白昔年對年輕妻子的愛慾與目前這共居一室的退休小學教師的老婦有何關係。

他曾在剛回來不久的一天，徘徊在車水馬龍的十字路口一整個下午，跨不出橫越馬路的腳步，與其說是畏懼川流不息的人車（其實他年輕時這個城市的交通曾更亂若電影中的印度非洲市集），不如說，他根本還找不出一種秩序、頻率——屬於這個城市的人互相約束、願意遵從的底線——得以讓他插足。

通衢大道連行數日，不知是不是路上人多車多之故，竟無法分辨出特務的蹤影，這使他有種無措之感，改朝換代，卻一點改不了監控他的指令。一次在他與跟他一樣念過大學的大妹妹惠理通電話時，由於又有雜音不斷干擾，他告訴惠理注意小心說話，因為他們刻正被監聽。

惠理什麼樣一種無情的口氣：「拜託喲，要監聽也輪不到你，全臺灣起碼有一百萬人排在你前面，什麼時代了真是！」

這正是他所擔心的，什麼時代了，他們跟監構陷的技術愈發無形無聲，難以抗拒。好比目前最大的問題，君君過了夏天就要進小學了，竟然才發現學區出了問題，歷經戶政事務所的三度進出後，他斷定那裡已遭特務接收，他轉去管區告發（也就是那次接觸才發現管區也全遭情治單位收買），管區的說他所居現址是空戶，此時硬要隨同他去的老妻努力微笑小聲提醒他一些事，包括他為了閃避特務的糾纏，曾遷過數次戶籍，最近的一次確實是停留在中壢做便當批售生意的兒子（君君的爸爸）處。

他最憎厭平日冷薄衰老的妻現出那種委婉溫柔的笑臉，把他當作神經病似的安撫。但他當下不再爭辯，掉頭就回家，大大出乎老妻的預料。

竟然拿君君開刀！

兩個孫子裡，君君從小顯現的就特別聰明，所以兒子媳婦捨得留他在臺北，為的想進好學區的明星學校，大孫子小偉就在中壢跟著爸媽身邊念普通小學。

他的一生沒做任何事就老衰了，就比他在榻榻米上望著的樹上的父親那時還要老，可是他的身體狀況又很好，雖然瘦，但他從少年起就一直是瘦高的，長年在那島上的勞動生涯和為了年度運動大賽所日日鍛鍊的長泳長跑，他自覺在生理狀況上，只會比一身現代病的兒子好。他曾經像青春期春情發動的少年窺伺他的妻，昂奮的悄悄尾隨她摸索家事的身影，數日下來，筋疲力盡的發現她比記憶中的母親還要年老，這往往使他失去現實感。

只讀報紙政治新聞的他，恍如隔世發現活躍著的那些名字怎麼跟他離去時如此一樣，沒有人死，沒有人老，只是多出一些陌生的至親，消失一些思念中最熟悉的人影，因此除了困於特務的騷擾外，他並不大抱怨這三十幾年，因為他的離去，不知怎的其實外面的世界也按了暫停按鈕似的，誰也沒差誰太多。

●聲明疑義異議書（兼檢舉書）

79檢字壹拾陸號

緣李家正目前任翻譯日文自由業，偶外宿（子設籍中壢處），類似情況倘構成空戶，則依法理，劉國昭、朱高正等人也屬空戶，不應提名立委候選人？無論如何，呂進興、陳桂珠夫妻（自居鄰長及諜報員）共同誹謗誣告「李家正是通緝犯、放火前科、通緝戶……」，屬共認事實?!此外，如下疑義異議：

Q1李家正目前設籍於其子所有房地產（坐落於桃園縣中壢市××路××號）戶口，而李妻邱玉蘭及孫李宗君設籍地名義所購屋（坐落於臺北市古亭區××路××弄××號×F），但戶政員說：「依學區制法令，夫妻不能分開設戶……」請問依法何據？濫權、瀆職？

Q2有何證據足證李家正始終未住其妻所設籍戶屋？在家時故意不查訪。

Q3即能查察李不在家，何不能查察李之郵件，公私文書被竊占；摩托車被損毀；該里鄰多年來其他空戶空口及霸占工地之違建物？

Q4本年一月十九日過午夜，有兩男分騎女機車（牌八六—六六四一號）及白色速可達型，分載呂進興、陳桂珠夫妻回家，李若不居此，何能察知？又李妻何能知道該里鄰戶校日期、地點，前往戶校備具受理？

Q5所謂「分層負責」是否授權而推諉戶政警政官員類同法官判定「空戶」，就強制執行（拒絕受理前往戶校，或定期戶校及拒絕里長發放身分證？）

民國七十九年六月十六日

異議（檢舉）人：李家正㊞

這就是他一寄再寄，無所不寄，彷彿永遠寄不出去的書信，因為他已採用過各種投遞方式，投遞往他所能想像或許尚未被特務滲透的單位、人（包括報社記者、作家，他並提醒一位作家，文學是一項神聖而須負責的公共服務）。

但從沒接過任何一封覆函，除了那名市議員，但因此反倒顯得非常怪異，左思右想，只能斷定，該市議員想吸納他，四年後做為他的助選員，他看過一次的，去年的年底大選，競選臺上，一個他的老同學，不用看第二眼，不明的年紀、過時而竭力整潔的衣著、訥訥的話語、恨不能躲過所有人注視的神色……，他臺下看了快掉出眼淚，他絕對絕對，絕對不要猴子一樣，或像出土古物似的被人當眾展示，管他哪個黨、哪個派，甚至是可能替他伸張正義的黨派。

揣著又重新謄寫過的檢舉信，今天的他，心不在焉的非常有耐性，等君君挑好零食後，邊走邊上他們的英文課，君君念的是雙語教學的幼稚園，日常會話琅琅上口不算什麼，他已經能記得很多單字拼音。

這會兒，君君唸著包裝紙上的字母問他：「A.N.T.I.O.X.I.D.A.N.T. 是什麼呀？」

是一種抗什麼氧什麼化劑類的吧……，他不想胡亂回答君君，也忍耐住想告訴他的，這個字可以不必記得，可能一生也用不上一次。他喜歡趁君君精神專注時，教他最重要的東西。瞬間就能記下事物的小孩子新鮮空白的腦子，屢屢還是叫他嘆服。他教君君，P.E.O.P.L.E, PEOPLE，他認為最美麗的字，教他，GORKY，忍住顫抖向君君簡單解釋著，……高爾基先生，費力抵抗著這個產生於上個世紀末的字眼所帶給他從未減弱的衝撞。

他久久不再言語，無法繼續教下去，他不想替君君做決定，決定什麼字是有用的，什麼字是沒用的，什麼字是一生也用不上一次的——屬於君君的未來的世代——antioxidant，或是，高爾基先生。

日安，高爾基先生。

曾經，他像世紀初無數的俄國青年一樣，熱烈閱讀高爾基的作品，衷心追隨其種種行徑和志業，雖然他的生日其實恰與契訶夫同一天，成長的是一個與契訶夫童年同樣嚴肅無聊的小鎮，但他的出身毋寧與貴族地主之子的普希金要更相似得多。因此他以為必須比同儕任何人都要付出加倍的犧牲，近乎自殘的（老蔡形容他的用詞）為人民服務、向人民學習，因為只有人民，PEOPLE，才是具備有種種諸如和善、忍耐和真正智慧的人種。而自己，不必做任何努力，坐享出身和教育所帶來的社會地位和富裕，他自慚的想盡辦法想脫離他來自的那個階層。

他曾經答應山裡的那些佃農們，只要有一天，他承繼了父親的財產，那些山林，他一定立時全部發放給他們，不需要任何條件，只除了他們必須繼續耕種使用，不可以把自己分得的土地賣給其他出得起錢的人，以致再造出個地主來。他向他們清楚的宣示。

到現在他還能記得那一張張臉，那段日子他已非常熟悉的——風霜的、滄桑的、布滿智慧皺紋的、帝俄農奴似的——一致的並沒對他的一番話做出任何反應，他一點都不吃驚不氣餒，因為他已在腦中演練過好多次那個場面，托爾斯泰《復活》中的主人翁聶黑流道夫宣布要把所有土地分發給農奴們時，農奴們不僅不感激，還憤怒的以為主人是打算進行更奸苛可怕的計謀，換一種方式以便收取更多的田租。

聶黑流道夫所遭到的種種質疑、抗拒，起碼他並沒有，他望著月光下看不出表情的沉默的人們，曬場上，從早響到晚的蟬聲，其實自成一種寂靜的意思，四周高大的相思樹叢被風掀得一頓一頓，因為看不仔細，老讓他以為置身在初夏的白楊樹、核桃樹、樅樹叢圍繞的農莊，林中有夜鶯啼叫，空氣中應該是丁香花蘋果花和松脂的香味……，當然他只嗅到曬蘿蔔乾和阿芳嫂在大灶上煮豬食的酸餿味。

他試著引發問題，「我認為，土地是不能夠買也不能夠賣的，不然擁有土地的人便可以向沒有土地的人做種種要求。因此，我很抱歉，替我父親，他有這麼多的山林，但是既然已是事實，就讓我們一起來想個方法吧。」他說得很慢，因為用方言說那樣的話語，是很不容易的。

但是他們沒有任何反應，只一個坐得遠些的做短工的，停了手裡本來在小聲撩撥的自製樂器，他只好繼續的提出準備好的結論，「所以，我不再想占有土地了，我們應該可以預先想一想，到時候要怎麼分。」

一名老人，大約算是他遠房叔公妻族那邊，忍耐不住尷尬的笑起來，沒有牙齒的聲音嚷道：「到時候大家就平分吧，寶將。」

山裡的人，不分男女老少都以日語發音的少爺稱他寶將。雖然完全是哄他的語調，但與書裡情節的發展倒差異不大，他因此提出自己早預備好的反駁：「都平分的話，那些不耕作不使用的人我們也讓他分一份嗎？阿里伯在臺中讀商業專科的老大，鄉公所的阿義哥，年底要嫁去臺南的芳幸姊呢？他們假使把自己的那份土地賣掉，有錢的人就又可以控制需要土地的人了。」

「そうですね……」原來是這樣子啊。終於有人認真的發出嘆息。

他振奮起來，順勢堅決的說：「所以，誰耕種，誰就有份，誰不耕種，誰便沒有，這個規矩我們必須先確定。」

有些奇怪的，他們並不議論紛紛，只阿義哥的養子大哥阿火笑著說：「這樣很好，這樣很好。」

夏天的黃昏，阿火哥每隔十天半月總會挑著竹擔來一趟家裡，堅決不從大門進，都走柿樹下那個偏門，而且不管待長待短，頂多只肯進到廚房。

阿火哥來過的當天晚上，飯桌上一定多一大盤荊芥炒田雞、或田螺、或是炸鯽魚揚物，山林裡，除了採相思樹做木炭和日本那陣子大量收購的香茅油，無法生產其他任何作物，也是這個因素，他尚無法因勢利導，教他們亨利．喬治的地租觀念，因為並無貧土沃土之差別，他甚至也暫時不能像聶黑流道夫一樣，向農奴們順利的推行生產公社計畫，到底他們不如帝俄農奴的一窮二白，而且他們的生產方式和工具，很簡陋，很多樣，每一家都不盡相同，他其實並不十分瞭解，就如同他父親與這些佃農的關係好壞、如何繳租，他也不十分清楚，當然從佃農對待他父親的方式，他想嚴厲的父親當不致是嚴苛的，但也很難作準，或許他們對待他的客氣、親切，純粹只是奴僕對統治階級的不得不耳，就算他父親是如何與其他地主不一樣的寬大仁慈，到底不能脫離制度所必然保證他的宰制地位。

更多時候，他發現自己隱隱的拒絕去瞭解一切的細節，因為他發現充分的瞭解一切，只能使人原諒一切，失卻力量。

那種時候，他最怕任何一個老人或婦人努力笑著打岔問候他：「寶將，赤嬰仔現在可愛吧？」

他因陌生而確實想不出赤嬰的可愛行徑，而且很不習慣他們像關心未來王儲似的關心他的兒子，他只好回答：「快三歲了。」然後一定會有人嘴快的接道：「三歲乖，四歲呆，五歲叫不來，六歲掠來刣。」「李先生一定很疼愛，長孫若末子。」

在場的人便會放鬆的大笑，或議論紛紛，彷彿這個話題比剛才那個要與他們切身，值得談論得多。

這時候，他勉強只能想，或許因為這些山林到底還不是他的，他們自然無法認真思索眼前尚未發生的事。

可是那段日子是多麼的美麗充實，比之前之後那些年間所發生的任何事情都要離現在近且清楚。

起先只是寒暑假才去，後來發現事有所成，只要能敷衍過質問他怎麼又從所念大學的臺北回來的父親，他竭盡所有時間的待在山上。

往往，他走在不能再熟的山徑上——必須先搭老客運車到終點，涉過牛背溪，只要下雨過後，木板橋一定在水線下，然後開始疾行一小時半、漫步則一倍時間的山路——大多數時候，他的心境是寧靜快樂的，沒有人煙的地方，生著遮天的相思樹和雜樹林，黃泥小路陰涼結實若水泥地，若有落葉，也散發著乾香，林間隙地則爆生著木薯、野藤和應時的野花。他特別記得，每當紫花野芙蓉和一串串白嘟嘟的月桃花被日頭蒸出燠香的辛烈味兒時，就提醒他快近端午有蛇蹤了。

通常，在他把田園交響曲哼完一遍時，就快到小溪澗的木板橋了，橋下有數塊平坦的大石，被婦人們洗衣洗得皦白，他常在板橋上小立片刻，無法立刻分辨出水面上的竹子落葉和游魚。

板橋過去漸有竹林或雪青色花串的金露花樹叢，山裡人習慣用這兩種或扶桑花做圍籬，這時候，田園寧靜愉悅的樂音完全消失，他隨著好像已熊熊響起的樂聲揚聲唱起：

「同胞們，大家一條心！掙扎我們的天明！我們並不怕死，（白）不用拿死來嚇我們！我們不做亡國奴！我們要做中國的主人！讓我們結成一座鐵的長城，把強盜們都趕盡！讓我們結成一座鐵的長城，向著自由的路，前進！」

他尤其喜歡聶耳的曲，田漢的詞，搭配完美的昂揚明朗，易於教唱。有時他唱到一半，從那些圍籬叢中越出相同的歌聲，有時竟是曬場邊曬藥草或剁豬菜的阿什麼嫂，有時是在修理械具或正小憩的阿什麼伯什麼哥，總之，都是勞動的人民，他的同胞。

他告訴他們，這首歌來源處的歌劇《揚子江暴風雨》，並解說劇情，也教會他們唱同劇中的另一首歌〈碼頭工人歌〉，成天流汗，成天流血，在血和汗的上頭，他們蓋起洋房來……，其實他同樣也沒看過那劇，是高中時代的數學老師講給他們聽的，他第一次讀高爾基的〈母親〉，就是數學老師用油印的分好幾次給他們的。

高三那年，數學老師不意外的再也沒有回來，他們那群排球隊兼讀書會的同學頓時瓦解，有的趁此禁絕了考大學以外的一切活動，有一些、像他，無暇悲傷的像頭失了母親的小獸，無法揀擇的只管如何更加保命的偷偷生長壯大。

夜晚的場子上，他每天接續著念高爾基的〈母親〉和〈海燕之歌〉及一些短篇，手上那本一九四六年「文學連叢社」出版的小說，因為經常攜帶翻閱、變得好溼好重。本來就很缺乏休憩生活的鄉民，似乎頗為期待例行的這項節目，有次還才下午，山路上遇見剛從山裡採野羅漢果回來的阿年伯母，她腆著臉鼓起勇氣問他：「到最尾那淑雅會弗會死？」

接下去的那段山路，他向她熱烈的解釋著，生死其實不那麼重要，人的肉體總有消逝的一天，而精神的能否遺留和利於人類歷史的改造工程，才是有意義的。

他們甚至一起坐在一段橫倒的樹幹上休息並繼續討論，阿年伯母教他如何用手剖開鄉人叫作牛卵果的羅漢果，與他分食野果，談論共同的親人似的述說著淑雅的生平事蹟。他費了很多心力在拉近舊俄與山裡人們的世界，他將最常見的俄國女子名字「桑妮雅」譯成「淑雅」，將「冬妮雅」譯成「丹孃」，頓時果真成了他們熟悉的鄉里女子。

他最難忘每當他唸的告一段落、結束當日的進度時，總有片刻沉寂，婦女們有的抹著眼角，有窸窣之聲，大膽一些的男人忍耐不住情緒的發起一些簡單的議論，有對、有不大對的，有他預期的，當然也有出乎他預料之外的，但其實大多時候，他自己也是熱淚盈眶，覺得自己身歷其境的經歷一次半世紀前，那個他自書中深深瞭解、卻永遠趕不上的時代。

自然，他也還不致到莽撞的地步，畢竟只有在他獨自一人面對平闊無人的溪山時，他才敢高舉拳頭放聲唱道：「韭菜開花一桿心，剪掉髻子當紅軍……」那激揚的歌聲，奇怪輕易就被看似並不急流的溪水越石聲所蓋過，他只好以更澎湃的歌聲唱起數學老師教他們的：「起來！不願做奴隸的人們，把我們的血肉，築成我們新的長城……」，唱他們來不及向數學老師唱的，一樣是他教的畢業歌，也是田漢的詞，聶耳的曲：

同學們，大家起來！
擔負起天下的興亡，
聽吧！滿耳是大眾的嗟傷，
看吧！一年年國土的淪喪，
我們是要選擇戰？還是降？
我們要做主人去拚死在疆場，
我們不願做奴隸而青雲直上，
我們今天是桃李芬芳，明天是社會的棟梁！
我們今天是弦歌在一堂，明天要掀起民族自救的巨浪！
巨浪！巨浪！不斷的增長，
同學們！同學們快拿出力量，擔負起天下的興亡。

我們今天弦歌在一堂，明天要掀起民族自救的巨浪……。那歌詞帶起的鏗鏘的旋律，至今仍叫他無法撫平臂膀上的雞皮疙瘩。

他告訴老蔡，即將與昔年大學同學黃新榮教授見面的事，他想好好把握住這個機會，不僅伸張自己這兩年來被特務騷擾的種種委屈私事，他更想做些有意義的建言。

「你知道，這幾年他在報上有地盤，很常發表文章。」他向老蔡介紹黃新榮，那黃新榮在接了他寄去的數封各種內容的告密信、陳情書後，終於與他約了即將在這一兩日碰面喝咖啡。

「你應該刮刮鬍子，理個髮。」老蔡如以往一樣，邊聽他長篇大論、邊笑笑的忙手上的活兒，叫他看不出他的真正意見和反應。

老蔡比他早離開島上幾年，長年在通衢大道的巷口擺攤賣煎餅，只做蔥油、蘿蔔絲、紅豆沙三種，從和麵拌餡包餅到油煎妥，完全獨自一人。非不得已，他有時一旁會幫忙找錢裝袋，因為他老會出差池，鹹甜餅數弄顛倒，錢數要心算很久，總之瑣碎不堪。

老蔡攤子生意很好，常賣不到晚上就原料告罄，老蔡都樂得收攤休息，至於味道如何他從沒試過，但隔條巷子一樣的貨色要價一倍，大概是主因。

收攤後，常常兩人就兩張破籐椅歪著閒聊，那破籐椅都不用收，從來沒人拿走。

中午一陣忙過，趁老蔡在讀報，他拿出要託老蔡寄的信，唸給老蔡聽，中間曾被一個平頭牛仔褲的年輕男人買餅所打岔，那男子循例又買了三種餅各一，只蔥油餅要加攤個雞蛋。

他望著那男子離去的背影，發恨的對老蔡說：「真想在他餅裡下個什麼藥。」他十分相信那是負責監視他的固定的午班特務，他聞得出那氣味，軍汗衫永遠洗不去的霉汗斑、早餐大鍋飯的渾餿嗝和擦槍的凜烈的油味兒。不過隱身最成功的，要數不遠大樓廊底下原來賣獎券（老蔡說的），後來陸續賣過口香糖、檳榔，目前賣鬥魚、巴西龜、小鶺鴒、天竺鼠的老者，那人甚有耐性的監視了他兩三年，怪哉自己的生意也做得頗興旺，從未偷懶的乾脆改行做討錢的算了。

他曾動念想策反那老者，但尚想不出足以說服他變節的理由，他暫時沉下氣，決定與他比賽看誰活得長，那老者看起來老他少說十來歲，他有把握，三兩年內，屆時他沒死，也該退休了。

「如何？」他唸完檢舉信，怕遺忘了任何細節，等待的望著老蔡。

老蔡放下報紙，並不需要的去攪拌那幾盆早拌勻了的餡子，關愛的眼神好像它們是活的。

……「算了，」老蔡半天才接下去，「可是我會幫你去寄的。」

他完全不懂老蔡的意思，全身警戒系統早已不等他下令的進入緊急備戰狀態。

老蔡也察覺到他的反應，看他一眼，聲音發著抖：「寶將，」這個叫法不知怎麼一直跟著他，他突然意識到這個字最原來的日文意思，也一陣戰慄，老蔡說：「寶將，你老了……」

他很害怕很慌張，兩眼狂亂的四顧著，不願意再與老蔡問答。

那時候，遠處傳來隱約的樂聲，還太遠，只聽得到鼓號，分辨不出旋律，路上的人車卻一陣大亂起來，焦慮、鬱悶、無目的的在他們眼前騷動著，像一條暴雨後夾著砂石而去的河流，他被影響得也張惶起來，老蔡拉過他，說：「沒什麼，是遊行，報紙上有登。」

他協助老蔡將餅攤往巷裡推一些，暫停在一家洗衣店門口，唯恐擋住人家生意似的，老蔡趕忙向店主道歉解釋。其實附近店家與老蔡處得滿好，甚至有一兩家見老蔡生意好，曾提議願意分出一小角店面讓他做，老蔡都很客氣的謝絕，看不出是不是認真的告訴他：「只要是需要繳稅的事，我絕對不做。」

「聽到了嗎？」老蔡笑著用日文問他，兩人已忘記不久前的一場慌失。

「搞什麼呀。」他也用日文回答，大不以為然的語氣，但也是一臉的笑，聽到了，遊行宣傳車上擴音喇叭噴出激揚的日本海軍進行曲，樂聲勾起的只是熟悉，並沒有憤怒或懷舊。

兩人鬧中取靜的歪在籐椅上，偶爾起身應付一下頭綁白布條的行者前來買餅吃。他試著仔細看清白布條上毛筆漬的字，看清他們所攔路橫展開的長條布幅上的詞句，竟然研判不出遊行抗議者的身分，乃至所抗爭的對象。他深深迷惑起來，因為在他的時代裡，敵人，是清楚、並且熟悉的，例如他們都以「蔣ちゃん」稱呼小蔣，彷彿他是他們親族中一個調皮搗蛋的小輩。

可是現在，甚至沒有熟悉的親人、朋友、鄰居（他與特務夫妻呂進興、陳桂珠他們鬥爭了一年多還不知道他們所屬的系統，以往，他自引導他口供的一句拷問中，輕易就知道對方是軍統、中統、調查局或警總系統的。）

炎陽下，他不再注意被六月的熱風掀出銀色葉背的白千層路樹下，沼澤一般遲滯浮動而去的人車所發出陣陣憤怒、令他費解的口號字句。

他發覺自己寂寞得出神。

「さびしいなあ，」老蔡喟嘆著，寂寞呀……

他鼓起勇氣打破那亂糟糟的寂寥，告訴老蔡新研究出一種治骨頭發寒的食療法。在島上，他們或多或少都得了一些小毛病，單調隔絕的生活使得那些小毛病無比恐懼的擴大到足以改變人生觀，每個人都專心一志對付自己，都成了良醫，而且充滿一種懶洋洋的厭戰氣氛。

共分九項的食療法講完，人車已遠去，兩人發著午後熱病似的不小心掉入懷舊的陷阱，但都不掙扎，甚至暗自有些歡迎，久久總要暖身溫習一番，害怕事跡湮滅，記憶遭到腐蝕。

面對時間，兩人立時變得馴良、解事，也有點無精打采。

巷弄口，漸有兒童的喊叫笑鬧聲，大廈下的老者自然不僅沒下班，而且是生意正好的時候，一面教導他的顧客如何餵養鬥魚和鵪鶉，一面技術甚佳不看他們的保持監視行動。老蔡生意又開始忙起來了，不明所以為什麼有這麼多餓死鬼，是老蔡提醒他：「你高善下課了，別讓他等吧。」

老蔡至今都還以為君君叫作高善。島上的人，他是少數幾個已有家室的，大孫子小偉出生前幾個月，他每一封家書裡都熱烈的談論要給取什麼名字。發生錯覺的遲發了三十年做父親的喜悅。

最後他決定給取做「高真」二字，高字他隱下不表，只說希望他將來長得高、有高遠的志向，至於真，人生無論以任何方式的努力，無非就是追求真善美的境界，若是女孩子，就叫「高美」。

他愈想這個名字愈好，意義深遠，在接連數封限制字數的家書裡，他不斷引申著「真」、「善」、「美」的種種涵意，從哲學、歷史、藝術、甚至宗教的觀點做議論。孫子還沒出生，老蔡早也朗朗上口高真的名字，每見他接了家書，就問高真滿月啦、高真長牙啦、高真會走啦、高真摔破頭縫了三針、高真快要有小妹妹了……，他們對有生機的事，超過對於一切事情的充滿興趣。

高真三歲以後，添了個弟弟——高善，也就是君君。

至今不解。

他返家那日，闔家團圓，即刻吃驚發現高真叫李宗偉、高善叫李宗君，他頗感艱難的把六、七年來叫慣的名字活生生嚥下肚，奇怪為何家人完全不察的對他一個交代也沒有，自然得根本不容他開口問他們為何沒照他的意思取名。他不禁想起那十數封取名字的家書，每封溢於言表的滔滔不絕，他們怎會視若無睹，他竟懷疑他們到底看了、收到了他的信沒有，那樣純粹的家書，斷無被沒收的理由……

可是不久，他發現了愈多違背他的意思的事，好比老妻竟擁有三處房子，他記得十幾年前，老妻信裡告訴他要買房子時，他曾十萬火急連發幾封信大力阻止，不放心的提出種種理由，他不願意在山裡林地還沒散給鄉人之前，居然主動要再一次做地主。

還有兒子才初中時，他家書裡再三要他將來去念農或工，絕對不可以法政，出來後才知道兒子居然大學念的是法律，雖然後來一直在做小生意人，可是念過法律這個紀錄早晚必定會替君君在緊要關頭罪加一等，他一時竟想不起兒子曾不曾刻意隱瞞他念法律的事，……似乎也沒有，大多時候，往返的信只是各說各話，平行線似的，他訓誡家人種種做人道理，家人的覆信絲毫未為所動的依然各行其是，都不知在騷亂什麼。好比惠理，女中時也曾跟著他讀了很多翻譯小說，對他似乎事事景從，近幾年電話中話題貧乏的老是抱怨她丈夫「他們外省人……」，惠理當初因為父母的反對外省人，戀愛的過程極痛苦，前後有兩三年，他費了多少心力每一封信裡勸解她，給她所能想到的一切忠告（忘了是告訴她愛情是很重要的，還是一點都不重要，總之陳義可能過高他承認），所以每當惠理又發牢騷時，他幾次忍住就要脫口而出的「我那時信裡不是跟你說過……。」

他非常不願意跟人家算時移勢易的帳，除了唯恐打擾冒犯他人的心情勝過一切，最主要的，他之所以沒有去追究為何親人們種種大小事無視於他的意見，甚至存在，因為他發現時間，是會磨損的、會出現縫隙，很多事情，重要的、不重要的，因此紛紛掉落其中，無從尋找。

他尚判定不了這一發現的好壞，或於他們，竟會不會是一種幸福，或正相反。

一年前，他獨自回了山裡一趟，極力忍住吃驚，除了牛背溪上的木橋變成水泥橋（但那水泥橋也甚老，與河床的巨石同樣色澤，橋頭上刻，民國四十九年建造），所有景物沒有任何改變，河畔被太陽蒸騰出的牛糞香輕易引爆他悠長、無聊、如午後荒雞長啼似的少年時代。

相思林間的小路一樣是堅致的黃泥，他心中無法響起貝多芬的田園，他竟然不由自主的以日文唱道：「玩膩了這才想起家來，匆匆告別返家鄉，歸途上充滿快樂和期盼，（好想打開）龍女所贈的玉寶盒。」

從來沒發現此歌為什麼會是這麼愉悅有力的旋律，因為明明下一段的歌詞是「到家人事景物俱全非，老家、村莊無影蹤，路上來往眾行人，沒有一張相識的面容。」小時候，母親反覆只講這三個故事給他聽，桃太郎、鶴妻和浦島太郎，他最怕聽浦島太郎，聽到太郎在龍宮與龍女玩得多麼愉快、吃山珍海味、又看盡多少奇珍異寶，日夜如夢一般飛逝……，他開始驚惶起來，每次都想阻止母親繼續說下去和唱下去，「太郎落寞又惆悵，悔不該打開玉寶盒，只見白煙裊裊昇空，太郎頓成了銀髮老公公。」

其中一次還沒上燈的黃昏，他聽罷竟然號啕大哭起來。

小道上，他做夢似的望著寧靜盛開的野芙蓉、月桃花，陽光夢境似的也幻化成月光，他凝立在那裡，不言不笑，不再歌唱，心蕩神馳的努力克服回憶，不再恐懼那首歌詞帶給他的迷亂。不對不對，人事景物哪裡已全非，老家村莊他確信就在前面不遠處的竹林叢和金露花圍籬中，至於路上來往的眾行人，迎面山徑上正行來個阿芳嫂，很輕鬆的單手扛著一只飽滿的麻袋，他眼中充滿喜悅的淚水，等她走近了，怕驚破夢境的輕聲作禮，「阿芳嫂，」

一點都沒老的阿芳嫂露出害羞又好奇的笑容：「我是阿鳳美，阿芳嫂是我伯媽……」

他夢遊似的隨阿鳳美往山裡走，不忘記禮貌的搶過她的麻袋，確實輕，問了才知道全是蟬蛻，這種季節，相思樹幹上有很多，鄉人搜集了賣給山下的中藥行，阿鳳美很不好意思的解釋著，卻始終沒問他的身分，那時候，一陣夏日雷雨前的涼風吹過，相思樹紛紛落下鵝掌黃的絨球小花，像下雨。

熟悉但老去的臉立時叫出他：「寶將！」

年輕的熟悉的臉因無法叫出他而略微抱歉的笑看他。他無法判斷出時間到底斷裂在何處，有阿什麼嫂在場邊剁豬菜，有阿什麼哥在補鳥網，他喝他們煮的決明子涼茶，注意到並未發抖的手裡的杯子又醜又新，沒有缺角沒有茶垢，其上印著一行紅字，民國五十五年教師節縣政府贈。廣場上雞鴨並不見多，卻好多踩扁的羊糞粒，阿義哥、不、阿義哥的兒子解釋，他們目前養了兩百多隻山羊，冬天山下流行吃羊肉爐，可以賣很好的價錢。

他隨他們的邀請，進入大白天也陰涼幽暗的堂屋，免得妨礙場上熱塵埃中幾名孩童練越野車。

房裡有兵役期放假中的年輕男子和一老頭在看日本錄影帶《整人大爆笑》，只顧笑，不打招呼。

他不識那名老者，老者正努力應付著聽旁人爭相介紹他，待知道他是李先生的大兒子，先連忙感激李先生死時交代把土地無償的分給他們，但隨又抱怨這山林地其實完全無用，要不是養羊，每年連稅都繳不出，旁邊的人紛紛阻止老者講下去，都慌張得有點想哭似的，胡亂的掏出菸來敬他，執意拉著他的臂膀喚他「寶將，寶將，」就講不出話來了。

他有些懊喪，發現他們堅定的待他如同佃農對地主，但或許，他更該慶幸他們的，無知，他使用了這個字，不知是幸或不幸，畢竟因此當初他們才未受到任何牽連。

那樣的一場去來，並沒毀滅什麼、建立什麼，他只是變得愈發骨瘦如柴，蒼白若以幻想打發時間的青春期少年，最喜歡待的地方是廁所，自然並不是在其中偷吸菸或讀色情小本，一進廁所簡直可待上半天，什麼事都不做，甚至不拉屎。

他告別老蔡，先去大廈廊下的老者面前盤桓片刻，一來認真考慮可以選一種小寵物給君君做幼稚園畢業禮物，另方面——弄不清出於好意或諷刺的——刻意的明示老者可以下班了。

結果老者居然好正常的賣給他一對大拇指大小的鵪鶉，其價錢不貴也不便宜（君君向他要求過並告訴過價錢的），他努力保持自然的不吃驚，邊付錢邊回頭，輕易與正忙黃昏生意的老蔡四目遙遙相接，迅速交換了一個不會有人理解、屬於動物的安全的訊息。

出於一種奇異的默契，他們，他、和老蔡，努力的存活，不只為自己，也為了保薦對方的存活。他一點也不知道老蔡擺攤以外的生活狀況，包括他的居處。老蔡也是，可能只有他的電話號碼，這他不確定，因為也沒通過電話。但只要待在這城市的一天，或長或短總會在彼此面前現身，讓對方知道自己的還存在，日日謹慎認真的出示、維繫自己的足跡和糞味，一旦有事時，利於對方的追蹤偵伺。

當晚，戲耍得興奮過頭的君君又找了藉口不願就寢，堅持要他給鵪鶉換個籠子或盒子什麼的。賣鵪鶉給他的老者徵求過他的同意，將鳥置於本來該養鬥魚的透明塑膠盒子裡，盒子七十元一個，有一個方糖盒那樣大，稍扁些，網狀的盒蓋正好是通氣口，對於才拇指一樣大的夫妻鳥，夠大了，而且可以從各個角度清楚看到牠們進食、排泄，將來交配、育種，他以為再妥當不過，彷彿曾經他很熟悉的生活。

起先，他只是應付性的佯裝翻箱倒櫃找鳥兒新家，妻子已灰姑娘十二點鐘響似的一過九點就睡倒，住了兩年多卻陌生的家正宜於他的探險。

老小二人打開他平日所居臥室隔壁的房間，立即掉入一種新的好快樂的遊戲裡。各自安靜、卻呼吸好大聲的四下摸索。

他發現很多錦旗獎牌，倉庫似的照明燈光使他煞費力氣才看清上面的文字，無非是第幾屆的畢業生或學校所贈教書多少年作育英才的紀念物。窗帘密合的窗邊牆上荒蕪的有數幀黑白相片，只有一張能引得他看第二眼，也唯如此，才發現照片中穿著內衣內褲躺在榻榻米上，抱著一把吉他，高高架著二郎腿以致好危險差點露出隱祕之處的人影……是自己，完全不知道被攝過此張，也不記得哪裡來的一把吉他抱過、彈過，曾經，有段時間，他習過小提琴的……

然後門後一個百貨公司的大購物袋，滿溢出一些他熟悉不過的色彩——自從坊間發現有紫墨水的原子筆後，他都忠實的用它，因為那顏色很像他熟悉的藍筆墨被時間湮久後所呈的色澤——

全是他以為寄了卻半路被劫的書信，當然這只是其中平寄的那一部分。

他託妻在各個郵筒寄的信，為何在此？而且郵票上也沒郵戳，他腳略為浮了一浮，趕忙深呼吸，忍耐心臟猛烈撞擊瘦肋骨的巨響，以為天搖地動才發現是君君在拉他衣角：「阿公，電話啦！」

他拿電話喂了幾聲沒回答，經驗知道是偵察他在不在的電話，正要掛斷，「寶將……」是老蔡的聲音。

他想提醒老蔡再危急也請用些暗語以免被監聽去。不用分辨老蔡的語氣，光打電話這件從未有過的事，他相信老蔡一定正處在某種危急的狀況。

「你走過以後有人來問過我話，不知道是什麼單位的，雖然穿的是警察制服，無論如何你要說那個晚上你是和我在一起、聊天……，我沒有殺他，他們雖然只是問我有沒有看到什麼可疑的狀況或可疑的人，可是我知道他們打算找個替罪的來了案……」

「老蔡！老蔡！」他只顧提醒老蔡用日文交談，以致老蔡說什麼內容他全注意不了。

「寶將……」

他以日文鼓勵老蔡振作起，問到底是什麼人死，老蔡哽咽起來：「巷子裡的公寓前不久有個老國代被殺死，你記得不是，你不是說真希望是政治謀殺，不是強盜殺人，寶將，你說的對，一定是政治謀殺，不然不需要找人頂罪——」

「老蔡！」他想厲聲喊醒老蔡，卻無法打斷夢囈一樣的老蔡。

「我懷疑就是那個老頭幹的，原來他的目標根本不是我們，是那些老國代……」

沒有聲音了。只剩路邊一些車聲喇叭聲，老蔡是在路邊打公共電話，他試叫了幾聲老蔡，想像老蔡活生生被拖上車的搏命樣子，他機警的先放下話筒，喃喃自語：「老蔡，勿死呀……」

於是他趕快返回那房間，打算把那一袋未寄的信件處理掉。拖開那個袋子，才發現後面還有數個未封的水果紙箱，他隨手打開最上面一個上書卓蘭一級紅肉李的紙箱——紛碎碎的掉落好多蟑螂屎——全是信件，有拆封的，也有，完全未拆封的，讓他迷惑於收信人是以什麼樣的原則決定拆與不拆，而此時再沒有任何事令他好奇過解開這個宇宙大祕密，他冷靜拆開一封密密封口的信——三十年間的字跡竟未有任何進步或退步——阿祥，那是兒子的名字，「阿祥　暑期來了，我希望你不要只顧荒於嬉戲，你上二個月的信裡說暑期要和同學去登山，我以為登山固然可以鍛鍊身體，但更重要的是鍛鍊頭腦。要知道人的頭腦構造是沒有任何機器可比的精密貴重，你應該常常保養它，不可讓無益的事情磨損它，也不可讓無聊的消遣讀物占了寶貴的空間，不然遇到重要的事物，你如何有空間去容納它呢。至於讀書，當然有很多方法，我會在下封信裡用列舉的方式，為你標出步驟，你可以用這個暑期來練習一下。我的錢還夠用，但請催你媽給我寄瓶綜合維他命，上一封信裡我已經提過。　父字」

「惠理　我七月十日寫的信你到底收到沒？我昨天接到你七月二十二日的回信，並未對我信中所規勸質問你的事作答，難道工作真的會忙成這樣嗎？我自然知道你目前困難很多，但人生本來就應該是這樣的，西諺有云：『受苦的人沒有悲觀的權利。』我覺得你這兩年變得很悲觀很消沉，我以為你沒有這樣生活的權利，哥哥在這裡，天天挑三十擔的水，每趟走三百公尺的距離澆菜，看著菜一天一天長起，即使不為收穫，光那種生機就可以使我很快樂呢。媽媽那裡，也請你寒暑假回去住住，不要嫁了人就只新年才回去，老實說，媽媽信裡向我抱怨過。妹夫雖然方言不通，但已經做了親戚，我相信爸爸媽媽是樂於見你們一起回去的。下封信裡多寫點吧，反正郵費都花了。　家正」

「阿祥　這是什麼時代了，結婚還有這麼多的規矩，我以為你應當跟未來的新娘好好溝通一下，畢竟爸爸那個時代是因為有長輩在的緣故，不得不耳，我以為你們應當建立共同的理想和看法，這才是未來共同生活最堅固的基礎，而不在於外在物質的鋪張浪費，我很希望這種我所努力建立的家風，新娘子能瞭解並接受……　父字」

「蘭妹　我十一和十八日的信收到了沒？藥要是還沒買，就請折現寄來算了，我已欠同學二百粒，人家雖不催我，拖著不還也會誤人身體，要是有什麼困難趕快告訴我，不要讓我不明狀況的苦等下去……　家正」

「阿祥　雖然嬰兒還有兩個月才降臨，想必你們已經做好一切準備迎接小傢伙，我很高興親家母到時候能夠從高雄來替你們坐月子，你外婆那裡可以向她要一種日本補藥，專給孕婦吃的，對胎兒也很有幫助，不會有任何副作用。至於我這做阿公的，無法做什麼表示，我打算申請幾棵樹苗，種在我負責的那塊菜地旁，也許將來孫孫有機會陪阿公再回島上遊覽，我們可以在樹下乘涼吹海風呢。當然我還是會給他一個禮物，我將替他取個有意義又響亮的名字……」

他昏聵的坐在地上，後悔打開時間所贈給他的玉寶盒，一封封喋喋不休令他羞澀不堪的癡人說夢，乍時隨同所有拆與未拆的無數信件捲成狂舞的白煙，裊裊昇空，不用照鏡子，也不用第二眼，他知道自己成了白髮老公公。

所以，彷彿像幼時曾經一個遙遠未上燈的黃昏裡一樣，他聽罷故事，號啕大哭起來。

◎收錄於二〇〇〇年《自傳の小說》，皇冠出版。

1

一九四五年八月十四日，日本宣布投降，隨著二次世界大戰終結、太平洋戰爭結束，一個錯綜複雜的時代展開，臺灣島上的居民，脫離了日本整整五十年的殖民統治，懷帶期望準備回歸祖國中國。

在日本總督府停止統治，來自中國的國民黨進駐臺灣初期，各種來自中國的不同政治勢力、左右派團體，都紛紛湧到島上來。

當同住在臺中的右翼臺灣知識分子，忙著組織「歡迎國民政府籌備會」，謝雪紅對國民黨政權顯然不抱任何期望。一九四五年九月，在國民政府派陳儀來臺組成「臺灣行政長官公署」新政府的前一個月，謝雪紅在臺召開「臺灣人民協會籌備會」。

人民協會的成立，旨在「號召全島人民團結起來，為爭取人民民主的實現而鬥爭」，參與的人大部分是日據時代抗日鬥士，有不少曾被囚禁數年乃至十多年，他們與各地的進步人士，先由組織群眾著手。

「人民協會」於一九四五年九月三十日，先由籌備會假臺中戲院舉行民眾大會，再於臺中大華酒家正式成立。提出「實施八小時工作制」、「保障人民自由」，調解一般人民糾紛，防範日軍煽動高山族暴動的宣撫工作等等。「這個組織普遍受到支持，紛紛在臺灣各地成立分會支部」。

謝雪紅不僅參與建立「人民協會」，也協助組織「臺灣人民總工會」與「臺灣農民協會」，並企圖與學生團體掛鉤。

此外，謝雪紅也拉攏國民黨的記者，派遣自己的人馬滲透入國民黨軍方報紙《和平日報》（原《掃蕩報》）。「聘用的編輯、記者、校對和經理部的發行，幾乎都是謝雪紅介紹來的。」《和平日報》在謝雪紅手中發行量迅速增加，日銷一萬多份，僅次於臺北最大報《新生報》。

一九四五年底日本投降至四七年「二二八事件」發生前，謝雪紅一直住在弟弟謝真南（真男）經營的「大華酒家」樓上。

改名真南的弟弟排行謝雪紅之後。「生我時父親原指望是男的，結果生下我是女兒，所以他將我取名為『假女』，後來如願生了男的，就叫『真男』。」

假女真男是否只是變換的稱呼？就如同「大華酒家」究竟只是一般餐廳用了「酒家」名稱——不同時期、不同地方使用「酒家」有不同的意含，還真是有酒家女坐檯的酒家？

不論為何，謝雪紅與「大華酒家」的關係，使她在臺海兩岸遭到鬥爭清算時，中共稱她經營酒家「做了許多不可告人的勾當」，她過的「汙泥式生活，簡直失去做共產黨人的品格」。

在臺灣的國民黨政權也以「卅年一覺紅朝夢，贏得逃兵酒女名」為詩羞辱她。

當她住「大華酒家」二樓，與前來找她的各式人物見面時，曾被形容為「待人和氣、穿著樸素——褪了色的旗袍，和一般婦女沒有什麼兩樣」。

時年四十五歲的女人，有個普遍的稱呼：

「歐巴桑」。

原日語裡泛稱地位不高的婦女，在臺灣成為對年長婦女的一般稱呼。然對謝雪紅，「歐巴桑」，是為她專有的稱謂，圈內人一提歐巴桑，便知道指她而非一般年長女性，「歐巴桑」含資歷、輩分與倫理的尊敬，成為敬語：

「臺灣人的『歐巴桑』。」

然當她周旋於達官貴人之間，她又是「濃粧豔抹，手戴鑽戒、金戒」。穿絲綢旗袍，戴金項鍊、鑽石戒指的女人，會被較她晚進的的革命男同志形容為：

「謝雪紅本人，這段時間也頗勤於交際權貴，憑她的閱歷、氣質風姿和語言天才（她能說日語、北京話和上海語），很多來自中國的權貴、國府官員，也都無不以親睹其風采，與她有交情為榮。」

他還會一再說她當時的形樣是：

「胸就是胸，腰就是腰……」

四十五歲未曾生育的女人，仍以她的豔色聞名，也仍以她的豔色令人不安。

特別是當她「穿絲綢旗袍」。

旗袍，這自滿清婦女傳統穿著沿革的女性服飾，雖有「民國國服」的意義，並非臺灣人普遍的穿著，因它的時髦與中國（唐山）的特色，會被稱做「上海衫」。

這衣飾在發展到極致時，會整個暴露女性的全身線條，特別如是薄而貼身的絲綢旗袍，不僅胸線腰線臀線畢露，兩邊還可開高叉，整條玉腿在長裙襬間隱隱露露，風情盡在。然這樣的衣飾又會維繫住所謂中國文化的保守特色，有高領將整個脖頸圈圍包裹，幾至密不透風。

這樣的旗袍，原並非一般臺灣人的穿著，也會一直是（至少往後五十年）陪酒賣笑真正「酒家女」制式服飾，同樣的曲線畢露胴體隱現，不同的在貼身薄絲綢，或薄紗只重點加襯裡；冬天的絲絨上綴滿假珠翠，或繡的不外假鳳虛凰。

同樣的旗袍，只不過料子更好，布料上的圖案、剪裁更莊重高雅，也會是來臺的統治者蔣中正夫人的穿著，還以其風華風靡中外一時，一般的官太太，無不效仿。

穿旗袍，特別是絲綢旗袍，不無成身分表徵。

隨後更多婦女因工作方便逐漸穿西式洋服，旗袍式微後，普遍流行這樣的說法：

「只有酒家女（或舞女）與官太太，必然穿旗袍。」

而其時謝雪紅「穿絲綢旗袍，戴金項鍊、鑽石戒指」，與前來統治的國民黨司令、縣長等政要周旋，她的穿著打扮，其實不外學習國民黨官太太的模樣要與她們一致，差別或只在：

「歐巴桑」穿絲綢旗袍。

（而謝雪紅在不多久後，會被臺灣與中國兩地的政府官方說法宣傳為做過「酒家女」——除了官太太外穿旗袍的那類人。）

至於謝雪紅住處的「大華酒家」二樓，「靠近公路，約有二十平方公尺大的房間，鋪滿日本榻榻米。室內只有一個小櫥，一張矮腳寫字檯，兩邊牆上，一面掛著日本監獄教誨師贈送的俳句卷軸，另一面掛著國民黨特別黨員證。」

謝雪紅還會指著牆上的黨證說：

「我早年，在國共合作時期參加國民黨，現在又重新加入了。」

曾是為臺共中央領導人的謝雪紅，在住處懸掛日本人（還是囚禁她的監獄教誨師送的）俳句，掛著國民黨黨證。當來接收的國民黨先遣人員要奪取情報時，謝雪紅會羅列前來「大華酒家」的常客，市長、縣長、某某師長、團長，三青團人馬——都是國民黨人。

而「大華酒家」居室內榻榻米下面，儲藏著不少廢銅、舊銅幣，準備造彈藥用的。

楊克煌亦在此工作，前來拜訪的人，常見他盤腿坐在榻榻米的矮腳寫字檯上伏案寫作，他是為《和平日報》日文版編輯，擅長寫嘲諷時事短文。他與謝雪紅兩人被形容為「形影不離」。

除了周旋於各路人馬之間，謝雪紅還被認為極善經營，她在「大華酒家」的臨街內院搭涼棚擺冷飲攤「鹿鳴館」，夏天專賣刨冰，生意興隆。當國民黨軍官在從日軍接收過來的飛機上灑鹽水，促其生鏽好當廢鐵處理，謝雪紅伺機買進這些「廢鐵」再倒賣出去賺了一大筆錢，「二二八事變」後充當反抗軍軍費。

她贏得許多人的尊敬，他（她）們不會暱稱圈內人稱呼的「歐巴桑」，他們尊敬的依當時最敬語稱她——

謝先生。

甚且不曾直呼其名。

「謝先生」除了被公認極擅長煽動性的講演外，還被記得喜愛唱一首苦情的臺語歌謠：

補破網
看到網，眼眶紅
破擱這大孔
想要補　無半項
誰人知阮心痛
那是將這來放
是永遠無希望
……

這首以勞動人民生活無著無方，也暗喻臺灣人民前途坎坷的民間歌謠，自然是謝雪紅會喜歡唱的抒情歌曲。這首歌除了在日據時期、戰後傳唱一時外，還會一直唱下去，在往後等同於日據的五十年（有人甚且認為國民黨統治較異族日本人更殘酷），成為這民族悲情與苦情的見證。

謝雪紅還被人認為也喜歡唱〈雨夜花〉：

雨夜花 雨夜花

受風雨吹落地
無人看顧暝日怨嗟
花謝入土不再回。

以花暗喻女性悲慘運命的這首歌，接下來還會有這樣更悲慘的述說：「雨無情，雨無情，引阮入受難池，怎樣放阮離葉離枝，花蕊一落要如何！」原遍指一般女性受命運擺布的苦情歌，除廣為傳唱外，最後成為風塵女性偏好的歌曲，以暗夜受摧殘的花自傷自嘆無人憐惜。

被臺灣與中國兩地官方說法都冠上「酒家女」的謝雪紅，自然被認為也喜歡唱這首歌。

我的三伯父，最愛講述這個時期的謝雪紅，三伯父自稱是從輾轉聽來的各式權威官方說法，與隱祕的民間傳說集合後，作出這樣斬釘截鐵的結論：

「謝雪紅真的做過酒家女沒錯，不過，是做為一種掩護，好套取敵人、四方的情報。伊親像川島芳子那款，周旋在日本人、共產黨、國民黨；中國人、臺灣人之間，不得不如此。」

「那做酒家女賣身，也是為著工作。」三伯父一再如此強調。

我們便也以為自己看到了這樣的謝雪紅。

三伯父更嚴正的替謝雪紅辯說：

「伊住『大華酒家』樓上，有自己使用的樓梯，樓下出入的人很雜，有一些祕密的人來找伊，無人知是去『大華酒家』吃飯，還是去找雪紅仔，對伊的地下工作，是很大的保護，才有辦法進行祕密工作，這叫作『卡吧』(Cover 日文發音)。」

許多年後，我們才知曉，三伯父如此為謝雪紅開脫，與他親身經歷，但從不肯直接談說的「二二八事件」有關。發生於一九四七年二月二十八日的國民黨政府來臺後的全島大屠殺，以及接著長達四十年的白色恐怖，明顯的影響了即使最愛說長論短，編排是非的三伯父言說。

2

一九四七年二月二十八日，「二二八事件」爆發。

事件發生原因，一般咸信終戰後日軍撤回，新來的「祖國」政府原為臺灣民眾深切寄望，但接收人員腐化貪汙，壟斷權位利益，駐臺軍憲又軍紀敗壞，導致全臺糧食短缺、物價暴漲。「祖國」政府更以征服者的姿態瞧不起臺灣人民為「亡國奴」，累積了難以化解的民怨與對立。

累積的民怨終於在一九四七年二月二十七日，臺北市「天馬茶坊」前一樁單純的查緝私菸開槍擊斃旁觀民眾，引發成翌日民眾集結「行政長官公署」前廣場要求改革，統治者令憲兵用機關槍向群眾掃射，死傷數十人。至此，遂爆發成全臺灣全面騷動的「二二八事件」。

謝雪紅對時勢的洞見贏得敬佩，她早在一年多前即著手部署，使得事變後第三天，三月二日，一千多餘中部民眾聚集於臺中戲院舉行市民大會，齊推她為主席。大會後遊行示威，沒收臺中專賣局武器，包圍縣長家、警察局，一時，中部黨、政、軍機關都由人民占領。

不論支持她的人，與她採對峙立場，甚且國民黨人員，都稱許謝雪紅的「英勇」。

當群眾搬來數大桶汽油，要將臺中縣長住宅焚毀，謝雪紅怕延燒到一般百姓房屋，即阻止放火：

「她即由卡車跳下來，單人獨馬走近劉（縣長）等面前，眾人連說危險，欲阻擋她；但她仍接近劉等，令他們放下武器。劉認識是謝雪紅，即大聲叫她救命。謝即收藏了他們的短槍六枝，把六名兇手一起送到警局。」

來自被逮捕的國民黨要員則稱：

「見左側大路上一卡車，滿載武器警察，迎面駛來，車首立一女子，一手持手槍，一手揮白旗，余等發槍令其停駛，該女子當即令司機停車，單身來至余等面前，互談之後，知伊為大名鼎鼎之女共黨謝雪紅……乃勸余等放下武器，伊當負責保障余等之安全。

「但當余等上車後，群眾即自四方趨來將汽車包圍，並鼓譟將余等當場交由大眾公開處置。謝乃向群眾解釋，謂此數人均屬罪魁，現已成為俘虜，當由上級依照法定程序予以公開審判後處決，藉張罪惡，目前不能交由大眾辦理。語畢，群眾略見安靜。

「伊乃令汽車緩緩開行，但不逕赴警局，卻環行鬧市，隨時停車向群眾演講。察其用意，顯為欲將余等之成為俘虜一事，普遍曉示群眾，藉以煽動群眾之更高暴亂情緒。」

謝雪紅的勇敢、膽識與謀略，使她成為「二二八事件」帶領中部地區人民起來武裝起義的「女英雄」，而當地方仕紳與政治領導者籌組「處理委員會」，欲透過「妥協的方式、和平解決事變」，謝雪紅仍繼續她的武裝對抗路線。

自日人取得武器裝備後，謝雪紅號召青年參戰，並於次日（三月三日）成立「臺中地區治安委員會作戰本部」。這個作戰本部，使得中部地區的反抗運動有一明顯的據點，各地都派援軍來參加。武裝部隊於一日間攻克所有臺中市黨、政、軍、憲機關。

謝雪紅、楊克煌原希望在嘉義成立「嘉義自治聯軍」的張志忠來臺中指揮迅速擴大、來自各方的部隊，但張志忠需留在嘉義不克前來。三人商量決定，挑選最精良隊伍集中編成基幹隊伍，並命名為：

「二七部隊」

然三月九日，國民黨政府自中國調來軍隊「二十一師」由基隆登陸，展開全臺血腥鎮壓。十二日，「二七部隊」決議由臺中撤入山區埔里，謝雪紅並堅定的表示要固守埔里。

只消兩天（十四）日，謝雪紅與楊克煌在見了一位自稱「謝富」的人士後，匆匆離開埔里，僅告知「二七部隊」副官周明（古瑞雲）：

「我們有急事要出去，三言兩語又說不清，以後你會知道的。我離隊的事，千萬別張揚出去。」

此一離去，謝雪紅在往後於中國一次又一次的鬥爭中，會被冠上：

「二二八逃兵」的罪名。

在三伯父講述的各式「事變」中，不管是「噍吧哖事變」、「霧社事件」，三伯父都可說得「有手有腳」，好似他都曾親臨現場似的。

反倒是他確實歷經的「二二八事變」，有極長的一段時間裡，三伯父不僅絕口不提，還每逢我們言辭中涉及「政治」時，三伯父即嚴厲出聲恫嚇：

「囝仔人，有耳無嘴。」

而做過日本人「保正」的三伯父，在日本戰敗、國民黨政府初來臺灣時，還曾不時發出這類評議：

「日本人是很嚴，有人做賊做歹事就抓去灌水毒打，但日本人守紀律，不會黑白來。那親像國民黨阿山兵，穿草鞋一身破爛，垃圾鬼黑白來，查某『孫中山』，什麼都要。」

欽羨日本兵的軍容與紀律，三伯父提到來自中國的「阿山兵」的草鞋與一身襤褸、身背煮鍋漱口杯，十分鄙視。

「這些阿山仔，還開嘴閣嘴說要感謝伊，給咱臺灣人不免做亡國奴，又講咱受日本人奴化教育，笑咱不會說伊的『國語』，笑咱穿木屐。有啥米好笑的？龜笑鱉無尾。」

到發生「二二八事件」，三伯父才不僅不再批評，甚且絕口不提從中國來臺的國民黨政府，特別是軍隊。

然對三伯父來說，不對事件說情論理一番，顯然比被扣「紅帽子」抓去關還難過。三伯父旋即發展出一套拐個彎發表議論的方式，選擇性的就他「不說會死」的議題，繼續談說。

便有一段時間，三伯父獨排眾議，堅持謝雪紅多年來一直躲在中央山脈崇山峻嶺不為人知的某處，還窩藏大批日本人留下的武器，隨時準備東山再起：

「這是無可能的代誌，日本人留下來的軍火再多，也多不過國民黨整個國家的軍備，謝雪紅必輸無疑。」

然後對他過往鄙夷的「穿草鞋」國民黨軍隊，著力的誇獎一番，用盡他擅長的言詞極盡諂媚吹捧，形容得有如「天兵天將」般。並一再指責跟隨著謝雪紅藏身中央山脈「連雲豹都少見」的叢山間的兵士與軍火：

「不知死活，必輸無疑。」

儘管三伯父一定如此強調，他事實上也真心相信，但一再說謝雪紅仍藏身雲深不知處的深山未被查獲，並可能東山再起，一定給了三伯父某種安慰。好讓他能面對「二二八事件」中被牽連坐牢、槍斃或下落不明的親友鄰居、地方仕紳，以及他在事件中自身的「遭遇」。

為了保留這明知不可能的最後一點安慰，三伯父對謝雪紅的其他種種，也多加維護，雖不敢明著稱讚，也不再批評。

我們一直對這樣的說詞有著最極致的驚懼：

「謝雪紅來了！」

這句話取代了「虎姑婆來了」、「狼來了」、「警察來了」等，在相當長的一段時間內，是使孩子們就範的最好說詞，只要大人們板著臉顯現驚容，朝我們低聲道：

「謝雪紅來了。」

連我們當中據稱最頑劣者，也紛紛不敢吵鬧、止住哭聲、閉上眼睛裝睡（當然隨著也就如大人們所願，真的睡著），或乖乖的將功課寫完、交代的事情做好……。

我們何以害怕「謝雪紅來了」至此？我們過往不是最害怕「虎姑婆來了」、要不就是「警察來了」?!

警察是什麼我們看見也知道，他可以將我們銬上手銬，帶離家、爸媽、玩伴們，還可以「槍斃」我們……。

虎姑婆是什麼我們沒見過，但孩子們都知道她是老虎變的姑婆，有一天會來到阿金、阿銀家。變了姑婆的老虎怎麼善變都無法將尾巴變不見，所以不坐阿金搬來的椅子，要坐甕。

（我們必須連上門的人坐的方式都小心留意，如有人要坐甕，就得提防她是虎姑婆，要將尾巴藏在甕裡。）

晚上我們一定不能同陌生人睡一起。以免虎姑婆將笨阿金吃掉，吃到手指頭阿銀才知道，問吃什麼，虎姑婆回答：

「生薑啊！好脆，你也來一塊。」

丟過來的是一根血淋淋的手指頭。

（我們避免吃脆的東西，「咔喳」的嚼咬聲好似吃到手指頭，我們便不敢再嚼，囫圇吞嚥。而且，我們留意只要有人在床上、蚊帳內吃東西，我們便要學阿銀，說尿急要尿尿。虎姑婆會在我們身上繫繩子，我們學阿銀將繩子繫在尿桶，虎姑婆拉著始終沉沉的，人還在，就不致起疑。

可是我們家裡沒有尿桶，只有廁所。）

不論如何總得趕快逃跑，跑不遠虎姑婆即會追上，我們知道老虎跑得快但不會爬高，所以爬上樹才安全。

（萬一找不到樹？我們周邊四下樹並不多。）

就算爬到樹上，虎姑婆還會用一嘴利齒要咬斷樹幹，我們就得騙她：

「我自己跳下去給妳吃好了，反正逃也逃不掉。」

為了更好吃，我們要建議虎姑婆將廚房一鍋油燒熱，用繩子吊到樹上，她只需要在樹下張大嘴，我們則在熱油裡一滾，油炸好了跳下去，會正好掉到她嘴裡。

（朝著樹下張大嘴的虎姑婆倒下去的，當然是那鍋滾燙的熱油。可是不擅爬樹的我們，會不會一個不小心也滾下來？或者，虎姑婆根本不上當？家裡也正缺油？又或者，我們根本爬不上樹？）

我們如此害怕「虎姑婆來了」，雖然我們知道她是老虎變的姑婆，也小心記著如何辨識、提防、逃跑、脫身的種種步驟，不管用得上用不上，我們至少「有備無患」。

可是我們全然無從得知「謝雪紅」是什麼。大人們絕口不提，只神色如此驚懼，一定是比「虎姑婆」更可怕的東西。而且，當「謝雪紅來了」，我們當中沒有人聽過如何對付（大人們連提都不准我們提及）。

這更使我們驚恐萬分。

有很長一段時間，我們被「謝雪紅來了」嚇得大哭後，大人們只要再加一句：

「再哭、再哭，謝雪紅真的來了。」

我們在最極致的驚恐中立即噤聲。

我們一直記得這使我們甚且不敢用哭來顯現的恐懼。

「謝雪紅來了。」

三伯父滿口國民黨軍隊如「天兵天將」的稱讚，及換轉個方式堅持謝雪紅「兵疲馬困」，困留「連雲豹都少到抵」的中央山脈崇山峻嶺中的說法，並沒有讓三伯父逃過一劫。在「二二八事件」全島性的「綏靖」大屠殺後，隨著來的白色恐怖牽連中，三伯父因此入獄。

並無任何罪證，罪名也不過是「議論時勢」，家族仍花了大筆錢財才將三伯父自牢裡救出。三伯父在牢裡待的時間應該不長，然不僅愛議論的三伯父絕口不提這段經歷，到這個時候，整個家族也全體噤聲，有若不曾真有其事發生。

噤聲的還不僅三伯父、整個家族，甚且整個鹿城都全然噤聲。到後來，不僅是與「事件」相關的一切，更確切的說是與「政治」相關的一切，都整體消音，沒有任何人提及。

而「政治」可以泛指所有與當局、公眾事務，甚且是議論的一切。

儘管如此，那「事件」在不能被提及，當然更沒有資料、文字、圖像可見的情況下，以一種更巨大模糊而至無所不在的真實，恆久的禁錮在我們周遭。

我們知道「它」確實存有。

（我們就是知道。）

便四處俱是乞丐與瘋子。真正目睹「事變」殺戮的人，或不會太多，但眼見屍身堆疊在火車站、電臺前、市政廳、公園、河灘等地「示眾」的人不少。即使屍身夜裡被取走或齊推入河裡、坑中了事，血跡乾枯後，耳語流傳中「事變」在一再私密轉述後，愈滾愈大。糾結著殘破的屍塊毛髮，被挖出的心、肺，敞開流出的腸胃，還有掉落的眼珠，腐爛後的枯骨，數十年中一再流傳於不曾有親族、朋友涉入，較不害怕被牽連的人們中，私密耳語不絕。

而那真正有親友近鄰失蹤、慘遭殺害、被囚禁的人家，反倒有若不曾真正有其事發生，甚且被詢問到也噤聲不語。

便在年久失修開始傾倒的房子裡，廳堂停放一口或數口未埋的棺木，夜裡，發瘋了的子孫盤踞在棺木上，或蹲或坐，喋喋厲笑接連長聲哀號，整夜不息。然只消白日曙光一至，瘋子如同捲入夜色深黯中，蹤影氣息俱無，彷若未曾存有。

也有人整天整夜不停的在街心打轉，嘴裡一逕喃喃自語不知訴說著什麼，聲音揚高時一如咒詛。有人臨近，以瘋人詭異的清明警覺，瞬即止口，那突來的噤聲又突兀到好似連氣都摒住止息，甚且不敢吸吐呼吸害怕出聲。

不言不語、全然不動的人，則每日風雨無阻的固定在定點、守候，怔怔看人但眼珠轉都不轉。他們似種植的幽靈，矗立在繼續朝前的活動人群中，守住時間凝住的那點，就此一切止頓，移動的人群甚且能由他們身上穿進穿出。

儘管一定有人，而且一定是家屬親鄰供給吃食，否則這些為數不少的瘋子不可能存活，但從未有當事人出面。瘋子們便好似憑空存活，而我們則置身一個虛妄不實的所在。

還四處有著乞丐，年老的婆婆帶著年幼的孫兒，不知來自何方的婆婆素寡著一張臉、羞辱的伸出乞討的手，舉止神奇不似一般乞丐，更似只路過要奔回不知哪裡的下一站，所缺的只是盤纏車錢。

他們倏然出現、短暫停留後再一輩子難見蹤影。

也有生病的老人會被困住。幾個月以來夜裡潛回一間小土地廟棲身的老婦人，四鄰已知她叫「梅花」，梅花帶著四個孫兒，因一隻腫脹腐爛的腳不再能前行，白天怕被驅趕不敢留在土地廟裡，得拖著身子在地上爬行至廟旁一棵榕樹下，四個也是一身惡瘡癩痢頭的孩子外出乞討。

而有一天，如同他們不知如何到來，也不知如何離去，不見了「梅花」四個孫兒。

祕密中模糊的傳聞，開卡車的「憲兵」前來將他們帶走，「梅花」事實上是「匪諜」，共產黨潛伏的特務。她的一隻腳並非真正腐爛不良於行，一切都是高明的化妝術，四個孫兒也只是四個拐來的小孩，方便好做掩護。

至於「梅花」何以做敵人的「匪諜」，也源自「事件」……

那是一個瘋子與乞丐的時代，我們不曾看到大屠殺，也不曾目睹堆疊的屍身或血跡，甚且三伯父也少編派是非。我們的驚恐來自於被教導連親眼看到的事都不能相信，因著背後一定是「匪謀」的陰謀……

那麼會不會連我們最害怕的「謝雪紅來了」都是騙局？如此謝雪紅豈不是不會來了？可是，萬一「謝雪紅不來」才是項陰謀，豈不真正落入圈套！

——謝雪紅來了。

而「來了」的謝雪紅，被渲染這樣的形樣：

一頭長而捲的黑髮旁分，一邊用一只水鑽鑲成的髮針綰到耳後，另一邊便有大股大股的黑髮自額頭披流下，略遮著眉眼與小半邊臉頰，有著無可分說的頹散與慵懶，那種剛從床上完事起身的惺忪風情。

粗眉高顴骨，質厚的性感紅唇，眼波裡煙視媚行，塗得血紅的肉慾紅唇常開，永遠待吻似的。

她當然穿絲質旗袍（我們也繼續從報紙雜誌上看到從中國前來的統治者蔣中正夫人，以及其他官夫人穿絲質旗袍）。同樣讓我們不解的領子高高密包，重重遮占那我們認為暴露無妨的脖頸，但開高叉的長裙擺又眼目可見行走間暴露無遺的整隻玉腿，所幸穿上黑色網襪，吊襪帶上織繡著黑色的玫瑰。

而那我們視為禁忌不能外現的的胸部，雙峰會被高高的托起，尖挺突出的聳立在貼身剪裁、薄如蠶翼的絲質旗袍中，當然胸、腰、臀曲線畢露。

她手上還必須持支長菸斗，為此，旗袍削肩好露出兩條白玉手臂（但戴上長過手肘的手套），細長近尺的長菸斗夾在戴大顆鑽戒的食、中指間。湊近口舌吸口菸，噴出的煙霧裡，迷迷濛濛的瞇著眼斜視的淫慾眼光。

在無從見著謝雪紅照片，所有相關「二二八事件」的人們俱怕經由照片指認被牽連，為求自保不惜將照片毀壞不存或藏隱時，我們一再被灌輸以此做為「酒家女」謝雪紅的形樣。

最讓我們驚恐的是，私下總有隱密的傳聞，那做為「酒家女」的謝雪紅，一身絲質旗袍，長手套、菸斗，網襪一除去，「裡面」據說是與我們不同的。

什麼「裡面」？何處不同？如何不同？我們一無所獲，除了曖昧的「就是不同」、「那個不同嘛」……

而私密的耳語紛傳，這樣的「壞女人」是不穿內褲的。也就是說，高叉的絲質旗袍是如此的易於撩起（甚至不用脫下），不消一撩（絲薄的材質全然毋須費勁），坦呈眼底的便即是一個雙腿大大張開永遠等待著（任何男人都得以操插進出）的陰戶——

「裡面」機關密布？

我們還得知，旗袍為了開至近臀部的高叉，裡面據說是無從穿內褲的。

（那「母儀天下」來統治的蔣中正夫人的旗袍裡，還有那普遍穿旗袍的官太太們，裡面也是不穿內褲？）

內褲成為我們安全的表徵，也由此我們明白什麼是淫蕩，在穿、脫，甚且全然不穿之中。

她在整個「二二八事件」中留下來的，在她逃離的故鄉臺灣，在往後的五十年裡，由前來統治的中國人中，凝聚成的便是這樣的形樣：

酒家女。

儘管「事變」後多年，仍盛傳她隱身入「只有雲豹才能到抵」的中央山脈崇山峻嶺中，事實上，她並不曾如外傳攜帶大量日本人留下的武器與兵士入山。

反倒是，謝雪紅自三月十四日與楊克煌由埔里「二七部隊」基地祕密離去，此一離去，在她往後前往居留二十幾年的中國，在歷經種種鬥爭中，成為主要的罪證之一，稱她為：

二二八逃兵。

謝雪紅於事後向當時「二七部隊」的領導者周明解釋：

「三月十四日那天晚上，謝富是來傳達省工委指令的，指令說，局勢突變，變得非常險惡，所有共產黨員必須停止一切公開活動，隱藏起來以保組織力量。」

情勢紛亂中，黨的領導與紀律並沒有那麼清楚嚴明，一般咸信，謝雪紅是以此做為脫離隊伍的合理藉口。不做不必要犧牲的「烈士」，好留得青山在東山再起，應是貧困出身，曾做過「媳婦仔」、「細姨」，全憑長時長期努力奮鬥的謝雪紅的基本信念。

然一位領導者未能與同志戰至最後，或安排「二七部隊」化整為零、與其他游擊隊結合另覓出路，必然受到譴責。

離去前她只對周明留下往後聯絡方式：

「到竹山鎮打聽張昭田。張昭田攻打嘉義機場犧牲了，家裡只有母親，你合掌施禮向她要三支香，然後朝昭田靈位三鞠躬，她便知道你是自己人，會帶你來找我的。」

周明帶領撤入埔里的人只有兩百多人，臨時成軍且非軍人的隊伍，十五日與國民黨軍隊「二十一師」的一支，在烏牛湳短暫戰役後，人員紛紛散去。

周明循著謝雪紅的指示在竹山會合，隨後前往小梅連絡駐當地的陳篡地，謝雪紅評估「對陳篡地也不大瞭解，聽說曾參加過馬來亞游擊隊」，未曾前往小梅。

三月廿五日，小梅失守，有消息國民黨軍隊開始挨家挨戶搜查，三人連夜逃離竹山。

楊克煌建議先到彰化市妹夫家避避，三人摸黑走了七、八個小時山路，到抵彰化市區已是拂曉，妹夫忙著招待，轉述街上的傳說：

「二七部隊」有幾千人馬，在埔里打死幾百個國軍、光卡車運屍體就運了十幾輛。「二七部隊」已撤入霧社，隊裡有不少日本兵。

三人聽了只是笑笑，未曾接話。

隨後街上傳來消息：

「謝雪紅潛入彰化，警察開始在搜捕。」

三人決定分兩路。謝雪紅與楊克煌兩人一夥目標明顯，便由年僅二十二歲的周明陪同謝雪紅前往大肚鄉，楊克煌到南臺灣鳳山的弟弟家躲藏。

謝雪紅打扮成鄉下婦人，「身穿舊棉布衣褲，頭戴草笠，前簷拉低遮臉，可是一雙潔白的雙手卻露出破綻，她只有把雙手插進衣衫下擺。然中臺灣的三月底，稻秧都已長高了，暖熱的天氣裡沒有人會把手插進衣衫禦寒。」

所幸火車上有周明站立她前面遮掩，車上雖有憲兵巡邏，未曾引起注意。

那火車於我們一直是致命的所在。

（我的三伯父與「二二八事變」的關聯，據聞便是在火車上。）

那火車成為最驚怖的殺戮場域，超越市政府、電臺前、軍營、公園，甚且站前廣場的大屠殺。理由無它，我們深切寄望能帶我們逃離的移動中火車，會是困住我們無處可逃的最佳困境。

當一列行駛中的火車為前來搜捕的軍警控制，我們事實上已無處可去。除非我們選擇基本上同是死亡一途的跳車，方能中止在被限制的軌道上一定只有前駛並固定到抵的旅程。

可是即使我們在敵人辨識、尋獲之際來得及跳車，我們還有之前驚恐的等待，等待那手持機關槍的大隊車警，一個車廂搜過一個車廂，找尋可疑的肇事者、逃亡者。

而「可疑的肇事者」可以是凡看來像讀書識字的人，他們被認為是事變的起因，因著他們能思考。

要殲滅的已不只是極少數竄逃的敗軍，或有武器臨時起義的民眾、破壞分子，真正要連根拔起的是，銷毀所有的「知識分子」——凡看來像讀過書會識字的人，他們是所有禍害的反動根源。

於是，行駛中的火車上，一雙白顏色、不曾曬過太陽；細緻、摸起來無粗皮；修長、關節不曾因勞動粗大的手，便足以致命。

如果還嫌罪證不足，一雙白皙、細緻、少赤足穿鞋的腳，同樣可以被抓或當場以機關槍掃射。

（少做粗重勞作的三伯父，據聞由一個好心農人的協助，藏身農人座椅下，農人還用隨身帶的一麻布袋花生——一說是豆子）置於雙腿間，才使略通文墨的三伯父免除伸出他那雙足以致命的白皙細緻的手。）

行駛中的火車以及移動的速度，看似安全的在逃離，然只能在固定軌道上的移動，必然也是另一種困境，必須又足以致命的，帶我們駛向未卜的停靠站。

她則在魘著的惡夢裡，一逕有著行駛中的列車。

一定是俄羅斯，因為有著那狹窄的臥舖，也一定是在做夢，窗外為什麼是接連不斷的甘蔗田。那甘蔗正值成熟，一人多高的蔗身，一枝枝紫紅長節手臂粗的蔗桿，已突露出剝離枯萎的葉片。滿山偏野裡，矗立著儘是這樣一枝枝怪異紫紅色的粗物，節節硬大的節頭鼓鼓的外凸，干干戈戈的顯劍拔弩張著。

一定是在做夢，俄羅斯火車怎麼會走經甘蔗田。還有人叫賣著便當，薄木片裁成的方盒一盒盒打開，裡面全是酸的黑麵包。

（白飯，就是番薯簽飯也好啊！）

一定是在做夢，火車上的臥舖怎麼運載起甘蔗。一綑綑紫紅色粗節的蔗桿，像一節節流出凝固血液的肢體，滿滿睡了一個個臥舖。

（整列火車的臥舖上睡的全是紫紅色的枝節粗大甘蔗？）

火車變成了窄軌的「五分車」？倒是鬆口氣，不再是坐乘俄羅斯的火車走在臺灣的甘蔗田中。這不是「帝國製糖工廠」運甘蔗的「五分車」？車廂裡一綑綑甘蔗全未去枯葉，那甘蔗葉即便枯後仍是一長條僵直扎手的硬葉。手中多了把鐮刀，原受雇去掉枯葉好讓蔗身入廠壓出甜汁製糖。一鐮刀削下去，枯黃長葉內包的不是甘蔗，是有如凝血的紫紅色具具屍身。

再換一綑甘蔗吧！受雇的工作就是要削去外面這些長葉。鐮刀幾個起落，露出的仍不是蔗桿，是具具紫紅色肢體長節的屍身。

是不是自己的工作永遠是拿著鐮刀從萎黃枝葉中剖出屍身，而最後只要鐮刀起落，便從綑綑帶葉的甘蔗中製造出具具屍身。

（這一長列火車又能載運多少綑死人？像剝除葉片的褐紅色甘蔗，三十、五十隻捆做一綑，一節車廂可容多少這樣凝血的紫紅屍身？

一長列至少十幾節的車廂，滿塞著一綑又一綑的死人，能有多少綑？

或是多少綑甘蔗？）

她醒過來霎時間常不知自己身在何處，意識游走，是莫斯科？日本？還是上海？突來的驚懼，她猛地坐起，竹床一陣窸窣搖撼，那習慣了的床的聲音，翻個身也會如此。

逃亡中，仍在臺灣。

她戒備裏好隨時逃跑，然後意識到身邊沉睡的男人。（長時間逃亡中有不同的人陪過她，這時伴隨著的是誰？）然至少心安，暫且不動但凝神靜聽，只有窗外田間的蛙鳴蟲叫，聲聲接連傳遞不休。

黑暗中漸可辨識的簡陋物件逐漸吻合了心中的認知，她凝目細看，好驅走那使她只有大口喘氣的驚懼。屋角一只殘舊的五斗櫃，矮櫃的第二層有隨身帶的藏青臺灣衫褲。她猶豫著吃飯用的矮木桌與幾把板凳，是放在屋子中央？果真粗略的在眼前浮現這較小的物件，像蹲伏似的趴在地上。

突來那麼強烈渴望擁抱的慾望。她閉上眼睛，交纏起手臂直到緊勒得胸口氣悶，臉面一定潮紅的發熱著，未能環抱的下半身愈發空蕩蕩的敞開。放鬆手臂她順勢坐起來，雙手圈抱住拱起的雙腿，整個人蜷縮起來。

竹床隨著身體的動作吱呀價響，窗外蛙鳴持續喧囂，一聲聲擊打心口胸中，四月鄉間的夜仍有餘寒，天地洪荒的孤寂。

（那中部臺灣的山林裡在四月裡遍開著白色的油桐花，雪白的花朵團聚在新枝新芽的頂端，雲雲的像一樹綠葉上枝枝枒枒俱停著朵朵雲翳。生生世世裡我一定已然來此到抵，否則不會如此熟悉。

在眼角餘光的突然一瞥中，在眨眼瞬間飛逃過眼底的——景物，我必然曾經見過，那此刻我身旁的男人。只是用不同的眼睛，透過那白色油桐茂盛的枝葉、透過雲雲的花團間隙。

我何以魂牽夢縈的總要想，有雲雲的花朵環鋪著我倆歡愛的所在，在濃郁的馨香中，我裸露的胴體緩緩舒展，一如次第將開展的花瓣，再等待你身體壓下，並插入我重重的花心，揉捏搓操到我如倦開疲展的花瓣，紛紛萎落、包捲。

是不是我們原就曾於雲雲的白色花瓣間雙體纏綿，才會留下我這永生的渴慾，我至愛的溫存所在？

於這無盡荒清中，我強烈慾求起的，便是這花瓣間環伺的胴體交纏，我以為或是此生此世最後的交合。

如是我纏繞、攀援、依附、棲息。

我最終的依歸。

啊！我何需被灌入相剋的雄黃酒？只消是如此絕境、如此荒清，我在全然無依中只求保住自身，早一點一滴的在褪去我舊有的女人身體，在回歸最初始的本能。

我以此做這或是最後的一次交合，便有如重新開始的第一次。我在花瓣環伺花香縈繞中，於枝葉樹椏交錯間，新舒展開一副新的女人胴體。

我的最後一次、也是最初的一次。

而我知道，這無疑是你的第一次。

此時此刻，地老天荒無盡洪流，我迫切需要你溫暖的藏身之處，一個可以依靠的地方，好確保我新有的女人身體，不會於驚懼中回復原形，魂飛魄散間，頓失依歸。

於我這歷經劫難，開始感到在變為陌生的女人身體上，我索求於你——

讓我最後一次成為一個女人！

在我還能夠時。）

男人說他睡在竹床旁的地上，始終也只是淺淺入眠中，初被喚起有著驚懼，然女人輕聲細喚。

「到床上來，陪我。」

仍睡意朦朧的男人一如經常的服從。

她欺身摟他睡下。

男人說他想外國人都是這樣的，她這樣做因為她的蘇聯經驗。俟她親吻他，吻住他的唇，男人說，他想外國有此洋化的規矩。

他的全無反應使她哭泣出聲。

「我一生為革命犧牲，犧牲我的青春，如今已無青春，生命也隨時會葬送。」

男人說她還說：

「我們現在這樣在一起，也是緣分。」

然後她伸手摸他那地方，他才知道嚴重是怎麼回事。

男人說她一面仍哭著說：

「要同情我、安慰我……」

她的手繼續的把弄撫摸，細細的搓揉輕輕的搔耙：

「對我的精神肉體很大的安慰……」

男人說他屈服而且認同。

（我觸及從未有過性事的你的身體，這青春光豔的胴體勢必為我所有，方才全然不會背叛。

我已然低溫、冷滑且險峻的胴體先纏上你灼熱的身軀，你即被我牽引，便會煥發出體熱，我則全然的包覆著你。

我先吸取你的熱氣。

我需要的是熱氣，那熱有助於我舒展，和暖後我會長而綿延的將自己伸展開來，不再盤曲而你方能進入。

我已冰冷的手且遊過你的胸膛，我必然停留，在這裡，有我永恆的記憶，百世千代裡，不用任何最微略的提示，我都知道，那滾熱的紅血裡澎湃一顆勃勃跳動的心，羶羶的熱氣與腥紅的血，是我永生的渴慾。

然我現時仍為女人的手會避開這心，隔著胸肌，隔著我不長毛不長爪的手，那心的熱氣不敷我現時的取用也並非我當下所需。

我要的是另一種方式的「交心」。

如此我讓你進入。你未曾進出、穿刺、抽插過的陽具會學習記憶這第一次，並於往後持續的進出中加深銘刻於你陽具上我專屬的印記，你終究要一再回來——尋覓，尋覓熟悉、習慣的長短相容凹凸契合，方始安心。

我還確信我會讓你有最極致的爽樂，你輕易無法從別處獲取。即便你偶爾流失，終究要一再回來。

我繫住你的陽具，便等同繫住你的心。

我因而不怕你背叛，我不僅擁有你陽具的第一次記憶；還自信只要能一再吻合你陽具最深刻的銘記，我即一再擁有你。

你無從背叛，因為你需要一再回歸。

至於我，那第一次進出女體的陽具在此刻也讓我回歸第一次被穿越的觸感。為著這尚未習戰的小東西總於很短的時間在我內裡棄甲繳庫，獨留下我未曾被激起、當然也未獲滿足。

如是，我真切感到體內的陌生，恍若我逐漸失去的女體裡，仍有我未熟悉的腔道等待著被開發。要直到我確實被進入、激起、滿足，我才能確知，我做為女人的身體有這樣能產生爽樂的地方存在。

我得被使用，才知道我仍非狐、非狸、非蛇、非魚的體內，是女人的軀體。

而你尚無能使用我並令我有此女體觸感，我便反轉包覆住你，於你的陽具上銘刻第一次的女體記憶，也好成就我此時此刻第一次做為女人的追認。

我等於為你啟動一副新的女體，從中你為我所有，方不至於背叛。

至少目前、暫時，我所需不過如此。

她並未如傳聞潛藏在連雲豹都少到抵的中部山間。

他們尋求新的出路，而遠在南臺灣的楊克煌準備找漁船從漁港偷渡的聯絡方式，是由較不被注目的周明外出接洽，以三天為限。

她核實他三天的活動，甚且差人去他家。他想：

「固然是為了安慰我家人，另外恐怕是出於共產黨人特有的政治警惕性。因為在複雜的政治鬥爭中，往往有些意志薄弱者被捕後禁不住威脅、利誘而出賣同志。」

她曾問他：

「你為什麼一直跟隨著我？你自己也被通緝，跟著我目標更大，豈不是更危險？」

他則回答：

「當然是為了保護妳，妳是群眾領袖，革命的領導者，人民需要妳活下去。」

這時沿著鐵路車站，已開始密集的貼出謝雪紅、楊克煌的照片，懸賞緝拿，賞金二十萬。

她會開玩笑的同他說：

「你何不去密告領賞？」

他則回答：

「那好，妳的腦袋值二十萬的話，我的腦袋便宜些，也該有十萬吧！我領妳的二十萬，妳領我的十萬，大家一起發財豈不更好。」

◎二〇〇三年九月首次發表於《印刻文學生活誌》創刊號

我記得一九八九年。記得那年一個奇異的夏夜，剛滿九十歲的祖父，自己一個人從嘉義搭了三個半小時的野雞車來找我。

我大學二年級，剛愛上一個女孩，也剛剛認清楚（我自以為清楚）自己根本不愛原來的女朋友。可是原來的女朋友卻不相信、卻不能接受我的認定。

她幾乎每天都等在我住的地方樓下，完全無害、靜靜地站在一盞泛著白流光色的路燈下。她很善良，也沒有惡意。她只是要在我回來時笑嘻嘻地迎上來，好像我跟她鬧分手的這些吵擾騷動從來沒有發生過。然後勾著我的臂彎在附近走二十分鐘。她會告訴我她想怎樣怎樣，去看看電影啦，和我一起準備期中考啦什麼的，就是我們過去相處時會講的一些瑣碎計畫。我不能拒絕她，更不能提醒她因為另外一個女孩的關係我不會再和她在一起。每次她意識到我可能要把現實帶回來，她就踮起腳來用熱吻封我的嘴，即使在人眾往來的大街上。以前即使在公園陰暗角落她都沒有這麼熱情。我不能講。散步結束後，她就高高興興地自己回家。不管我在散步時答應了什麼，她不會真的來要的，她只是在營造一個夢般的氣氛。

完全無害，卻讓我內心淌血、顫抖。總覺得她是顆不知什麼時候會爆炸的炸彈。我害怕回家，又不敢不回家，也不敢太晚回家。我怕萬一她在路上出什麼意外，我會因太深的罪咎而崩潰。

一個初夏剛剛熱起來的黃昏，我一如往常揣著不安、不知所措的心情回家，卻發現路燈下有兩個人影。我第一個反應是毛髮倒豎。不知道她會做出什麼事，讓我對周遭任何反常的現象都杯弓蛇影，失去抵抗能力。好不容易強迫自己重新睜開剎時緊閉的雙眼，發現另外一個人影竟然是祖父。

我甚至不知道是不是應該逃開，腦中掏成一片空白，無知覺地繼續著向前的腳步。突然之間那女孩衝上來撲抱住我，開始嚎啕大哭。她可能已經哭很久了，聲音一下子就由微顫轉成斷續的痙攣。

太奇怪了，奇怪到我無法解讀這些動作、這些聲音的意義。像個白癡愣愣在充滿強烈情緒的舞臺上。我不知道祖父跟她說了什麼。祖父只告訴我他聽說我最近有點怪怪的，家族聚會時我又沒到，就決定來找我。在門口等了好一陣。

然後祖父堅持時間已經太晚，不進去我租室寄宿的地方，直接要回嘉義了。然後祖父，九十歲卻還步伐健朗，就帶著那女孩上了同一輛公車。我的世界急速縮小到只剩下一個窗口。他們兩人並肩坐下來的影像被金屬的窗框圈隔著。唯一的配音是我自己急促得彷彿隨時要脫序散亂的心跳。

那女孩後來再也沒到路燈下等過我。祖父也沒再提過這件事。可是我不會忘記那個窗口。冰涼的銀灰車窗裡兩張疲憊不堪的臉。九十歲與二十歲，卻同樣因為愛而疲憊。愛是很累人的，我那一瞬間明瞭了。

很奇怪啊，我祖父甚至不怎麼會講國語，而那女孩的閩南語只有鬧笑話的程度。他們走了之後，我無頭蒼蠅般在街上胡走亂逛，一枝枝路燈亮起來，灑下來的白光一波波淋得我狠打寒顫，雖然這是個初夏剛熱起來的夜晚。我努力整理腦中雜亂的思緒，發現自己正在回憶以前教那女孩講閩南語時的事。記得有一次她故意考我，找了些古文句子給我唸，其中一句是：「老吾老以及人之老，幼吾幼以及人之幼」，我試了一下開頭「老吾老」三個音，突然惡作劇的念頭浮了上來，我正經八百地唸：「老 môn 老、yà 有人比你卡老；ü môn ü，yà 有人比你卡 ü」（滿老的，但有人比你更老；滿幼稚的，但有人比你更幼稚），女孩根本不瞭解意思，很驚訝我能這麼流利唸出拗口的古文句子來。我忍住笑，乾脆惡戲到底，教她講這兩句話，建議她學會了就可以在朋友面前炫耀高深的閩南語程度。她真的信了，真的一字一句注音抄下來學得像模像樣，真的搬去講給朋友聽，惹得大家大笑不已。我想人大概天生有惡戲的共犯本能吧，她鬧過幾次笑話，竟然都沒人告訴她被作弄的真相，她一直一直以為人家笑是因為她外省腔發音的關係。

這樣的念頭跟著出現了：在和祖父交談時，她會不會心血來潮把這兩句「高深閩南語」拿出來表演呢？祖父會如何反應？我竟然想起這個而忍不住笑了，不是哈哈哈那樣大笑，而是暖暖的笑意平平地熨過心底，熨過之後，赫然理解到自己的意識裡原來已經開始沉積一些無法消除的皺紋了，因此被濃烈的悲哀緊緊地震駭住了。一切情緒的線頭纏結在一起，眼淚簌簌地冒湧出來……

連續一個星期，燈下不再有女孩的身影。蹺掉一堂無聊的中國現代史，近乎無意識地，我搭車到承德路，買了票上了開往嘉義的野雞車。我隱約知道自己要去哪裡要幹嘛，卻又刻意保持在一種空泛的狀態裡，有一層厚厚重重的布帘遮擋著，不讓光，足以徹照黑暗的光透射進來。

大車由重慶北路開上高速公路時，我想起了祖父對於家族聚會的重視。每年總有一兩次，祖父會找個值得特別紀念的日子，選定他認為風光秀麗的地點，找全家族成員一起聚會。大家熙熙攘攘碰頭個一、兩天，然後照張相。祖父一直留著過去的習慣，一定親自到相館在底片下方寫上某某年於什麼地方全家聚會。洗出來的照片看上去像是國民大會開幕式留念般。

是了，這種聚會不能隨便缺席的。祖父腦中有一張隨時修正的家族成員總名單，添了什麼人、走了什麼人，他清清楚楚。即使活到九十歲，他都精確點名，不會弄錯。我印象中他只弄錯過一次。大表哥離婚那年。那是我們家族裡第一回有人離婚。祖父一直問：「秀美呢？秀美選首飾的眼光最好呢！」秀美是大表嫂的名字。姑姑很尷尬地試圖告訴祖父秀美不再屬於我們這個家族了，祖父一向靈巧的思路卻好像就卡死在那點上動不了，固執地問：「秀美呢？秀美去哪裡了？」祖父連續問了兩、三年，直到又有一個堂哥也離婚了，而且小孩被女方帶走，祖父才不再問：「秀美呢？」我想祖父不是真的不瞭解離婚是怎麼回事，只是不能也不願接受吧。他那麼看重家族，突然有一個人自己選擇要離開，對他的打擊可能比大伯父心臟病過世還要沉重。

是了，如果有人真正因為什麼不可抗力因素在家族聚會中缺席了，祖父一定事後親自處理。早先是寫信告訴缺席者聚會中的種種。不過他受的是日本教育，寫的是日文。家族裡愈來愈多人讀不懂日文，祖父的漢文又不怎麼好，所以他就改打電話或電報。祖父的電報是一絕，我父親還保留了一些，精簡的漢文湊在一起，簡直有日本俳句的味道。例如去日月潭聚會，他會寫：「日光月照，家族集會身影思念。」還有更精采的。有一年大家上臺北看新開張的第一百貨，祖父拍了這樣的電報給沒到的成員：「人的山、貨的海，擁擠中孤單記起你的不在。」

很多老人都怕碰新東西，尤其是新機器，祖父卻熱愛任何新鮮的奇技淫巧。他一直很跟得上潮流，從來沒有老到變得無知又固執。任何一種新機器都可以成為他聯繫家族成員的工具。有人收到錄音帶，裡面錄著家族成員聚會時七嘴八舌談論他的種種；後來當然就有人收到錄影帶，每個家族成員走到鏡頭前跟缺席的人講一句話或扮個鬼臉。有個堂姊去美國留學，我們聚會時祖父撥了越洋電話給她，結果電話裡傳來唧唧咕咕的英文，祖父連打兩次，然後攤攤手宣布：美國的電信局說電話壞掉了。後來才知道那原來是堂姊的答錄機。祖父大概是覺得有點失面子吧，過幾天就找了機會又打去，在答錄機上唸了一段怪腔怪調的莎士比亞，表示他也懂英文的，而且知道怎樣對付答錄機。

想著想著，車就到了嘉義。下午的陽光帶著種陌生的威力，好像在呼應我還沒有完全調整過來的臺北情緒。信步往噴水池的方向走，拐個彎就到了老家門口。

來應門的祖父臉上有驚喜，不過好像也有著一分「被我料到了」、「你總還是得來」的得意欣悅。我訕訕地不知該說什麼、該不該解釋什麼，開口只發了幾個模模糊糊自己都弄不清楚意思的音。

不過沒關係，即使到了九十歲，祖父依然健談，跟他在一起不愁沒有話題。我只忐忑著，祖父會不會主動談起我想瞭解的？我要不要、要如何打斷他的話題，問起那個夜晚，在燈下在車上，到底發生了什麼？

祖父先談起了近日嘉義的變化。新的馬路、舊的公園。新的馬路上看得到舊的坑洞，舊的公園裡倒是長出了新的、沒見過的花草。然後談起了昔日老友誰誰又離開了人世，當然這些人我一個都不認識。

滔滔不絕的話語出現少有的間歇中止，我正準備開口，話已到舌尖，祖父卻突然起身，往房裡走去，幾乎讓我錯覺他已被我還未說出的話題激怒了。

還好一下子祖父就回來了，手中拿著一個顯然頗有年歷的紙袋。重新落座，祖父從紙袋裡掏出一把相片，淡然地說：「你應該沒看過這些吧……」

至少翻開的第一張相片，我沒看過。「這應該是我第一次照相喔！」祖父一邊指著相片裡一個褪色了的面容一邊說。我看到了，年輕時候的祖父。

據祖父的說明，那是一九三〇年前後，在一個宴席上拍的。席間都是祖父的高校同學，只有中間唯一一位穿西裝的是他們高校時代的日本老師。我算算祖父那年應該三十歲出頭了，可是因為緊張吧，相片裡的他嘴角抿得像個乳臭未乾的少年。好像回到高校時代了吧。祖父跟我說他們當時聽說老師要回臺灣來訪問都很高興，大家商量好穿著和式服裝去，祖父身上那件袍子還是跟鄰居借的，沒想到以前在校內以宣揚大和文化而出名的老師卻穿了西裝來。更令舊日學生們驚訝的是，回去日本十年的老師在談吐、姿態各方面好像反而沒那麼有日本味了。

聚會當然少不了要喝酒，奇怪的，老師也不喝清酒了，卻叫來一打又一打的麥酒（啤酒）。相片中長桌上的確擺了幾十支酒瓶。喝到微醺時，老師突然開始用過去上課的堅定語氣勉勵他們要努力學習西洋文明，要不然有一天帝國將墮落入無道德的非人境。同學們都不知該如何反應，就在這個當口，老師招了攝相師進來，轟一聲鎂光曝閃，留下了一個氣氛不諧調的鏡頭。

接著祖父又翻開第二張相片，一看就知道是在棒球場拍的。底下寫了拍攝年代：昭和十年，就是一九三五年。祖父說那是嘉農和臺北高工野球賽的現場拍的。那場比賽一共打了四十局才分出勝負，連續打了三天。祖父說他從頭看到完，而且還記得：第九、第十三、第廿五、第卅三局嘉農攻到三壘卻都功虧一簣的精采戰局。那年剛好祖父存夠錢買了一臺萊卡，這是那臺萊卡最早的傑作。

祖父把那張相片高高舉起，讓從天井那邊透過來的午後光線可以映射上去，鄭重地說：「你看萊卡拍的影像多清楚！連那天那個時辰陽光從哪個角度照過來都可以分辨。看相片就知道是下埔三、四點時拍的。球衣上『嘉農』的字樣都沒有糊掉，邊就是邊，有夠俐落。」

祖父感慨地說，凡事要看證據要講究證據。相片就是證據，證明臺灣的野球在有「棒球」的名稱前就存在了，而且蓬勃繁榮。昭和十年，嘉農打進夏季甲子園賽，祖父說他還曾在一個朋友家摸觸過從甲子園球場挖撥帶回來的泥土。而且嘉農還不是第一次去甲子園哩！更早幾年，嘉農一路打到決賽，最後拿了個亞軍。臺灣的野球不是從紅葉開始的。祖父的重點就在這個。他從感慨一步步轉成憤慨，每次看到有報導強調臺東紅葉少棒怎樣用木棍、石頭練起，祖父就氣，「要讓人家笑掉大牙是不是？人家還以為臺灣落後到連球棒、手套都沒看過！」他把手上的相片拍得啪啦啪啦響，說：「這不是球棒⁉這不是手套⁉」

祖父收剎不住，維持著高亢語調說，紅葉隊真正了不起是打敗了日本和歌山隊，讓大家想起當年的嘉農，這種情緒是連續的，而不是說紅葉一打，臺灣人才懂得棒球是怎麼回事。如果講臺灣的棒球都只從紅葉講起，那嘉農怎麼來的？他說以前嘉農還出過一個了不起的球員，比王貞治更了不起的吳昌征。王貞治只會打還不會投咧，吳昌征在日本職棒得過打點王、打擊王，後來還當過投手。

祖父說他記得很清楚，一九四五年終戰，四六年接收後，從日本來的消息、資料中斷了一大半，雜誌書刊嚴重脫期，他一直到四八年才讀到吳昌征投出無安打完封的消息。他不敢相信自己的眼睛。他甚至不知道吳昌征會投球！

祖父把相片放在桌上，用中指重重地點著，說：「這才是真的。萊卡照的。不是什麼嚎哮漢文。」

我真的不太曉得祖父為什麼會發這樣一頓議論，我更驚訝這些相片我以前都沒看過。我確信這是些沒有貼在相簿上的相片。其實我從小就彎得祖父緣的，長大後一度莫名其妙自己報名學校社團學了日語，更多了一個和他親近的理由。每次回嘉義，我有特權可以進他房裡亂翻亂看，最愛翻最愛看的，正是相簿。古早相片對我有一種神祕的吸引力，我可以花幾小時一張張細細地看，不放過任何一個細節，而得到一種奇怪的滿足。像是闖進一個不應該存在的世界，怎麼說？……像科幻小說裡寫的，合理卻不真實的世界。我彷彿在兩極間不甘心地擺盪，想證明這些照片要嘛就是真實的，要嘛就應該徹底不合理。

我把舊相簿看得爛熟，就是沒看過這幾張。祖父又翻開另外一張，上面有三人顯影的一張。照片底下鋼筆字標著「昭和十一年」的時間。我一眼認出相片裡年輕時期的祖父，祖父卻指著左邊那個人，幽幽地說：「這個，阿舍仔，臺南數一數二大戶家的少爺。減我兩歲，昭和十一年、一九三六年娶了一個廿二歲的水姑娘仔，這就是他結婚那天攝的。」

廿二歲的美嬌娘？我心中緊抽了一下，難道這才是祖父的用意？難道祖父要用阿舍仔的故事跟我說什麼？

阿舍仔的故事。阿舍仔那年已經三十四歲了，很多人不明白他怎麼會一直單身。只有最親近的朋友如我祖父才曉得：他十九歲就結過一次婚。對方是另一個望族的千金。新婚夜新娘沒有落紅。阿舍仔當時受「大正風」浪漫文學的影響，本來就對安排的婚姻很不滿了，這樣一來更是大失所望。他變得有點虐待狂，終日把自己關在家裡逼問新娘過去的情人是誰，邊問邊歇斯底里地狂吼發怒。後來新娘受不了了，只好承認真的有過情人。阿舍仔自己在心中繞啊繞編了故事，自己的太太和過去情人的故事，故事愈編愈浪漫，他也就愈消沉不振，他解不開這個結。浪漫愛情原是他要追求的，結果他還來不及體會浪漫愛情，卻反而成了浪漫愛情的受害者，或者甚至是人家浪漫愛情的破壞者？

我愈聽愈緊張，祖父不會無緣無故說這個故事吧？可是這故事和我、和那燈下的女孩間，是什麼樣的關聯呢？

祖父繼續說下去。幾年內，阿舍仔成了標準的浪蕩子，老是在外面勾搭年輕少婦，從中取得某種報復的快感。他知道這樣很不道德、很汙穢，可是每次想起不見紅的新婚夜就忍不住要讓自己墮落。墮落後清醒了，從不應有的肉體關係抽身，又厭惡得恨不得要摑自己。他不願再碰妻子的身體，也丟開了過去熱愛的纖美派文學，重複著墮落了自責的循環。

婚姻維持了五、六年，有一天阿舍仔心底突然浮現了這樣一個念頭：陷在死巷裡的自己只有一個可能的出路，那就是等到妻子死去，只有她的死亡才會解脫罩魘在他身上的惡咒。他被自己這種想法嚇了一跳。然而更大的驚愕還在後頭。

祖父說昭和三年，一九二八年，在臺南發生過一起墓地廢止事件。那是為了慶祝昭和天皇登基，臺南州打算徵用南門外的數甲墓地改建體育場。這種做法當然引起強烈反對，然而日方決策已定，便動員親日派仕紳出面支持。好像是開了個臺南州的協議會什麼的，阿舍仔他父親在內的幾個重要仕紳表示贊成官方計畫，消息傳出全臺南譁然。第二天晚上，有不少民眾群聚墓地旁，請來道士作法詢問安息該處鬼靈們的意見，法事快終結時，道士突然瞪眼厲聲大叫，響徹南門裡外的叫聲整整持續了半刻鐘，叫完後道士虛脫匍趴在地，還是經人工呼吸才搶救回一條命來。

午夜時分，支持廢墓的仕紳家都出現了白布蒙頭的影子。儘管這些人家都有家丁守衛，影子卻未受阻攔地闖入院子，然後一瞬間屋子的窗戶全被搗毀。阿舍仔的妻子當時正在洗浴，一顆香瓜般大的石頭準準地砸中她的頭部，血噗地冒湧出來。阿舍仔衝進浴室時她正好倒地，而不知從何處潑來惡臭的糞尿穢物一波波傾跌在她雪白未見過陽光的白皙裸體上。阿舍仔不敢靠近她，眼睜睜地看她把手直直伸前彷彿要求救，然後大概發現了進來的是阿舍仔，被血與穢物澆淋得變了形的臉上露出害羞與絕望的表情，近乎認命地讓手臂潰落下來，靜靜地斷了氣。血沿著線條平緩的腹部流洩著，迷失入私處濃密的黑幽毛髮間，最後再集匯滴流到她來不及收緊大腿而敞現的陰部。鮮亮晶瑩的血，粉紅透剔最女性的肌肉。可是這個影像只維持了十秒鐘罷，黏稠的糞尿混和物隨即淘淘滾來，一團團半液半固的穢物毫不羞恥地紛紛自她雙腿間滑落……

事情發生後，日本警察逮捕了好幾個當地「文化協會」的活躍分子。可是到處都流傳著其實是鬼的騷動叛變的說法。日本官方當然不信，他們照樣廢止了墓地，強迫數以百計的墳墓遷葬，蓋起了體育場。我祖父說他還曾陪隨阿舍仔回到那個體育場上。大正午的太陽底下場子裡卻捲著涼涼的風，才吹過你左臉頰突然又從背後襲擊，風每拂觸一次就不免要起一次疙瘩。在場子裡練球的橄欖球隊員說即使在夏天，不管跑得再怎麼激烈，老覺得腳板腳底冷冷的。早稻田大學隊來訪比賽時，他們臺南州代表隊的隊員都覺得自己腳底踩不實，像是在雲端漫遊一般。全場臺南州隊達陣七次，以五十二比三痛宰早稻田。

不過阿舍仔對這些都不關心。他在空蕩蕩的看臺上走了一圈又一圈。然後坐下來看太陽一寸寸落山。祖父陪著他，心裡毛得直冒冷汗。阿舍仔不走，我祖父也不能走。如果沒有阿舍仔，也就沒有我們今天的家族，祖父說。阿舍仔在墓地廢止事件後從臺南搬到嘉義，收買了我祖父當時經營不順的米店，讓祖父當他的事業助手，後來還成了真正的好朋友。那年我大伯十四歲，才從公學校畢業，不知道該幹什麼好，也是阿舍仔做決定出錢給他去考中學的。

天色暗下來，體育場的風愈捲愈急。阿舍仔突然問：「為什麼還著我的查某人？為什麼？難道真的是因為我內心想解脫的念頭在作用……」阿舍仔頭抑得低低的，雙手十指深深插入髮際，弄亂了原本吹整得輪廓光鮮的髮型，問話中帶有濃濃彷彿欲哭的鼻音。祖父覺得很不忍，就安慰他說：「你別亂想啦。這種鬼仔古白的可以講成黑的，黑的也可以說成白的，犯不著把自己搞得神經錯亂。我講一句公道的，你不要生氣。真正不對的一個是日本人，一個是你家的老先生。老先生當初不要給你安排親事，日本人不要蠻幹黑白來，老先生不要被人家煽動出來表示支持，這些事都不會發生，你說是不是？」

祖父說他當時沒怎麼仔細考慮，就隨便讓心裡的話溜出口了。不過顯然這個解釋減輕了阿舍仔的罪咎疑慮，一個人臺南拜訪體育場回嘉義後，阿舍仔開始一反過去家庭教育的習慣，公開地批評日本人，進而又積極參與了與日本人相爭的活動。

阿舍仔與他父親決裂了。阿舍仔的父親領得皇民證的同時，阿舍仔正不辭辛勞趕往臺中參加臺灣地方自治聯盟第二次全島大會。祖父還記得阿舍仔從臺中回來時，興奮地跟他們細數自治聯盟如何成長吸收到四千名盟員的偉大成就時的神情，隨後又毫不在乎地將他父親寫來要求他從此改用日姓日名的信件撕得粉碎。

祖父說地方自治聯盟中反日情緒其實不是很高，主要還是個仕紳組織。不過因為參與其中的有不少過去文化協會的成員，阿舍仔自己從他們那裡獲得不少對日本殖民政策的瞭解。更重要的，透過聯盟管道，阿舍仔才知道其他各地還有工運、農運一類的活動。一九三五年，終於爭取到第一次民選議員投票。雖然當時法律規定要納稅五圓以上才能有投票權，所以事實上臺灣人取得的權利還非常有限，可是阿舍仔他們抓住這個難得的機會，在全島廿二個地方舉行了巡迴政談演講會。

阿舍仔就是在政談會活動中認識了那個廿歲剛出頭的女孩。祖父說可惜沒有留下那女孩任何照片。不過他瞇起眼睛，彷彿就看得見那女孩的影貌，迷夢般陶醉地形容著。完全與一般流行觀念相反的美。年幼時在農家種作經驗得來的黝黑皮膚，瘦健的骨架支撐著很不女人味的身材。高聳肩膀襯托胸部顯得發育不良，細腰底下是少年般扁窄的臀部。薄薄的唇也不是性感一型的，然而配上當時很多人視為山地血統特徵的深凹眼眶，別有一種魅力。

那女孩叫雪子。不過從小就有人嘲笑雪子這個名字，與她的長相太不相配了。後來她索改稱自己為「博子」，ひろこ，「ひろ」同時也是寬的意思，剛好可以描述她肩部的特徵。

祖父又講了一次：「這張就是去參加阿舍仔結婚時拍的，阿舍仔和博子結婚時拍的。」然後祖父猶豫了一下，重重地嘆了一口氣，說：「本來有很多張他們的相片的，後來都燒掉了，只剩這三張……」

「為什麼燒掉？」我順著祖父說話的氣氛，不自覺地問。

祖父沒有直接回答。他又重重嘆一口氣，拿出另一張相片，「這是一九四七年二月二十日攝的，我四十八歲生日。在阿舍仔給我們開的輾米廠前，門裡這黑黑的，沒陽光的關係，不過還是看得出來，仔細看的話，看得出一個霧霧的人影，有沒？這就是阿舍仔，伊在打電話返去臺南，這真可能就是阿舍仔在世最後一張相片……」

「阿舍仔怎樣死的？」我又不自覺地問。祖父先是斬釘截鐵地回答：「去給政治害死！」隨著激動起來，說：「去沾到政治就死定了，不管你站哪一邊，要被刣的時，管你親這個反那個，通通都死作夥！」

阿舍仔父子，日本時代後期，老的親日、小的反日。阿舍仔前前後後因為各種活動被抓去關了好幾次二十九天，有兩次連博子也一起進了牢籠。結果呢？終戰到了，阿舍仔高高興興地迎接的祖國一來，沒多久就把他們父子兩人一臺南一嘉義，雙雙扣抓起來，說他們都是漢奸。接收官員聽阿舍仔辯解提到自治聯盟的種種時，很不屑地說：「你們拜託日本人給你們選舉權，這不是搖尾巴的漢奸是什麼？」

阿舍仔努力想讓那官員明白自治聯盟的民族性格時，官員不客氣地吐了一口痰，罵：「什麼民族性？我們中國人流血喪命在替你們打日本人時，你們有沒有幫上一點點忙？媽的，抗日？有沒有武裝起義的證據？有沒有犧牲？」阿舍仔說他被關了好幾次，每次刑期都是最重的二十九天時，官員索性逼過來打他兩耳光，「當漢奸還說得那麼光榮？你們真的抗日，日本人不早砰砰把你們殺了？哪還會有抓來關幾天再放回去的事？日本人那麼傻啊？這正證明你是漢奸，對日本人有用，所以關關就算了，你還好意思提！」

反日的、親日的都是漢奸。後來總算說「漢奸規定」不適用於臺灣，阿舍仔和他爸爸都被放了出來。出來了，兩父子見面又吵了起來。

祖父說阿舍仔他爸爸徹徹底底覺悟：日本人的時代真的結束了，又在臺南結識了兩名過去在南京汪精衛政府裡辦過文化事務的高級知識分子。阿舍仔回臺南時，遇到這兩人來訪，和他父親端莊斯文地在書房裡聊天，半用日語半用筆談，談到天皇廣播下降詔，許多軍人忙不迭披上白袍切腹赴死的種種，阿舍仔他父親忍不住哽咽潸然，憶起他許多日本朋友悲劇性的終局。

阿舍仔一直站在書房外的庭院裡，對父親這種表現很是驚訝。他向來認為父親是個只顧利益算計的無聊老人，根本沒料到在與日本人交往時父親竟也投入過某種近乎高貴的感情。他步子踱到書房門口，赫然發現自己有一股想闖進去跪在父親面前懺悔的衝動，因而漲紅了臉匆匆走開。

可是等客人走後，父子兩人單獨面對時，阿舍仔的父親刻意避口不提任何有關日本、日本人的事。父親口口聲聲都是中國、國民政府與蔣介石。父親要阿舍仔安心，南京來的朋友教他許多處理過去及應付未來的方法，還答應引介接收的重要官員們。南京來的朋友有處理這種政權替代的經驗，從國府到汪政權，再從汪政權到國府，他們知道應該做些什麼。

阿舍仔覺得方才微溫的心與劇熱的臉一起都冷了。兩人為了如何看待接收官員的事吵了幾句，阿舍仔隨後就離開了臺南，最後一次離開，再沒回去過。

祖父突然乜斜眼看著我，問：「現在知道什麼是『二二八』了嗎？」我被看得有些心虛，點點頭說：「知道一些吧，最近報上常常有在刊。」

祖父說：「知道就好。阿舍仔就是二二八那時死的。」

祖父說二二八發生後，阿舍仔的一個好朋友張志忠在嘉義組織武裝抗爭，很多人都去參加了。阿舍仔不用說，連博子都去幫忙聯絡婦人、女學生送飯，祖父負責替他們收聽各地廣播傳抄消息。祖父說大家對局勢都很樂觀，「處理委員會」每次新的進展都會引來久久不息的歡呼。抗爭中普遍對陳儀長官也頗有改觀，以為他這次真的有決心要替臺灣人謀求福利了。不少人相信陳儀原來是被手下壞人矇騙的，甚至有人覺得「處理委員會」對長官接二連三的要求太咄咄逼人了。

這一切還爭議不休時，傳來了軍隊上岸殺人的消息。九十歲的祖父講到這裡臉上現出我從沒見過的脆弱表情，彷彿老化了的神經不足以負荷這段回憶。不過祖父畢竟是祖父。他克服了自己內在不知多大的衝擊與阻力，繼續講下去。他說那天下午，傳達了軍隊上岸基隆死傷狼籍的緊急消息後，就跑回家了，沒有跟阿舍仔、博子他們在一起。騷亂過程中，祖父把家人通通趕上閣樓，自己蜷縮一團，顫抖著蹲坐在樓梯口的牆角裡，腦筋裡燁白燦亮地一片空，就是找不到任何東西可以投到眼前的白幕上。後來幾十年，他每在電影院裡乍遇斷片影像消逝，只有強光晃照銀幕的情況，心都會緊緊捲結在一起，幾乎要窒息般地痛。

祖父形容那種全然空白的狀況彷彿要無限地延長下去。不知過了多久，才在腦中浮出一個因動作太激烈以致輪廓模糊的人影。他把全付心神專注於捕捉那個身影，看半天確認那個人正急著在拍打什麼，再仔細一點瞧，好像是博子。似乎有人扭開了生活的總開關、轟地周圍的一切都回來了。祖父聽到不要命般拳頭擂落在門板上的咚咚敲打，以及「謙仔——謙仔——」的呼喚。博子在呼喚祖父的名字。

早春最後一波寒流過境。祖父硬著頭皮隨博子出門。冷空氣肆意地從領口、袖口沿著外露的皮膚向內侵略。一層層冰進去，冰了手腕又冰了手肘，冰了肌肉彷彿又冰了血液。凍結凝固的血液。

祖父說他跟博子一起走到溝圳邊，水面上漂著一塊塊紅色瑪瑙般晶瑩的凍塊。他蹲下去想看個詳細，博子彷彿脆裂開來的聲音穿透潮霧，電一般觸刺了他：「血。那是血凍。」

難怪祖父一生不吃豬血、雞血一類的東西。九十歲時他向我形容人的血結凍時的模樣。很奇怪地，邊緣會自動形成齊整的弧線，像是利刃割過似的。最上面一層顏色很淡，粉紅色中反映著灰白的天光，線絲鮮血不規則地在表面製造若隱若現的紋樣。愈底下的愈是紅濃，質地也愈是黏厚。漂浮間製造了間歇的扭擺，乍看下像是有什麼動物被陷埋在血中，微弱無力地掙扎著。至於藏在水面下的部分就變成深褐色的了，一般血流出來凝結後的顏色，真正引起死亡聯想的顏色。

祖父和博子一句話都沒說。兩人默默地朝河圳上游疾走。血凍平勻地遍布在河面上，有一點薄薄的霜替整條河鋪了針芒尖細的白花。祖父幾次忍不住停住腳步蹲下來觀察這複雜、神祕的景象，在清醒與做夢的意識中尋找類近的經驗。

祖父說他常常索性相信這只是個夢，因為太神祕了。他和博子彷彿走了好久好久，就是沒有找到任何屍體，只有這裡那裡漫無目的漂流的血凍。他最後一次蹲下來時，博子終於也停了焦急的腳步，在祖父身邊併肩蹲著。一塊血凍緩緩地陷卡進一叢蘆草間，博子突然伸手把那塊血凍捧了上來，他們兩人一起盯著博子手中的凍塊好一會兒，博子無聲地湧出的淚水沿下巴滴落在凍塊上，瞬間血塊解散，不知何時升起的太陽照了博子雙手豔豔如畫的血紅……

阿舍仔從此消失了。沒有回來過，也沒有找到屍體。祖父說他後來常常夢見河邊來了一隊又一隊的人，每個人身上都有或大或小的傷口，他們沿著河走，愈走愈遠，他們的身影愈變愈小，可是奇怪地傷口卻沒有按比例縮小，直到某一點上，每一個人都只剩下一個傷口，在那裡河與河岸的區別也分不出來了，只看到無數的傷口擠擁著，沒有面容、沒有身體的傷口……

祖父鄭重地告訴我：「這就是嘉義，可憐的嘉義。二二八事件當中，嘉義人死最多。可是死的人裡面沒有全島的知名人物，所以就不算一回事了！」祖父還告訴我，那兩年有很多紀念二二八的活動，只要讓他知道了，不管在南或在北，他都會去參加。可是常常帶著一肚子怒火回來。因為在數千人集聚的會場中，他會一直忍不住說：「嘉義人死最多啦，你們怎麼都不說嘉義……」可是都沒有人聽他的。

「最近這次，」祖父頭上彷彿緩緩蒸冒起熱氣來，不過也許是疲憊、也許是年紀、也許是失望，他的口氣不再像之前那樣高亢，「是教會辦的，他們在禱告說，我就給他們訐譙了：『二二八中間死去的，信耶穌的全島加加咧沒有嘉義死的人多！二二八跟耶穌什麼關係！』旁邊的人搖搖頭，給我瞪白目，我管伊。離開前，教會人員偎過來要我們奉獻，我氣著啊，自腹肚裡噴一口氣，罵：『騙猾的！』捧奉獻箱的婦人嚇得倒退好幾步……」

我不知該如何反應。該笑還是該皺眉。不過沒等我選好反應的方式，祖父已經又回到四十多年前阿舍仔的故事了。他說阿舍仔失蹤後不到一個月，那年的四月五日，他清清楚楚記得這個日子，和死亡有關的代表性日子，四月五日，軍隊、憲兵拿著不知怎麼弄來的名單，到處進行清鄉調查。阿舍仔他父親是第一波在臺南被抓的。抓去兩天，就通知家人領屍體。聽說身中十幾槍。生殖器整個被轟掉了。祖父搖頭嘆息說：「連槍殺也要這樣凌遲人家的屍身，這真正要絕子絕孫了……」

憲兵也到過我們家。不過顯然祖父並不在名單上，他們只是來找阿舍仔。博子告訴他們阿舍仔已經死了，他們也不信。硬是在我們家和米店裡反覆搜索，並且站了兩天崗。動不動拿槍口的刺刀對著來往進出的人。

祖父說就是在那時燒掉了大部分有阿舍仔的相片。不過到底捨不得全燒，一共留了三張，藏在家裡米缸的最底層。給我看了兩張，還有一張是婚禮後祖父和新郎阿舍仔、新娘博子的合照。

阿舍仔過身後，博子作主張將在嘉義的事業差不多都轉手賣掉，米店還給我祖父，只收了象徵性的十圓。博子回到臺南夫家去，一時斷了聯絡。

要到三年後，一九五〇年，臺灣變成了「自由中國」，祖父才又見到博子。那是一個初夏的下午。「就像現在的季節。」祖父補了一句。一陣早來的西北暴雨約莫三點鐘左右開始傾盆落著，雨珠亂噴的喧譁間，在外面看店的四姑自言自語地喃唸著：「ひろこちゃんじゃないか？」（不是博子嗎？）祖父當時正在裡面對帳，算盤撥得吧嗟吧嗟響，彷彿和雨聲押韻唱和，然而不知怎地，明明盈耳無意義的嘈鬧間就是打開了一條縫隙，讓四姑那句話鑽了進來。祖父一個數字撥了百位數十位數，個位數還來不及上檔，手指僵停住，轉頭向外面看，長長的穿廊限制住了視野，只望得出店面的一半，雨下了至少有半個鐘頭，烏雲散得差不多了，天空銀亮起來，粗實雨珠聯結成的線狀水簾映著白光，光與水霧一齊在廊道口渙散開來湮暈一片。祖父瞇起眼睛勉強在對街辨認出半個人影，他急急地起身衝了出去，叫著：「ひろこ！ひろこ！」

確定從雨衣底下露出的是博子帶些靦腆的笑容後，祖父才意識到雨水正毫無忌憚地從領口沿著他背脊的肌肉線條恣意奔流著，想到自己年過五十卻這般衝闖入雨中的模樣，祖父不禁尷尬地搓了搓手，然而在那分不知所措中，卻又感受到一股無法解釋、莫名的愉悅。

進屋後，博子說她要上臺北去，車過嘉義忍不住下來看看離開了三年的家鄉。走過米店想進來又有點猶豫，這樣臨時造訪會不會太唐突失禮？

祖父連忙說哪有什麼失禮不失禮的，並問博子上臺北做什麼。博子淡淡地說：要專程去馬場町看陳儀，二二八時候的臺灣長官，被槍斃。聽消息說明天一早要執行，雖然罪名是「意圖投共」，臺灣人還是應該去看看。為了阿舍仔她應該去看看。

祖父留博子吃晚飯，並自告奮勇陪她搭夜車北上。為了這事，還被祖母在廚房裡嘮叨了好一陣。我記得爸爸曾經說：祖母其實有顆很好奇很活躍的心，只是在那種社會底下只能扮演聆聽者。她們那一代婦女通常要到丈夫過世後才找到自己。像我外婆，外公死後變得很多話，很有意見。我知道爸心裡有時偷偷替祖母抱屈，因為祖父精神健旺活到那麼老，害祖母至死都沒等到自由表達自我的機會。

祖母平常都很靜默，那次卻破例警告祖父最好不要去臺北。人家說阿舍仔命硬剋死一個妻子，博子的命比阿舍仔的更硬。上回陪博子去找屍體，後來就惹來憲兵站崗。人家還說博子在臺南不是很貞靜。跟幾個男人交往，並且參加形跡可疑地下政治活動。要不然怎麼會知道陳儀要被槍斃？

祖父聽了揚起手來作勢要打人然後公式地罵了一聲：「查某人知影啥？亂亂講亂亂畫！」大概是要加強權威根據吧，又加上一句：「陳儀要被槍殺，報紙就刊，誰不知道？」不過講完了倒是自己心虛，趕忙偷偷去把《中央日報》翻了個透澈，還真找不到這條新聞呢。《中央日報》的消息要到第二天，行刑當天才登的。祖父心底毛了好幾下，起了一波又一波的疙瘩。博子真的怎樣嗎？

怎麼他從來沒聽說過，我祖母卻知道？

祖父鑽回廚房問祖母。祖母自有她姊妹淘的消息管道。順便祖母斜眼低聲說了一句重話：「你最好不要老風流啊！」祖父搖搖頭做出一個不可理喻的無奈表情，想揚高聲音卻怕被博子知道又不得不壓低，兩種力量拮抗扭曲激紅了臉龐：「ひろこ可以做我女兒啦！跟女兒一樣的對待啦，我對ひろこ！」祖母冷冷地頂一句回來：「你對自己的女兒有這麼疼嗎？」

祖父說那是記憶中唯一一次和祖母口角，就為了博子。九十歲了，祖父突然兩眼含著淚對我承認：「你阿媽是對的。」第一、他對自己的女兒沒那麼疼。如果那麼疼，我二姑也不會去出家做尼姑了。第二、他是對博子有一種超過他們社會關係應有的感情，以及他自己當時不敢也不願承認的欲望。第三、博子真的是祖父一生遇過最危險的人。她是個共產黨。真的是個共產黨。

那晚在去臺北的大車上，祖父和博子坐在最角落的位子。廁所的味道濃到讓人下意識地緊靠著椅背癱坐著。不願做出太多動作，怕肢體伸在空氣裡會沾染到看不見的穢物。不過角落座位的好處是周圍都沒有人。博子跟祖父講了很多事情。關於歷史與歷史解釋。為什麼會有殖民地與殖民者。為什麼有戰爭。為什麼像臺灣這塊地方，戰爭贏了戰爭輸了，人民都得不到真正的平和。為什麼有了二二八還不夠，為什麼槍斃掉了陳儀還有一個復行視事的總統。

祖父聽得迷迷糊糊的。似懂非懂。車子過了新竹之後，博子就睡著了。祖父還記得博子那天穿著一件淺米黃的過膝長洋裝。略顯細波皺摺的布料襯得博子露在袖子外的手臂皮膚格外平滑，也格外褐黑。祖父心裡有些什麼在蠢動。跟一個青春猶存的女體靠得那麼近，難免逗引出些想像的空間，然而又覺得不應該，於是急急地閉起了眼睛，只殘留那條光滑褐黑手臂的影像久久不肯消逝。

到達臺北時，天才剛亮開一點灰裡帶白，散掉了大半暑熱的街頭上爬著一層低低的霧腳。祖父和博子從現在的重慶南路走下去，泥石鋪的馬路中間不時駛過一輛輛引擎呼嚕多雜音的軍車。博子講起阿舍仔。說是她害了阿舍仔。阿舍仔原本可以不用投得那麼深，到被殺了都找不到屍首。阿舍仔是個穩健的人，他只有在一件事上按耐不住脾氣，那就是博子，博子的忠貞。他們新婚那夜阿舍仔歡欣得落下淚來。他要娶一個只屬於他的女人。所以他老是擔心博子會被別的男人汙染，他必須緊緊看著博子。可是博子偏偏不是那種會乖乖被關在家裡的女人。阿舍仔很清楚，用霸道的方式限制博子，只會使博子離開他。阿舍仔別無選擇，只好跟著博子跑。博子感興趣的任何事，阿舍仔也跟著去參加。

那些後來化成一塊塊血凍的人們，很多都是博子介紹給阿舍仔認識的。她可以感覺到阿舍仔對這些人的複雜情結。一方面恨不得把他們推得遠遠的，不讓他們走近博子一步；另一方面又希望和他們成為真正肝膽相照的好朋友，這樣朋友間的義氣可以保證他們不致於對博子有所遐想。阿舍仔變成那樣冷冷熱熱擺盪不定的人。

祖父說他都不知道阿舍仔這些心思、這些變化。博子笑笑回他：「那是因為跟你在一起，他最自在，很順性、很輕鬆。你是他真正的朋友，他不會覺得你有什麼威脅。你不像，一點都不像會拐騙我、占我便宜的人。」

祖父先是覺得很安慰，可是隨即就醞釀起一股怏怏不快。九十歲了的老人大方承認：男人就是這樣，當人家認為他對女人不構成威脅，他很容易覺得那是對他性感吸引力的低估侮辱。難道阿舍仔認為他又老又醜，所以不可能成為博子不貞的對象？祖父的心往下沉，沉到一半這些錯綜交雜理不清的感覺擠成黏黏的稠質，擋住了心繼續墮落的趨勢。

祖父轉而問博子：「妳不會覺得很……很不舒服嗎？他這樣懷疑妳……」

博子似笑非笑地牽了牽嘴角說：「說老實話，我那時候也懷疑自己。常常晚上閉起眼睛，浮在腦裡的是別的年輕男子，不是阿舍仔。那種感覺很難捉摸。像是踩在一塊浮木上，像是要落水了，又像還很安全。每一刻每一時都在暈眩與平衡間掙扎……」

聽著聽著，祖父心底忍不住又冒出了些蠢動，忙不迭地問：「妳的意思是……」

「我的意思是那時真好命，可以玩這種自己騙自己的把戲。我愈是懷疑自己，就愈是讓阿舍仔隨時跟在我身邊，跟我去做我喜歡的事。我那當時很自私，也沒想這樣對阿舍仔會有什麼影響，就是在心內要賴說：是啊，我是個有可能會放蕩的女人哪，你得一直看管著我喔。其實，我真正要的只是把他鎖在我身邊啊……」

他們走經原來的總督府，現在的總統府，博子仰起頭來看那尖聳插向天空陽物般的中央塔樓。接著轉入牯嶺街，發現自己陷入了一條靜默地往馬場町流去的人河中。沒有人講什麼話，大部分都是半抑著頭往前走。然而他們身上的穿著，卻有著與靜默氣氛完全相反的喜慶色澤。一條表面平撫底下波濤活跳的河。

祖父和博子被數萬人眾夾擁在刑場邊，從早晨六點一直等到下午三點。人群實在太擠了，而且後來博子也累了，她整個身體緊緊地貼靠在祖父身上。祖父讓她站在前面可以看到朝刑場來的車輛。每當前面路段掀起騷動，低低的聲潮「來了來了」滾捲襲來，博子就會忍不住踮起腳尖來急急企望，她的臀部無可避免地向後推頂祖父的敏感部位。祖父一向覺得博子如男性般的下圍彷彿沒有多餘的肉，真正接觸時傳來的卻是令他不可置信的柔軟質感。而且在盼待看到囚車的那一瞬間，博子臉上綻放出一種詭麗豔魅的狂喜預期，上門牙輕輕地啣扣住下唇，彷彿在防止歡愛聲浪不意湧冒出來般……

祖父說他整個人被太多不協調的刺激填得滿滿的，反而有一種掏空般的虛萎。他多麼想就放縱自己緊緊擁抱博子，發洩原始的生理衝動。可是每當一輛車過去，上面載的不是陳儀，博子的表情立刻轉成無可言喻的傷痛，恨意深深地埋藏在剎時因太過用力而蜷痙的五官構圖中，提醒了祖父，這整件事背後一層陰闇一層的死亡寒影……

他們終究沒有等到陳儀長官。沒有看到他胸口爆開火與血共燃的花朵。沒有嗅到他帶飽和脂味的血腥結局。

陳儀被帶到新店安坑祕密槍斃了，他們第二天看報紙才知道。當天，街頭巷尾盛傳的是陳儀被放過了。消息掃過之處一顆顆頭顱無奈地在飛沙旱風中低拗了一級。祖父半牽半扶著博子離開馬場町，走到一根電線桿旁，博子停下來，用痛楚的啞嗓問：「他們真的會放過陳儀嗎？」祖父聳聳肩，說：「說不準咧。反正都是他們自己的人啊。」

博子回頭再望一眼那群疲憊失望的群眾，她握起拳頭朝空搏擊到一半，頹然地說：「你看這些無路用的人民，這些無路用的臺灣人，只能在這裡等，」她眼淚一股腦地瀑瀅了兩頰，「只能在這裡等人家殺陳儀，我們這些無用的臺灣人……」

祖父輕擁住博子安慰她，博子卻回應以激動的手臂緊抱，將祖父牢牢地鎖在她身上，然後把頭深深埋進他的肩窩裡無聲地流淚……

九十歲的老人，感慨地問比他整整小了七十歲的孫子：「換作是你，你會不會說以為這是某種暗示？何況是四十年前的社會……」

祖父等博子哭完了，提議去找家旅舍過一夜，第二天早上再搭車南下。祖父知道城內撫臺街一帶有很清幽乾淨的旅舍。祖父竟然又翻出一張不知什麼年代的相片，清源旅舍的相片。應該是現在延平南路和博愛路交口一帶，祖父說當時臺北城內已經很難找到有這麼大片後院的宅邸了。而且清源旅舍的大廳布置得極雅緻，明治時代的西洋風。祖父又拿出一張相片，清源旅舍大廳拍的，好像急於要證明給我看，清源旅舍有多好多高級。祖父解釋說相片裡看到的都是明治維新後洋派分子學習使用的舶來西式傢俱。神戶是當時這種和洋混雜新美感的中心。傳到臺灣來的例子並不多，成功的更少。這種風格的重點那張相片裡都有，厚地氈、骨董圓桌椅、粗竹和木頭搭配成的格子形天花板、燈籠狀的照明器具、畫盤、英式茶壺等等。祖父就是想帶博子到這種地方來享受一夜。

「博子答應了嗎？」我覺得無法再忍受這種懸宕，急著要知道結果。

沒有，祖父無奈，因為無奈而顯得格外誠實地說，博子斷然拒絕了。因為博子沒有答應，清源旅舍反而在祖父心中留下永遠無法磨滅的印象。祖父記得博子曬了一天太陽又吹夠了風飛沙的多汗皮膚上蒸著一股類近農婦的粗拙氣味。後來他幾度出張到臺北住清源旅舍，坐在那雅緻得彷彿將時間凝縮為東、西洋貴族生活純粹結晶的大廳上，總是會嗅到一股不相襯到了極點的汗臭。經過努力的搜尋，他才終於瞭悟那味道來自於他自己的記憶，對於一份沒有實現的風流的虛空建構，也因此恍然酸楚地知曉了自己對博子的無止盡的憶念……

九十歲的老人緊閉住眼瞼失聲地口形發著：「ひろこ、ひろこ」的呼喚。那天博子不願去撫臺街，堅持要搭夜車回去。可是祖父的心已經被這二十四小時的折騰激惹成一隻狂亂奔跳、不願受羈絆、不顧障礙的野馬了。他說以為博子只是在宣示最後的矜持。他說以為自己透熟博子吃軟不吃硬的個性，於是以低姿態向博子求索……

「那是我一生做過最蠢最下流的事。」祖父說。其實沒有什麼真正下流的言詞或動作，只是在那過程中，他對博子肉體的欲求赤裸裸地呈露了。博子沒有生氣，只是斷然、毫無商量餘地地拒絕了。

祖父當然也不敢冒犯博子。他完全不知道該如何處理自己的失措。一方面怕博子發起脾氣，會連跟她同車回去的機會都喪失掉；另一方面又不甘心明明只差一步就能擁有博子。所以他一直到上了火車，都還擺著求取博子可憐、賜予的模樣。「像隻狗一樣，」祖父形容那時的自己，「一輩子沒那麼低賤過。不知道為什麼博子在那一刻對我產生這麼龐大無法抵禦的性的誘惑，讓我把自己弄得叫她看不起……」

博子最後只有在車子快到嘉義時，勉強湊出一個混著悲憫、不屑、苦澀、茫失、無聊、錯愕，可能兼雜些感動的笑容，把手遞過來讓祖父握著。

那隻褐黝、平滑的手。祖父熱切地捧握著，忍不住向上向下搓摩細細汗毛伏貼到手肘的部位，一次又一次，一次又一次……

一年多後，一九五一年九月，博子被抓走。經歷了半個多月的折磨刑訊，十月一日，中共政府成立兩週年那天，博子和另外七十幾個「匪諜」一起被集體槍殺。聽說他們一字排開面向牆站著，行刑隊故意一個一個槍決，讓你在死前還得先感受到旁邊的人中彈癱瘓、因痛楚而哀啼而失盡尊嚴的種種反應……

祖父聽到了關於「匪諜」的種種消息。聽說特務情報單位整人的方法裡有一項是用豬鬃刷刷磨年輕女子的下體。聽聞消息的那天，祖父找出小心翼翼留藏的相片，再次看見博子那張顯然曬過許多陽光的臉龐，突然經歷了類似休克般的徹底轟擊，身體的每一個器官、每一條神經線路，好像同時罷工了半分鐘，復甦過來時，原以為悲哀會化成眼淚出來的，沒想到眼淚還在眶中蓄積，胃裡翻出來的酸液先噴吐了滿身滿地……

祖父說他一生都在想像博子最私密的部位究竟會是什麼模樣。無法想像。阿舍仔為了保有博子的女性專屬，終至喪了命。祖父則像條狗般羞辱了自己。然而那些具有公法權力的人卻把她剝光翻開來，拿洗水缸、洗馬桶的粗刷蹂躪那塊豐饒的母性區域。這中間有什麼道理嗎？

祖父說他就是無法想像博子脫光衣服後的模樣。他老是想到那隻手臂。黑褐色長長的肉質結構，被他自己曲折皺紋了的雙手含握著上下搓摩。他因此而更進一步地被羞辱了。想想看哪，那樣子像不像一隻陽具在進出陰戶？他做夢夢見了博子的手臂變成博子不應該擁有的陽具，一而再再而三地刺穿他、侵略他，然後從天花板淌下傾盆的紅雨，不知是博子的手臂或陽具孤零零地浸在血中。祖父完全不知道要怎樣理解這個夢。夢醒後他起身燒掉了兩張有著博子形影的相片，只留了阿舍仔這張，留到將近四十年後才拿出來，九十歲了才把故事講給我聽。

聽著故事的我被震懾住了，不知該如何反應。祖父停了一下，喝了口茶，再翻出一張相片，博子死後，民國四十一年，一九五二年拍的，看起來就是全家聚會時，一起排排站站坐坐拍的。祖父說那年過年每個人都到了，大伯三十八歲，我爸爸二十六歲，屘叔應該才十二歲，全家大大小小統統在吃年夜飯時被命令跪在祖宗牌位前，聽祖父宣布從今以後家族成員絕對不准碰政治，沾到邊都不行。每個人都要發重誓，將來誰要碰政治，就不是我們家的一員，會被逐出宗譜，不但生時分不到遺產，死後也分不到香火牌位。

「每一個家族成員都發誓了。」祖父說。說完這句話，祖父就靜默了。我等著等著，以為他隨時可能會起頭再接下去說，故事應該還沒完吧，他手中捏著的相片也還有好幾張不是嗎？等著等著，我慢慢又意識到，祖父跟我說這些，激烈激動得我幾乎無法消化理解的往事斷片，一定有用意的，一定跟那天和那個燈下的女孩有關係的。我心情從期待故事進一步的發展，變得忐忑不安了，想必祖父正在思索著該如何說那夜的事，以及對我的教訓。和阿舍仔、和博子，兩個慘死的故人，會有什麼關聯呢？我愈想愈困惑，也愈猜愈擔心……

天色一層層暗了。我先是感覺到看不清楚祖父的面容了。接著連他手上按著的黃白相紙也暈花了。最後連窗外勉強透進來的光都轉成灰沉的……

我努力從乾澀的喉嚨裡叫了兩聲：「阿公、阿公」，竟然沒有得到立即的回應。前傾上身靠近些，才發現祖父頭垂得低低地睡著了。我弄不清自己是失望還是鬆了一口氣。我搖了搖祖父，他半睡半醒疑惑地看著我，我說：「入去睏一下啦！」祖父說：「喔，也好。」

祖父進房裡去了。我在原處坐了幾分鐘，天已暗透，我就起身走了，出門才發現外面飄著綿細如毛又如絲的小雨。我在雨中走向嘉義火車站。

那一整個夏天，我一直惦記著要再回嘉義，直接問祖父：那晚到底發生了什麼？為什麼那個女孩再也沒有來找過我，甚至在一些我以前會不期遇見她的地方，都不見了她的蹤影？然而暑假裡忙著打工，覺得還沒放到假，就又開學了。

夏天快要過完的一天夜裡，爸爸出現在我租住屋子的門口，帶來了祖父的死訊。爸爸叫我別難過，祖父活超過了九十歲，訃聞都要用紅的了，而且祖父一直到最後，都保有了他一貫的興味盎然。爸爸形容祖父最後一次住院，還跟醫生注文要做一種最新、最昂貴的檢查。那部儀器叫什麼，爸爸他們都弄不懂，可是祖父就是曉得。祖父的表情、模樣簡直像是個慶幸淹水了可以在街上游泳的小孩，似乎高興自己病得那麼重才逮到機會試試新玩意。可惜醫生固執地認定不需要費那種錢做那項檢驗。祖父吵了幾天都沒結果，後來就去了。爸爸無奈地說：「我想他是太無聊才死

◎收錄於二〇一四年《臺北戀人》，印刻出版。

8

南京的血腥氣終於跨越海峽飄到臺北了。

臺灣省警備總司令部決定對臺北的學運採取鎮壓的行動了。老周，我後來知道，負責執行這項任務的，是在二二八期間鎮壓民變有功的副總司令；他根據職業學生所提供的材料，針對T大和師院兩校比較活躍的一些學生，列出以你為頭號對象的黑名單，準備展開祕密逮捕的行動；他的第一步，就是通過省府急電T大和師院兩校當局在原本不放假的清明節放假一天。

四月五日，清明節。一大早，T大和師院兩校都突然貼出「清明節放假一天」的臨時公告。於是，本省同學大都回家掃墓，住校的外省同學也幾乎都外出遊玩去了。我已經答應你，晚上要去你二哥家吃潤餅，就待在寢室看書，一直到天就要黑了的傍晚時分才準備出門。因為麥浪歌詠隊也要舉行慶祝週歲生日的內部晚會，出門前，我請朱槿替我向張旭東告假，說稍晚才到。然後，我就依照事先約定的時間來到師院男生宿舍。

也許是住宿的同學大都外出，還沒有回來吧，平常在這個時候非常熱鬧的師院男生宿舍，靜得有點異樣。我在宿舍門口等了老半天，向來守時的你卻遲遲沒有出現。你是不是出事了？我感到納悶地擔心著，於是就請託一個剛從外頭回來要進宿舍的男同學幫我問問。不久，那名男同學出來了。他告訴我，你的室友說，你剛剛才跟南部上來的親戚出去了。聽他這樣說，我想，今天是清明節，南部上來的親戚找你，一定是家裡有什麼急事吧！我不疑有它，就要趕回T大校本部，參加麥浪的慶祝晚會。我剛剛轉身，一個騎著腳踏車的男同學卻迎面衝來，幾乎要撞上我了才緊急煞車；他沒跟我道歉，隨手把車靠在牆邊，就急匆匆地跑進宿舍。我直覺地認為一定是發生什麼事了，於是就停下腳步，想要打探究竟。天已經黑了。住宿舍的同學陸陸續續從外頭回來了。我又託了一個同學幫我向莊勝雄轉達外找的訊息。不久，李松林就出來見我了。他告訴我，剛剛住公園路宿舍的Ｔ大同學來報信，說你被祕密逮捕又脫逃了。

是嗎？我一時之間難以置信。

聽到這個消息後，自治會的幹部個個都氣得不得了！李松林繼續說。老莊要妳進去，跟我們一起開會。

我於是就跟著李松林進入宿舍的大廳。莊勝雄和朱裴文等幾個自治會的幹部正在討論當面的情勢，並商議後續的對策。我坐下來，專注地旁聽。

我就納悶，清明節向來不放假，今年怎麼就突然放假了？老莊冷靜地分析說，現在，情況清楚了，這是反動政府鎮壓學生的預謀；它摸清了我們一放假就待不住宿舍的習慣，一面讓學校放假，一面張布羅網，針對他們要捕捉的對象個別地祕密逮捕；這樣，其他同學即無從打聽失蹤同學的消息，也就營救無門，更沒有理由展開罷課遊行的抗議行動了。

要不是老周機警脫逃，破壞了他們祕密逮捕、各個擊破的預謀，老朱接著說，我們恐怕就要一個接一個地突然失蹤了。

事情到了這個地步，老莊又憂心地說，一場更大規模、更加激烈的鎮壓行動，恐怕也就不可避免了。

怕什麼！李松林慷慨激昂地說，明天，我們就上街，遊行！抗議！

對！群情激憤地附和著。遊行抗議！

不管怎樣，我們還是先去把老周接回來再說吧！老莊保持冷靜地說。老周，老莊隨即安排了三十位自願的同學，各騎一輛腳踏車，前往公園路的T大宿舍，迎接你。當他們回來時，T大也出動三十位同學，各騎一輛腳踏車，加入護送的行列。你就在大隊人馬一路護送之下，浩浩蕩蕩地回到師院男生宿舍。自治會立即在宿舍大飯廳召開了緊急說明會。會議似乎沒有人主持，又似乎大家都是主席。你披垂著蓬鬆的頭髮，手腕上還扣著一副亮堂堂的手銬，報告了你被誘捕和脫險的經過：

傍晚，你抓緊沒有活動的空檔，利用宿舍難得的安靜，在寢室複習功課。一個同學敲了敲沒有關上的寢室木門，說宿舍門口有人找你。你回過頭，來不及問個究竟，那個傳話的同學已經走開了。你看看手錶，已經下午五點多了，這才想起，昨天跟T大的一個朋友約好了，今天是清明節，嫂嫂做了潤餅，要帶她一起去吃（你說的這個朋友應該就是我。你說到這裡時也停下來看了我一眼，然後才繼續說）。你趕緊把桌上的書本收拾好，離開寢室，穿過還沒亮燈的幽暗走廊，走下樓梯。你來到宿舍門口卻沒看到我的身影。你想，我會不會是到附近的小雜貨店買東西了呢？你於是往距離不遠的雜貨店走去。還沒走到雜貨店門前，兩名陌生男子突然從背後靠近你，一左一右，把你雙手一架；你還沒來得及看清那兩人的面貌，就已經被架上停在路邊的一輛三輪車了。

那兩名陌生男子馬上放下遮雨的油布，命令車夫疾速離開現場。你知道，自己上了特務的圈套，被捕了，即然如此，急也沒有用了，於是就故意表現得非常馴服，冷靜地尋找脫身的機會。特務大概是看你沒有掙扎反抗，漸漸地，戒備也就鬆弛了下來。一段時間後，其中一名特務稍微掀開油布，一邊瞧著街景，一邊不耐煩地喃喃說到哪了？就在這一瞬間，你看到，三輪車正經過公園路的T大學生宿舍；宿舍門口，人來人往，非常熱鬧。學過柔道的你當機立斷，用被扣住的雙手奮力往後一甩，趁機掙脫夾坐兩邊的特務，跳下行進中的三輪車。你的腳扭了一下，一拐一拐，拚命向宿舍門口奔逃，同時一路高喊特務抓人！那兩名特務沒有提防到你會突然跳車，連忙追趕，並且對空開槍示警。這時候，許多T大同學已聞聲趕來了。他們認出逃跑的人是你，就很清楚這是怎麼一回事了。一些同學趕緊把你扶進宿舍，另外一大批同學則把那兩名特務團團圍住，責問他們憑什麼亂抓學生？怎可在學生宿舍胡亂開槍？那兩名特務被問得無話可答，也不敢貿然衝進學生宿舍，只好拔腿就跑。

你的報告結束了。

同學們的情緒激動得幾乎不能控制了，爭先恐後搶著發言，表態說一定要和胡作非為的特務鬥爭到底。最後決議：天亮之後，上街遊行，抗議特務綁架學生的法西斯暴行；同時展開無限期罷課，聲援南京「四一」血案，揭穿和平談判的假象。

老周，我一直想單獨跟你說說話卻始終沒有機會，於是決定先回T大，盡快向張旭東匯報最新的情況。我走到T大福利社的時候，發現餐廳周圍有一些陌生人正鬼鬼祟祟地探頭探腦。因為參與麥浪一連串的演出，以及演出過程所見所聞的種種不合理現象，這時，我已經感覺到，自己不再是一般只愛唱唱歌那樣簡單的女學生了；我的反抗思想萌芽了；我也知道要把歌唱活動聯繫到現實政治了。可我並沒有想到，那些人其實是監視我們的特務，並且已經準備對學生下手，只是現場人多，有所不便而已。我走進餐廳。現場到了很多人。我注意到，裡頭有一些並不是麥浪的隊員；其中幾個還是剛從大陸過來的寄讀生。我以為他們都是對麥浪的活動感興趣才慕名而來，並沒有對他們懷疑或設防。晚會由張旭東主持。他看到我進來的時候有點訝異。他先報告麥浪正式成立一年來的概況，以及寒假南下巡迴演出獲得的社會回響，然後就讓隊員自由發言，檢討缺失，並提出改進建議。大家於是利用現成的桌子圍成一圈，隨意地坐在那裡，嗑瓜子、聊天；氣氛非常熱鬧。我動了動下巴，示意張旭東到餐廳角落說話。他就走過來，關心地問我，妳不是要晚點到嗎？沒跟老周去吃潤餅？我裝作一派淡然，輕聲向他轉述了你被祕密逮捕又脫逃的經過，以及師院同學明天要遊行、罷課的決議。麥浪的隊員正在即興地唱歌助興。在歌聲伴奏下，幾個男隊員和女隊員下場跳了一段演出時候跳的舞蹈。大家都沉醉在中南部演出的甜蜜回憶中，情緒十分熱烈。樂音剛停，張旭東就讓大家知道了我剛剛匯報的情況，同時徵詢所有隊員，是否願意聲援師院同學明天展開的遊行與罷課行動？隊員們憤慨激昂，一致同意了。他立即宣布晚會提早結束，要大家早點回去休息，準備明天早上遊行。

天空下著毛毛細雨。

張旭東牽著腳踏車，要送朱槿和我回女生宿舍。我笑著婉拒了。朱槿於是坐上他的腳踏車後座，撐著傘，幫他遮擋隨風飄來的雨絲。

我撐起傘，獨自走回宿舍。

9

天剛亮，我就醒過來了。窗外，雨已經停了。我下了床，像平常那樣到浴室梳洗。宿舍的氣氛一如往常，看不出有什麼變化。吃過早點，我利用遊行前的零碎時間，到宿舍旁邊的那棵白千層老樹下複習功課。遠遠地，我看到椰林大道停放著幾輛裝有無線電天線的紅色吉普車，十幾名全副武裝的軍警往來巡邏，氣氛緊張。我警覺地想著一定是出事了！看這場面，情勢肯定非常嚴峻。我憂心地往文學院方向走去。經過文學院門口和圖書館之間，看到幾個神情緊張的男女同學正聚集在草坪上小聲交談，就湊進去，聽聽是怎麼回事。我才知道，師院男生宿舍和新生南路的T大男生宿舍被包圍了一個晚上，許多同學已經在清晨時分陸續被抓走了；有人說，公園路的T大學生宿舍也同樣被武裝軍警包圍，抓走了一批學生；還有人說，包括楊逵先生在內的一些文化人和新聞記者，也同時被捕了。聽到這些不一定完全確定的消息，老周，我頭一個反應是你是不是也被捕了呢？

我想看看報紙怎麼說，於是走進剛剛開門不久的圖書館，在書報閱覽室的報架上拿了當天的《中央日報》，首先就在頭版頭條看到警備總司令向社會各界發表的關於「整頓學風」的談話。他說：

臺省學風，向甚淳樸，唯近來T大及師院有少數外來學生，迭次張貼破壞社會秩序之標語，散布鼓動風潮之傳單，甚至搗毀官署，私擅拘禁公務人員，凡此種種違法干紀之行動，絕非學生所應為，本部為維持公共治安、保障大多數純潔青年學生起見，經查報確實，業將首謀者予以拘捕，依法處理中，殊恐社會各方不明真相，特先做一簡單說明：

本部此種措施，為青年前途及本省前途計，實出於萬不得已，容或使兩校教職員先生及各學生家長受到虛驚殊感歉疚！

學風之敗壞，自非一朝一夕，政府與學校當局，及學生與其家長，均難辭其咎，政府整頓學風，已具決心，尚望今後各方皆能善盡其責，務使不再有此類事情發生，庶全體青年學生，得以安心向學，至各校所感到的困難，及教職員的生活，政府當竭力之所及，盡量注意解決改善。

我認為，從警備總司令的談話內容可以知道，他一定認為光是鎮壓恐怕不能善了，於是軟硬兼施，兩手並用，一邊全面逮捕學生，一邊又強調要改善教職員生活，故意分化老師和同學的團結。我繼續尋讀關於逮捕學生的具體報導。可我把報紙從頭到尾都翻遍了，卻怎麼也看不到任何相關的訊息。我又拿了省府所屬的《新生報》，一眼就看到幾行醒目的標題：

警備總部
電令T大師院兩校
拘訊不法學生十餘人

我著急地細讀了這則新聞的內容：

〈中央社訊〉警備總部，近據確報有T大及師院學生十餘人，首謀張貼標語，散發傳單，煽惑人心，擾亂秩序，妨害治安，甚至搗毀公署，私擅拘禁執行公務人員，居心叵測，實甚明顯，而該生等昨晚復又糾眾集議，希圖擴大擾亂，頃聞該部為維護社會安全，保障大多數純潔青年學生學業起見，已電令兩校當局迅將該生等拘案依法偵訊，以便其餘學生仍可照常安心上課，茲將各該學生名單探錄如下：

老周，我看到，你的名字排在師院部分的頭一名。但是，沒有任何明確的訊息說明你是否被捕。我離開圖書館。校園裡，學生和教職員漸漸多了起來。我想從各方面進一步瞭解昨夜發生的情況，於是繼續四處遊走，只要有同學聚集的地方，就走進去探聽。我感到憂心地邊走邊想：張旭東會不會也被捕了呢？應保華怎麼樣了？我幾乎走遍了文、理、農、工學院，雖然沒有碰到任何一個認識的、住在新生南路男生宿舍的同學，但是，聽了各方面的訊息之後，對事態的全局也有了比較全面的認識。與此同時，隨著來校上課的學生愈來愈多，校園的氣氛也逐漸由低迷轉為激昂。同學們在這裡或那裡聚集，一起議論著，不時地，有人大聲疾呼：我們要馬上營救被捕的同學！但是，一些向來領導學運的同學都不在場，群龍無首，也就沒有人能夠立即把義憤填膺的同學組織起來。於是我沿路找了幾個就讀不同學院的麥浪隊員，要他們再找幾個比較進步的同學，一起到文學院碰頭，商討組織營救會的事情。

早上十點左右，我懷著不安的心情和十幾個同學在文學院大樓與圖書館之間的一株玉蘭花樹下碰頭，然後一起走進外文系教室，緊急磋商如何營救被捕的同學。我首先綜合打聽到的情報大膽地判斷說，各學院學生自治會和幾個重要社團的負責人可能都被捕了，在這種情況下，當務之急就是要重新組織臨時領導機構，負責營救被捕的同學。我的提議立即獲得其他同學一致同意。經過一番討論之後，決議由文、理、農、工、醫、法六學院各派一名學生代表組成主席團，集體領導，下設報導、總務、糾察三組，分別負責營救活動的具體工作。大家又一致公推我和女學會會長謝菁靈等六人為主席團成員。老周，我立即起身婉拒，說我跟張旭東和師院的你經常在一起，不適合上檯面，還是負責幕後的報導工作好了。其他同學覺得我說得有理，就另外推派朱槿替代。你們兩個住同一寢室，謝菁靈跟朱槿說，這樣，有什麼事也好商量。營救會的組織架構和領導集體確定之後，接著就討論如何開展營救工作，最後，大家決定：先由主席團在校本部召開學生大會，宣布成立營救會，再來共商營救之策。

十一點整，經過熱心的同學一番緊急聯絡動員之後，學生大會在文學院大廳召開了。大廳內外擠滿了關心被捕同學和事態發展的同學，氣氛非常熱烈。營救會正式成立了。它立即決議：首先由主席團成員代表全體同學，建請校長和訓導長立即出面，要求當局釋放被捕同學；其他同學，或是發動學校的教職員工進行罷教聲援，或是在師生當中進行募捐工作。

大會結束了。

營救會的救援工作立刻開始運轉。同學們分頭投入各自負責的工作。一切都在緊張有序的進行中。我與幾個志願參加報導組工作的同學商討之後，決定編輯一份《營救快報》，通過調查採訪，報導事件的真相與營救的動態實況。幾個男同學隨即從理學院辦公室找來兩臺油印機、幾筒油墨和紙張，搬到地點比較偏遠隱蔽的一間化學實驗室。於是我們就在濃烈的化學藥品氣味中展開緊張的工作。老周，應主席團要求，報導組的首要工作便是起草一份〈告全國同胞書〉，揭露事件真相，以正社會視聽，同時控訴當局暴行。有位男同學說我常在《蜂報》寫稿，文筆好，就推薦我負責執筆。其他同學都同意了。我也不推辭，當下就找了個僻靜角落，歸納整理了能夠掌握到的情報，想了想，就以一種憤怒的筆調寫了起來。不到半個鐘頭，草稿寫好了。我讓報導組的同學傳閱，隨即依照同學們提出的意見，略加修改，然後交給主席團成員傳閱。不久，主席團把稍微潤飾過的定稿送回報導組。我立刻以工整的字體，一筆一畫，在蠟紙上刻寫鋼版。寫好了，其他男同學立即用油印機印出一疊疊的傳單，拿出去，分頭在校園和臺北市各交通要道，四處散發張貼；或是郵寄省內和大陸各大專院校的同學及親友，廣為宣傳。

我在化學實驗室繼續編寫《營救快報》創刊號的文稿。天色漸漸暗下來了。

我回宿舍一趟，很快地沖個澡，匆匆吃了晚飯。我正要走出飯廳時，迎面碰上正急著找我的主席團成員謝菁靈和朱槿。

晶瑩，朱槿一臉興奮，抓著我的手，迫不及待地說，校長認為學生無緣無故被抓，所以非常支持我們的營救活動。

是嗎？我感到驚喜，於是問說，怎麼支持？

校長已經決定，朱槿說，由訓導長、生活組長、兩名教授和一名營救會主席團成員組成慰問團，馬上前往還被包圍的男生宿舍慰問同學。

除了我以外，謝菁靈說，營救會希望妳能以《營救快報》的身分隨團，這樣，也可以採寫現場實況。

我欣然接受了主席團交派的任務。

夜色沉沉。

天空又飄起了毛毛細雨。

慰問團一行六人搭上一輛中型汽車，從T大校本部出發。在雨夜中，汽車行駛在坑坑窪窪、泥漿飛濺的馬路上，通過一道道崗哨盤問之後，逐漸駛近新生南路的男生宿舍。一道刺眼的探照燈光束突然從黑洞洞的前方逼射過來，緊跟著傳來一聲語氣兇惡的吆喝：停車！司機應聲戛然煞車。從黑暗中馳來的一輛豎著無線電天線的紅色吉普已經停在前頭。哪個單位的？兩名軍官從車上跳下來，聲色俱厲地問我們。去哪裡？我們是T大的老師，坐在前座的訓導長探出頭來謙恭地回答，司令部同意我們去看望學生。兩名軍官一聲不吭，隨即拿起無線電話聯繫，確定無誤，然後才揮手放行。汽車在紅色吉普尾隨下慢慢駛進戒備森嚴的宿舍。車窗蒙著一層濛濛的水氣。我哈口氣，噴吐在窗玻璃上，擦了擦，於是就看到宿舍的各間寢室在朦朧中亮著燈，崗哨遍布。

汽車在操場停了下來。慰問團成員一一下車。可不可以……訓導長向尾隨的兩名軍官提出請求，態度依然謙恭。請你們把同學集中，讓我們分發食品、飲料和水果。不行！那麼，讓他們出來，站在房門前面呢？不行！那……生活組長雙手提著食品、飲料和水果，一臉無奈。我們要怎麼把東西給同學呢？他們不能出來，一名軍官冷冷地笑著說，你們可以進去啊！

我們趕緊在訓導長領頭下進入宿舍，分頭把帶來的慰問品一一分發到各個房間。

老周，我主動進了正對著宿舍大門的張旭東與應保華的二二八號寢室。老應與另外兩名室友正無聊地坐看窗外飄著的毛毛細雨。

妳怎麼能夠進來？老應看到我突然出現，驚喜萬分。

我一邊分發慰問品，一邊低聲告訴他們，校本部的同學已經成立了營救會，要他們放心。我接著又問老應：張旭東呢？

他被捕了。老應指了指我身後的床鋪說，他就睡那裡。

我順著他指的方向看到的是棉被沒摺、凌亂地散放著一些雜物的床鋪。我在床沿坐下來，要老應盡快把他所知道的事件的經過告訴我。他於是從他回到宿舍開始，向我述說事件的經過。我一邊聆聽一邊在筆記本上記下他敘述的情節，偶爾要他暫停，問明不清楚的細節。

老應說，昨天晚上，他出去辦點事，突然下起大雨，全身都淋溼了。他已經好幾天沒洗澡了，衣服也沒換洗，都穿得發酸了，就想回來洗個澡，順便換件乾淨的衣服。洗過澡，換了衣服，他看外頭的雨勢並沒有變小，就決定留在宿舍過夜。快要十二點時，他正坐在床頭跟室友閒聊，張旭東淋著雨，從車棚跑回有一小段距離的寢室。張旭東看到老應就關心地問他：最近風聲很緊，你怎麼跑回來了？雨下得這麼大，老應說，應該不會有事吧。張旭東又問他知不知道師院那邊的狀況？我下午就出來了，老應說，學校放假，也沒聽到什麼風聲。老周，張旭東於是把你被捕之後逃脫的經過，以及明天早上要上街遊行的訊息，告訴老應及其他室友。說完之後，他看看外頭，雨還是下得非常大；他又看了一下手錶，然後才比較放心地說：快要一點了，那就早點睡吧！大家於是就躺下來睡了。睡夢中，老應突然被一陣雜亂而異乎尋常的聲音驚醒，於是起身走到窗口察看；他看到一群頭戴鋼盔、全副武裝的阿兵哥正向宿舍走來。他感到納悶，自言自語說怎麼會這樣？大概是雨太大了，同樣被吵醒的一名室友天真地說，進來躲雨吧！早就被吵醒的張旭東沒吭聲，靠著窗戶，靜靜地觀看外頭的動靜。軍車不斷地開來，阿兵哥愈來愈多了。張旭東才同樣憂心地跟老應說，這些軍人應該不至於進到宿舍抓人吧！老應不放心，轉向寢室南面，從玻璃窗往外看；透過濛濛細雨下的路燈微光，他看到操場那頭也布置了許多穿著雨衣的荷槍軍警。糟糕！他心想，今天一定要出事了。他確信，軍警已經不顧輿論會怎樣批評，硬是闖進校園來抓人了。他認為自己在劫難逃，要發生的事終於來了，所以沒有驚惶失措，反而有一種明白結局後的覺悟。他於是把自己的看法告訴張旭東及其他室友，同時鎮定地說：我已經跑了那麼多年，也夠了，即

這個許黔生我認識。老應用手指著通緝名單，把嘴靠近張旭東的耳邊，輕聲透露。他和我一樣，是復旦的學運骨幹，後來被學校開除，雖然考取T大，卻沒來讀，在一所中學擔任行政工作。老應接著又嘲笑這些特務。真不知道他們的工作是怎麼做的？竟然認定許黔生是首要分子，還跑到T大宿舍要人！

照這樣看來，這份名單說明了兩種情況；張旭東當下判斷說，一種是特務的情報不靈，根本不知道哪個學生住哪間寢室？還有一種情況就是它要抓的一定不止是名單上的而已。他靜靜地看著老應，然後又強調說，我們不能老老實實地等著被抓。

老應完全同意張旭東的想法。他告訴張旭東，按照他在上海的經驗，只要能夠讓學校知道，其實被抓也沒關係，生命會有保障的；如果被抓進去卻沒有人知道，那就完了。他停了一下，看張旭東沒有表示異議於是繼續說，所以，他們一定要爭取時間，設法讓校方派人來現場，看著他們被抓。可張旭東還來不及回應他的想法，外頭的軍警就傳話進來要全體學生到飯廳吃早飯。

原來分散在各間寢室的同學緩緩地前往飯廳集中。軍警也趁機把包圍圈縮小到餐廳的周圍。包圍圈一共有三圈，第一圈是徒手的軍人，後面兩圈則分別手持步槍和機關槍。

老應和張旭東都知道，一旦進了餐廳，恐怕就無法離開了。他們於是坐在一起，一邊吃早飯，一邊繼續討論如何面對這樣的變化。老應首先提議，吃了早餐之後，大家就用桌子、板凳頂住所有門窗；軍警要是進來抓人，大家就拚命抵抗，能抵擋多久就算多久，反正，只要把事情鬧大了，即使被抓進去，也不至於被祕密處決。張旭東同意按照他所提的點子去做，同時立刻向其他同學逐個傳達。於是，草草吃過早餐後，所有同學立刻動手，一起搬動桌椅，頂住門窗。那些軍警看他們堅持不肯主動交人，又沒有離開飯廳，就把包圍圈更加縮小，但既不衝進來，也不讓他們出去。雙方就這樣僵持著。

一段時間後，張旭東擔心同學們的抵抗意志會被時間削弱，就要站起來講話，鼓舞士氣。老應馬上制止他，說現在他們幾個列名的人都不能露面，如果他們站出來演講，以後就會說他們在裡頭煽動，罪上加罪。他接著要同學們用椅子圍成一圈，人站在上面，然後讓張旭東站在圓圈中心的水泥地上講話。張旭東採納了他的意見向其他同學分析說：我們是正義的！軍人到學校宿舍抓學生是不合法的！如果他們硬要抓，就要按照法律來辦事。我們堅持要求校方派人來現場，看著我們被抓，知道我們是被誰抓去的？抓到哪裡？要不然，我們的生命就會沒有保障……

張旭東的話還沒講完，突然有人按捺不住，大喊一聲：我們要衝出去！這一喊，一些心裡頭已憋了一肚子氣的同學就毫不考慮地跟著喊：衝啊！然後就衝出去了。他們一衝出去，那些在外頭待命的武裝軍警立刻對空鳴槍。聽到槍聲，其中幾個沒有鬥爭經驗的同學就本能地往後退。一個軍官頭子便指著正在奔往大門口的第一個衝出去的同學，高喊：抓住他！幾個軍警立刻衝向那名體魄魁梧的同學，抓住就打，然後一邊打一邊把他抓走。接著，幾個衝在前面的同學也被抓走了。其他同學知道硬衝是衝不出去的，只好又回到飯廳。一個軍警頭子隨即走進來勸誘說，他們只要把名單上的同學交出來，就可以馬上回學校上課。同學們立刻你一言我一句地回答：我們寧可被捕，絕不交出名單上的同學！我們要上課！我們要人身自由！……那個軍警頭子眼看交涉毫無結果，就命令手下開始抓人。

同學們被迫一個一個依序走出飯廳的小門。在門口，拿著一份附有照片的通緝名單的軍警就一個一個抓人。

還好，張旭東略略寬心地隨口跟排在後頭的老應輕聲說，那些軍人並不認識名單上的同學。可他的話才剛說完，就看到收發室管理信件的那個年輕人躲在那些抓人的軍人背後指指點點。張旭東立刻臉色大變，流露憂慮的神情，手指那人，跟老應說：那個傢伙，雖然經常穿著軍裝，可我也沒懷疑過他是負責監視我們的特務啊！怎麼說呢？老應問。我常到收發室去看有沒有信，張旭東解釋說，他也接受我的建議，做了按來信姓氏分類的置信木架。所以……老應露出一副嘲諷的神情故意遲疑著不說。所以，那些信件很多的同學一定早就是他特別注意的人了。張旭東自我解嘲說。現在，那些軍警一定是要通過他的指認才知道要抓誰吧！老應無言地看著張旭東。那個傢伙肯定認識我，張旭東接著又抱著準備被抓的心情無奈地說，跑也跑不掉了，鬧也沒有用啦！

果然，那些名列黑名單上的同學一個個被抓了。然而，那個管理信件的人還是有不認識的同學，所以他們也錯抓了一些不在名單上的同學。為了保護通緝名單上的同學，那些被錯抓的同學也不辯解，寧可將錯就錯。

最後，張旭東毫無疑問地被抓了。可他面無懼色，當場就唱起了〈大家唱〉，並且把歌詞裡頭「一個人唱歌多寂寞，大夥兒唱歌多快樂！」的一段改了詞唱道：「一個人被捕多寂寞，大夥兒被捕多快樂！」其他同學於是就跟著唱了起來：「一個人被捕多寂寞，大夥兒被捕多快樂！」之後歌聲就愈來愈遠而逐漸消逝了……

老周，我寫好老應所說張旭東被捕的現場情況，抬起頭，看了他一眼，然後慎重地問道：你呢，你怎麼沒被捕？

我就知道妳要問這個問題，老應坦然地笑了笑說，我現在就告訴妳。

我於是又一邊聽一邊做筆記。

張旭東被捕後，盤查繼續進行。老應心裡頭清楚，下一個就輪到他了。可他們並沒問他什麼。他也就一直不吭聲。他們拿著一份資料，一邊看他，一邊核對上頭的照片。他偷偷瞄了一眼。那張照片是光頭、沒戴眼鏡的他。他想，那應該是從復旦大學轉過來的；他剛進復旦時沒戴眼鏡，因為愛游泳，就乾脆剃光頭，後來，遊行時頭部挨了打，眼睛受傷，才開始戴眼鏡。所以，現在站在他們眼前的就是一個留西裝頭、戴眼鏡的應保華了。於是他聽到有人說像！也有人說不太像！他們又看看躲在後頭的那名收發員。老應當下就放心了。他因為自己是被列管的黑名單，怕連累人，平常不太給朋友寫信，因此也就沒有什麼人寫信給他，更不曾去過收發室拿信。那名收發員對他當然不會有什麼印象。果然，那名收發員搖搖頭。他們就放他過去了。

回到寢室，老應立刻幫張旭東清理一些日後可能被當作「罪證」的東西。如他所料，他在張旭東的床鋪下找到一本硬紙板做封面的厚厚的《列寧文選》。他想，這本書要是被搜到的話，肯定「罪刑」不輕！他想馬上設法把它處理掉。可寢室門口有軍警監守，不可能拿出去藏起來；在房間燒毀，更不可能。他因此而苦惱著。就在這時，他突然發現寢室的天花板上有一個缺口，就請一名比他先回來的室友幫忙把風，然後把書用力擲進天花板裡頭。這樣，他總算放下心頭的一個包袱了，於是懷著一種明白故事結局後的心情，開始清理自己那些該清理的東西……

聽完老應的敘述，我還想要進一步探聽其他同學的下落，可這時，原先守在寢室門口的衛兵已經進來催我離開了。我只好和老應匆匆握手告別。我要他設法出來後一定要趕緊與我聯絡。

慰問團的汽車繼續在那輛紅色吉普的尾隨下駛往公園路的宿舍。我們在那裡進行了同樣的慰問活動，然後返回T大校本部。

汽車途經師院的男生宿舍。老周，我看到那座平時燈火通明的兩層樓房一片漆黑；在暈黃的路燈照耀下，滿目所見只是門窗破碎的淒涼景象。我不由自主地在心裡頭悲痛地喊道：

老周啊！你是不是也被捕了呢？

10

慰問團的行動結束了。

我回到化學實驗室，熬夜趕寫了營救動態與新生南路宿舍圍捕經過的兩篇報導，然後才回宿舍睡覺。

第二天，我還是一大早就起來了。天空依然飄著毛毛細雨。我到餐廳吃早餐。我看到入口處擺了一疊油印的《營救快報》第一號。老周，我知道，這是報導組的其他同學整夜不睡覺趕工的成果。我想，隨著同學的散發和張貼，這份全面詳實報導事件經過和營救動態的快報，很快就會在校園內外廣泛流傳。我感到非常欣慰。

吃過早餐，我又到圖書館看報紙。我想知道當天的報紙有沒有透露什麼新的訊息。我首先在《中央日報》看到警備總司令兼省府主席在昨天的省府例會上，特別指示要配售各校教職員家屬米、煤、油、鹽、糖、布等生活必需品，並加發職務加給與研究費的訊息。我一面讀著報導，一面尋思著這是他想要用改善生活來安撫T大和師院兩校教職員的懷柔措施吧。我又看到他一方面指示要解決學生的出路問題，一方面又再次強調今後各校務須通過嚴格考試定期招生；新生必須有家長保證才得入學，入學後要嚴加管教。他又以省府主席的名義，下令學生鬧得最厲害的省立師範學院：「即日停課，聽候整頓。」光是這樣還不夠，他更進一步對全省中等以上學校發出「整頓學風」的通令：

……誠恐搗亂分子造謠生事，鼓動風潮，務希剴切告誡學生，安心求學，不得再有越軌行動，違者應由該校開除學籍，政府亦必加以有效制裁。

老周，我很清楚，這是針對全省中上學校的學生可能展開的聲援行動而預作防範。我還看到部分聲稱對臺北學潮甚感憂慮的學生家長在中山堂集會，討論如何協助政府整頓校風，最後以臺北市各級學校家長會名義發表〈告各家長及在校同學書〉；他們公開表示，對當局此種不得已之處置深為同情；他們希望在校學生均能體念時艱及政府苦衷，各安本位，努力學業，勿受外界誘惑，勿以感情用事，讀書以外，心毋他求；他們尤其希望全體家長嚴加管束子弟，時予訓誡，一切囂張言行皆宜勸阻，毋令流為越軌行動。我又看到做為臺灣民意最高代表機構的臺灣省參議會，也針對學生被捕事件表態支持政府整頓學風。

我走出圖書館，前往化學實驗室，準備編印《營救快報》第二號。一路上，我都在想，如何才能反制警備總司令為了擴大製造擁護整頓學風的輿論而動員的社會各界的表態。

我剛走進化學實驗室，還來不及喝口水，營救會就派人來通知：師院營救會的領導幹部來了，兩校營救會要舉行聯席會議，商討如何共同推展營救活動的事宜。他們要我馬上趕過去。冷雨依然下著。我於是披上雨衣，趕去開會。同學們還在罷課，校園冷冷清清。我走過空曠寂靜的椰林大道，來到隱蔽在花樹深處的工學院機械館。我看到主席團成員和師院的許銘傑及幾個我不認識的同學。我聽到他們正在聊著兩校營救活動進行的情況。謝菁靈向我介紹了師院營救會的許銘傑、林清標和黃棟國。老周，許銘傑是師院自治會最早的領導，我當然認得；可自從他退下來之後，卻一直沒再見過面。林清標和黃棟國，我以前沒見過，也不認識。

一年不見，小女生已經長大了。許銘傑笑著誇讚我說，《營救快報》編得很好，尤其是妳寫的軍警圍捕T大新生南路男生宿舍的那篇報導。

許銘傑要幸免被捕的林清標向我報告師院男生宿舍的圍捕經過，讓我可以在《營救快報》第二號上編寫發表。我和林清標就到機械館外頭，找了安靜的角落，進行訪談。我讓林清標述說我離開以後，師院男生宿舍那天的情況。他一氣呵成地敘述。我忠實地記錄著，沒有提問打斷他。

莊勝雄與自治會幹部積極籌劃著第二天罷課遊行的具體事宜。為了壯大聲勢，老莊同時安排了幾名同學去通知各校聯絡人，可他們剛剛走出宿舍門口，立刻就有一群便衣特務上前阻擋。他們突破不了封鎖，只好退回飯廳。老莊增派幾名糾察隊員，手挽著手，一起往前衝，還是被擋了回來。他想改用電話通知，電話線卻早已被剪斷，撥不出去了。夜深了，天空颳著冷風，也下起早春時節慣有的毛毛細雨。老周，在淒淒涼涼的寒風冷雨中，師院男生宿舍已經被重重包圍了。老莊預估到即將來臨的難以想像的風暴，同時也考慮到你的安全問題，於是慎重地安排你搬離原先的寢室，暫時更換房間。

宿舍外頭一片漆黑，伸手不見五指；宿舍裡面，南舍和北舍各兩層，一共四十間的寢室和餐廳依然亮著燈火。老莊向所有糾察隊員分析了形勢可能的發展與應變方式，他說鎮壓行動一定會在深夜到天亮前的幾個鐘頭展開，同學們應該設法在黑暗中突圍；他同時布置了接下來的自衛工作：在南舍和北舍，分別組織巡邏隊，守夜站崗；每班十人，一次一小時，以暗號輪流交接。巡邏隊的組織採取自願報名的方式，可為了自己，也為了大家，不分省籍的同學爭先報名，很快就組織起來了。老莊又特別交代：只要發現任何狀況，巡邏隊員立刻敲臉盆示警，所有同學聽到示警聲就立刻爬起來，一起戰鬥。

夜更深了。除了輪到站崗守衛的巡邏隊員之外，大多數同學就在危疑不定的心情中上床睡覺了。在一片寂靜中，宿舍透著一股看不見的恐怖氣氛。

午夜過後，天空下起了大雨。雨聲嘈雜。突然間，一陣又一陣急促而激動的臉盆敲擊聲夾雜著雨聲響徹靜寂的暗夜，也驚醒了已經進入夢鄉的同學。大家紛紛披衣起來，往窗外探看究竟。路燈照耀下的宿舍外頭，頭戴鋼盔、全副武裝的士兵兩手端持上了刺刀的步槍，正一排排、一隊隊地向南舍逼近。所有同學隨即神色嚴肅而緊張地到餐廳集中。探照燈也立即穿透餐廳四面的玻璃窗，從宿舍外頭遠遠地照射進來。他們完全暴露在光亮之中了。老莊立即指揮平時就組織起來的糾察隊員到餐廳周圍放哨。軍隊愈逼愈近了。軍隊前面又出現了穿黑制服的警察、佩帶短槍的憲兵與穿便衣的特務，黑壓壓一大片、一大堆。老莊和自治會的幹部緊急討論後決定，餐廳與南舍由糾察隊防守，其他同學退出餐廳，轉移北舍。

不久，餐廳與南舍先後失守，糾察隊也撤退到北舍樓下了。老莊認為，光靠糾察隊防守，力量不夠，撐不了多久；他當機立斷，要全體同學統統撤到二樓，倚仗樓梯，一起投入戰鬥。他們隨即在老莊的指揮下，迅速地把所有的課桌椅搬到樓梯口，堆疊重重阻擋的防禦工事，同時也把餐廳的所有碗筷搬過去，準備在必要時拿來丟擲。

雙方就這樣暫時對峙著。

老周，在對峙中，外頭的軍警遞進一份警備總司令部以你和老莊等幾名自治會幹部為首的黑名單；同時在外頭大聲喊話，說只要把名單上的人交出來，其他人就可以平安無事。老莊立即坦率地向所有同學表態，說大家決定怎麼辦，他就怎麼做，絕對不連累大家。一時之間，同學們議論紛紛，沒有定論。這時，不在黑名單裡頭的李松林跳上桌，激動地說：我們怎麼可以眼睜睜地看著這幾個同學無緣無故被捕呢！他主張大家團結抵抗，爭取時間，讓被點名的同學可以脫逃。同學們毫無異議，決定抗爭到底，於是繼續和軍警在樓上、樓下對峙，互相喊話。樓下喊說只要把人交出來就沒事了！樓上就回應說中國人不打中國人或同志們辛苦了，回家吧！又或者保障人權，反對特務抓人！……等等。然後，同學們開始唱〈團結就是力量〉來激勵士氣。

在歌聲中，師院代理院長也奉命來到現場。他先後兩次上樓，勸告同學們交出黑名單上的同學。他強調說，只要把那少數幾個職業學生交出來，事情就可以解決了。李松林立刻毫不客氣地帶頭強烈質問代理院長：你對自治會主席周新華被祕密逮捕的事情作何感想？代理院長眼看自己的勸導不但得不到同學的依從，還遭到嚴厲批判，只能搖搖頭，自我解嘲說：我今天還不如一條狗！然後狼狽不堪地和陪同的訓導人員離開現場。

時間又在對峙中一分一秒地流逝著。天色逐漸由暗黑轉為魚肚白。宿舍外頭的馬路上靜悄悄的，只見一輛掛著天線的軍車來來回回地移動指揮。老莊知道軍警就要動手抓人了，於是又帶領同學們開始唱歌：

坐牢算什麼，
我們骨頭硬，
爬起來再前進！
生要站著生，站著生，

死也站著死，站著死……

清晨的天空迴響著同學們大合唱的歌聲。宿舍附近的民宅陽臺上站著許多只能眼睜睜地無奈觀望著的民眾，注視著陷入重圍的孤樓，聆聽著同學們雄壯的呼喊和戰鬥的歌聲。

天光全亮了。一名沉不住氣的帶隊排長突然對空開了一槍。槍聲立刻把僵持的情勢升高了。同學們沒有下樓的意思。軍警開始搬動堵在樓梯口的桌椅，並以十幾個人為先鋒，硬衝上樓。為了自保，同學們紛紛拿起碗筷、椅子，用力砸下去，到後來，連墨水瓶、硯臺等文具都派上用場了。那些憲警用樓下寢室的棉被當盾牌，再次硬衝。同學們能丟的東西都丟完了。軍警攻破防線，衝上樓來。同學們只能向樓道兩邊的寢室退避。那些軍警手持三尺棍棒，見了學生就打，然後一個一個抓起來，像粽子一樣綁成一串押走……

林清標的敘述告一段落了。

為了讓報導的消息來源有一定可靠性，我合情合理地對林清標說：

我必須問你一個問題。

什麼問題？林清標一點也不閃躲。妳說。

你怎麼沒被捕？

我反抗到最後，知道終究難免被捕，就退到靠樓道底端的一間寢室，在床鋪底下躲起來。

林清標坦然地回答。

我沒有再追問林清標個人的問題，轉而問他：

莊勝雄和李松林呢？是不是也被捕了？

老莊和李松林帶頭抵抗，最後也退到靠樓道底端的那間寢室。林清標向我描述了他從床鋪底下的視角所看到和聽到的現場實況。他們先把房門關起來，隨即打破寢室的天花板，想要躲到天花板上；身手矯健的老莊，藉著李松林的雙肩支撐，雙手一撐，扶住木桿，再做一個引體向上的單槓動作，順利地上了天花板；但是，因為個頭較大，又從天花板掉了下來。就在這時，幾名憲警衝破房門，進入寢室，隨手用木棍朝兩人身上一陣胡亂敲擊；鮮血滴落地面，很快就攤成一大片了。軍警一邊叫罵，一邊把他們兩人反剪雙手綑綁起來，強拖下樓。

周新華呢？我又抱著有所期待的心情焦急著改口問林清標。他也被捕了嗎？

下落不明。林清標回答我。不過，應該沒有被捕。

老周，我和林清標的談話就到此為止。我們走回會場。兩校營救會領導幹部的聯席會議正式開始了。會議由謝菁靈主持，經過熱烈討論之後最終決議：以臺灣學生控訴四六暴行聯合會的名義，對外發表〈告全國同學同胞書〉；同時總結五項訴求，做為和當局談判的基礎：

一、立即解除兩校學生宿舍的戒嚴，恢復校區正常交通。

二、立即無條件釋放黑名單之外的兩校被捕同學。

三、不得對名列黑名單而被捕的兩校同學刑訊施暴，保證人身安全；依照司法程序，立即移送臺北地方法院，由兩校營救會聘請律師，組織陪審團，確定有無犯罪，不得搞莫須有。

四、立即允許兩校營救會慰問被捕同學並提供物資援助。
五、保證今後不再發生類此事件。
聯席會議就這樣結束了。
許銘傑、林清標和黃棟國要去向黃石岩老師匯報會議情況。老周，我特別拜託許銘傑，請他們一定要盡快查出你的下落，並且立即通知我。許銘傑輕輕拍了拍我的肩膀，安慰我說，這本來就是他們應該做的。我和他們一一握手道別，然後趕去《營救快報》編印室，將五條決議刻寫成〈備忘錄〉，讓其他同學立刻拿去油印、散發。

11

警備總司令部的副總司令願意面見兩校營救會的代表了。
老周，我在回臺探親那段期間，看到了這個副總司令在晚年接受某個學術機構採訪的口述歷史，談到了他處理這次事件的心態與經過。我試著以第三人稱轉述如下：
當副總司令得知你被捕後又脫逃的消息時，他知道，這樣一來，事態嚴重了。他憂心地琢磨著情勢可能的演變情況與應變措施。他想，祕密逮捕的計畫既然曝光了，明天一早，這些學生勢必又會走上街頭，遊行抗議；如果不及早把學生的行動鎮壓下去，情況絕對是很難收拾的。於是，他一刻也不敢拖延，立即撥了電話給主子——省主席兼總司令，據實以報。

這麼一件小事也辦不好！總司令對他怒責並且下達指令說，事情搞成這樣，也顧不了社會反應，只好公開抓人了！

總司令要他立刻約見師院代理院長和Ｔ大校長。他親自撥了電話給兩位校長，隨即前往總司令的官邸。進了院門，他看到總司令正在前院的角落定定地看著一株盛開的曇花。他知道總司令不是有此閒情雅致的人，肯定是因為心煩才來到院子裡散心。他於是放輕腳步，走向前去，態度恭謹地向總司令報告，說兩位校長很快就會趕來。總司令並沒有特別理會他的報告。

這花開得真美！總司令的嘴角幾乎不露痕跡地閃著帶有殺氣的冷笑淡淡地說。可惜，只是曇花一現啊！

總司令的雙手放在身後，慢慢走回屋裡，在客廳的沙發上坐了下來。過沒多久，師院代理院長和Ｔ大校長先後來到。總司令動也不動，鐵青著臉。他於是語氣謙恭卑屈地向總司令說，報告總司令，兩位校長都來了。

總司令習慣性地摸了摸鼻子，陰沉著臉，跟兩位校長說：那麼晚了，找你們來，其實也沒什麼事，只是要告訴你們，你們的學生鬧得實在太不像話了……這樣鬧下去還得了啊！他刻意停頓下來，以嚴厲的眼神盯著兩位校長的臉部表情。室內籠罩著死一般的寂靜。他又摸了摸鼻子，說：根據情報，類似三月以來的學潮，在以往的臺灣社會運動還不曾出現過；光憑毫無社運基礎的臺灣學生，絕不可能發動像這樣有條不紊地大規模的學潮；而他們製造學潮的方式也完全與共匪的手法相同。

總司令的意思是……副總司令適時地附和說，學生裡頭有共產黨員。

報告總司令！本省籍的師院代理院長趕緊站起來，立正，向總司令恭敬地鞠了一個躬。去年六月，李院長調掌浙江省教育廳，我只好奉命暫時兼任師院院長……他用眼角餘光偷偷瞄了一眼總司令的反應，然後繼續說：可否請主席讓卑職辭退師院代理院長的兼職，專心做好教育廳副廳長的工作。

你想離開師院？總司令冷冷地看了師院代理院長一眼。我告訴你，就是現在，你們師院的學生正在宿舍集結，準備明天一早上街遊行呢！你要想離開，等事情辦完了再說吧！

一個隨從分別遞了一紙總司令簽發的特字第貳號代電給兩位校長。

總司令接著又語氣嚴厲地向兩位校長下令：今天晚上，如果不能把名單上的學生交出來，就只好交給副總司令來辦了。

總司令說完話就回房休息了。兩位校長同時站起來，恭敬地目送他的背影離去；然後把目光移向那紙電文。

學生的事可以慢慢勸。一直沒有說話的Ｔ大校長收好那份電令，面色凝重地要求副總司令。你不需要用到軍隊吧！

除非交出名單上的學生，副總司令堅持說，否則，還是要動用軍隊驅離。

那……師院代理院長懇求說，槍裡頭能不能不要填子彈？

這樣吧！副總司令皮笑肉不笑地說，我乾脆叫那些士兵和警察不拿槍，只拿繩子，直接把那些犯法的學生抓起來。

即然如此，我只請求你不能流血。T大校長態度堅決地對副總司令說，如果有任何一個學生流血，我要跟你拚命！

校長放心！副總司令笑著回答，如果有人流血，我便自殺。

他們三人一起走出了總司令的官邸。

外頭正是一片淒風冷雨。

老周，最後，這個有二二八劊子手之稱的副總司令竟然大言不慚地跟那些學者說，如果不是他處理得當，事件可能演變成血流遍地無法收拾的局面……

真是滿口謊言！

老周，我還是回來敘述那天兩校營救會的代表與他見面的經過吧。

午後。謝菁靈又派人來通知，要我到校門口集合。我在三點四十五分離開編印室，在杜鵑花盛開的椰林大道上疾疾地走著。細雨依然下著。校園一片煙雨濛濛，看起來詩情畫意。可我卻惦念著如何營救那些被捕的同學而無心觀賞。

四點整。我在校門口搭上慰問團的汽車，繼續進行第二天營救活動的報導任務。車上坐的還是跟昨天同樣的一批人，只是增加了師院營救會代表林清標和黃石岩教授，以及T大心理系的蘇翔宇教授。黃老師看到我很高興，也問我有沒有你的消息？我說沒有。他就安慰我不用擔心，他相信你會沒事的。

汽車在人到齊後隨即出發，十幾分鐘後，駛抵警備總司令部。我們下了車，在衛兵的引領下，以Ｔ大訓導長為首，依序進入戒備森嚴的一間會議室。不久，頭大、耳長、戴著大盤帽的副總司令，領著一群手下，大搖大擺地走了進來，然後神態倨傲地坐在會議桌上方。他脫了帽子，歪著微禿的大頭，陰沉著布滿皺紋的臉，擺出一副盛氣凌人的模樣。其他手下就按照官階，依次坐著。會場充滿一派肅殺之氣。副總司令揮手讓座。衛兵於是安排慰問團的成員依次就座。

一陣短暫的沉靜之後，副總司令伸出右手，用輕微抖動著的食指指著Ｔ大訓導長，語帶嘲諷，冷冷地笑著開場說：

訓導長，你對學生的訓導工作實在令人不敢恭維呀！這次學潮，你的學生把Ｔ大搞得烏煙瘴氣，實在教人看不下去，不得不進行干預呀！

總司令說得是！訓導長趕緊陪著笑臉表態。說得是！

……

我實在看不下去這種虛偽作假的場面了。老周，終於，我那壓抑許久的憤怒忍不住爆發了。我站起來，努力讓自己不流露因為怯場而讓人誤以為畏懼的神情，刻意以一種不屑的語氣打斷還要繼續教訓訓導長的副總司令。

司令先生，我針鋒相對地諷刺他說，我們的同學好端端地在睡覺，你們的兵卻拿著槍包圍宿舍，把他們一個個抓走，這叫作什麼學潮？這又是什麼不得不進行的干預？到底是誰把Ｔ大搞得烏煙瘴氣呢？

我這突如其來的舉動顯然鼓舞了其他人的鬥志。

司令先生，你的意思是說，面對警察暴力，我們學生就應該打不還手罵不還口是嗎？面對祕密逮捕，我們就應該乖乖就範不能抵抗是嗎？謝菁靈緊接著也理直氣壯地發動反擊。司令先生，這是沒有骨頭的奴才行為吧！難道政府要把我們大學生培養成這種奴才嗎？

副總司令被我們兩名女學生激怒了。可我們句句在理，他一時也不知該如何回應，想要發脾氣卻又考慮到有失身分，只能壓抑著，坐立不安，臉上的神態也因為尷尬而漸漸不再像先前那樣肅殺了。

謝菁靈把握著會場氣氛和緩下來的時機，趕緊把兩校營救會做成的〈備忘錄〉遞給副總司令，然後態度堅決地笑著向他說，這是我們學生的五點要求，請他給我們一個明確答覆。

副總司令接過〈備忘錄〉，低著頭，面無表情地看了又看，然後一言不發地遞給左手的下屬，依序傳閱。他和屬下又低聲交談片刻之後才冷冷地說：

我可以把你們所提的解決方案轉呈總司令，但是，先決條件是馬上停止罷課。

這時，緊挨著我、一直靜靜地坐著的心理系教授蘇翔宇忽然站了起來。司令官，他語氣激動地說，請聽我講幾句話。他說，做為一個臺籍教授，他對副總司令剛剛講的話實在無法苟同。他認為學生運動從來就是一個國家進步的新生力量，雖然不可免地會有感情越過理智的時候，可它的進步意義不容否定。基於這樣的認識，他建議當局，對學生的合理要求應該採取同情地考慮的態度；對學生運動逾越理智的感情因素也應有寬大的心胸適當包容，絕對不可鎮壓。青年是國族的生機所繫，他在最後直面副總司令總結說，你們無權摧傷國族的元氣。

黃石岩教授緊跟著也站起來發言。他先自我介紹說他是師院教授，師院被捕的近兩百名同學，大部分是他教過的學生，所以他應該也有資格說兩句吧！然後他就一邊激動地揮動著手勢，一邊說，關於學生運動對國家社會的意義，他的看法跟蘇教授一樣；他認為，這次，當局竟然拿槍闖入學校宿舍，逮捕學生，實在是太過分了！他質問副總司令，這樣，以後還有學生敢到學校上課嗎？最後，他也希望副總司和總司令能夠審時度勢，盡快回應同學們合情合理的要求，安定民心。

我剛剛已經說過，我會盡快向總司令匯報你們提出的五點要求。面對兩位教授的仗義執言，副總司令的神態變得比先前更溫和一些了。他一一地看了看我們，然後話鋒一轉，又語帶威脅地說：我最後還要重複一遍，學生必須馬上復課，不能再鬧下去。

他撂下這句話就匆匆離席了。

兩校營救會和當局一場針鋒相對的交涉就這樣結束了。

代表團原車返回Ｔ大校本部後隨即解散。老周，林清標在離去前把我叫到一旁，向我透露了你已經安全脫身的好消息。真的嗎！我高興得像小女生那樣跳了起來，然後又憂心地問他，你接下來怎麼辦呢？有地方去嗎？他要我放心並安慰我說，許銘傑已經安排你轉移到鄉下了。

老周，我只要確定你平安無事，也就不再多問了。

這時，我已經知道，有些事牽涉敏感，人家沒說，自己也就不該多問。

12

天亮時，連續下了幾天的毛毛細雨終於停了。天色依然陰沉。吃過早餐，我又先到圖書館，看看當天的報紙有沒有透露什麼新訊息。我看到警備總司令部副總司令對昨天會見兩校營救會代表的事，做了避重就輕的模糊發言，並且向新聞媒體暗示學潮還在持續擴大著。其中，關於逮捕學生的處置過程，他說，後來，他就調來部隊，命令士兵和警察，不拿槍，只拿繩子，抓了差不多五、六百名學生……無恥！我對警備副總司令完全違背事實的說法感到不可忍受的憤怒，不由自主地罵了一句。接著我看到臺灣省教育會也發表了擁護整頓學風的〈告教育界同仁書〉：

> 臺灣教育發達，學風淳樸。但近年以來，少數學生習於澆薄，每藉細故，鼓動風潮，由小而大，而漸及深，起初只是搖旗吶喊，口講筆畫，最近更聚眾要挾，目無法紀，以致學風敗壞，研讀的風氣一天不如一天。如不速加整頓，不僅廣大青年的學業被犧牲，社會治安受影響，而在此環境中薰染出來的青年，是否能成就擔當國家未來重任的健全國民，頗堪憂慮。省政府深感此一問題的嚴重，最近決心大加整頓，採取斷然處置，我們站在愛護臺灣教育、愛護青年前途的立場，認為政府此種措施，實屬必要……

我更注意到，做為官方喉舌的《中央日報》刊載了一篇題為〈法紀與治安〉的短評，嚴厲地批判學生說：

在全國動亂的局面下，臺灣至今仍是一個比較安定，並在安定中求經濟發展，謀民生改進的省分。這一半誠然是由於特殊的地理環境，另一方面也是由於民情純樸，法紀較易維持，治安較易確保。沒有一個求安定的人民會贊成妨礙治安的舉動，沒有一個政府應該容忍破壞法紀的陰謀。不幸近來有少數學生，竟受到京滬等地囂張風氣之傳染，屢次鼓動學潮，進而擾亂治安，破壞法紀。如果任其發展，臺灣的安定便將毀損無遺。為著全省人民的福利，省政當局遂以必要的措施，抑制這種不良風氣。我們相信，全省人民一定能夠支持這種不得已的措施。我們竭誠盼望，大部分的青年學生能夠以人民的希望為希望，以人民的要求為要求，不要隨風附和，為人利用，類此的事情，就一定不致再度發生。我們更盼望學生的家長們，如果發現子弟染有不良習氣，應該盡力勸導，重建純樸的學風。

綜合連日來的輿論宣傳，老周，我判斷，事態正按照警備總司令部的部署發展著，官方顯然是把這次的大逮捕，定性為主要針對「少數」所謂「受到京滬等地囂張風氣之傳染，屢次鼓動學潮」的黑名單上的T大及師院學生。我想，這樣的話，張旭東、莊勝雄等被捕的同學恐怕就要被扣上紅帽子了。一旦如此，他們的命運就不堪設想了。

想到這裡，我再也坐不住了，於是離開圖書館，前往營救會舉行每日記者會的會場。

十點整，記者會準時開始。謝菁靈首先報告昨日到警備總司令部與副總司令面談的經過與結果。我接著主動站出來，針對當局連日來通過報紙極力汙衊學生的各種報導、言論與觀點，做了公開的說明、澄清與辯駁；我又建議營救會一定要先設法見到被捕的同學，確定他們平安無事，然後再設法營救。我講完話後，會場外頭，天氣突然轉晴了。謝菁靈又再度上臺。她展露著歡愉的笑容宣布說，兩校學生的營救活動終於有了初步成果；她剛剛得到消息，新生南路和公園路T大男生宿舍的戒嚴終於解除了；警備總司令部也允許營救會派代表前往警備旅營房，慰問被捕同學。

記者會結束了。

營救會主席團全體成員立刻帶著早就準備好的十幾箱慰問物品在T大校門口集合，滿懷激情地搭車前往警備旅營房。我仍然以《營救快報》採訪記者的身分隨團前往。汽車行駛了一段不算太遠的路，進入一座高牆四圍的大營房，在小廣場入口處的左邊角落停了下來。車門打開。我們隨即依序一一下車。不久，我們聽到不遠處逐漸傳來轟隆隆響著的卡車引擎聲，然後又逐漸減弱，終於在小廣場入口處的右邊角落寂靜下來。張旭東和莊勝雄等人在持槍士兵的監視下跳下車，抬頭挺胸，站成一排，隔著一段距離，遠遠地望著我們。我們興奮地向被關得面色蒼白的他們揮手致意。他們也想向我們揮手，但手剛舉起來就被制止了。我們接著就按照看守士兵的指示，一起把一箱箱食品、罐頭飲料和一筐筐的水果搬下車，放在距離他們四、五公尺遠的地上。我們剛要講幾句安慰鼓勵他們的話就被斥退，隨即被趕回去搭車。他們也在持槍士兵的催促下，一一走向卡車停車處。我和朱槿回頭望了一眼他們逐漸遠離的背影。老周，這時，向來拘謹的朱槿突然激動地大聲叫道：我們還會再來的！我的眼眶隨即溼了。我覺得張旭東彷彿也聽到朱槿的呼叫聲了。我看到，他略略回頭，稍稍抬起左手，微微地搖了搖，然後就登上了卡車……

我們從警備旅回到T大校本部。營救會立即舉行記者會，報告探視被捕同學的經過，同時宣稱一定會繼續聲援被捕的同學，直到他們全部釋放出來。

記者會結束之後，我又立即趕去化學實驗室編印《營救快報》。當我正在刻鋼版的時候，一名男同學急匆匆地從外頭跑進來，神情緊張，向我報告說，他聽說，今天清晨，瑠公圳的涵洞裡發現一具男屍。

是臺大學生嗎？我問，知道名字嗎？

臉已經被砸爛了，認不出身分。他說，但是，從死者身上穿的衣服和皮鞋研判，聽說像是應保華。

我聽到這個消息感到非常震驚，雖然不認為這個傳言一定是事實，但也不敢認定絕無可能。我憂心地尋思著：老應會不會想要逃出宿舍而被祕密殺害了呢？

老周，就在我茫無頭緒地想著老應的下落的時候，他卻突然出現在我的眼前了。

老應，我驚喜萬分地叫他，你還在啊！

我怎麼就不在了？老應有點莫名其妙地問我。

外頭都認為你已經死了呢！

怎麼回事？

老應雖然不迷信卻也不太高興地問我。

我就把聽到的流言說給他聽，然後又問他是怎麼出來的？

老應於是向我詳細報告說，我們營救團離開以後，軍警仍然把他們包圍在裡面，不讓出去。平時熙熙攘攘的宿舍一片死寂。他告訴自己，絕對不能坐以待斃，一定要設法出去，探探消息。他想了又想，終於想到一個可能突圍的辦法——他想，每天一早，廚房的工人都要出去買菜，所以，他可以裝作廚房的工人，天亮之後，提著菜籃子，設法混出去。他於是從床鋪底下拖出那口從上海帶過來的皮箱，打開來，然後把幾件穿不上的衣服分送給室友。這些衣服都還是新的，那些同學一邊摸著那幾件散發著濃濃樟腦味的衣服，一邊委婉地問他捨得嗎？他苦澀地笑了笑，然後告訴他們，他已經跑了那麼多年，也夠了，今天雖然僥倖成了漏網之魚，可一旦被發現，早晚還是要被抓去的；即便如此，最多不過是一死罷了！有什麼好怕呢？即然如此，這些身外之物又有什麼捨不得的？可他還是給自己留了一件棉大衣穿上。都已經四月天了，其中一名室友感到不解就笑著問他，你有那麼怕冷嗎？臺北的春天時暖時冷，他解釋說，他想到，張旭東被捕時穿得很單薄，這一去，又不知何時才能出獄？肯定要受涼的。如果他哪天也被抓去的話，就可以把棉大衣給他穿了……

一切事情都處理妥當之後，他就坐下來，給幾個在臺灣的復旦同學寫信，然後把那幾封信交給室友。他希望，在他被捕以後，他們能夠幫忙把信寄出去，讓他的家人知道。然後他就藉口出去小便，偷偷潛入食堂的廚房。這時，他剛來臺灣時跟觀眾劇團學會的舞臺化妝術派上用場了。他在櫥櫃裡找到一瓶松香，先把它倒進酒精裡頭，製成黏膠；然後剪下一小撮頭髮，沾上膠，在嘴巴的周圍黏成一圈鬍子。化好了妝，他就閉目休息等待了。

等到天色微明又還沒有透亮的時候，他就穿上雨衣，戴上斗笠，手提一只大籃子，裝作買菜的廚子，大大方方地走向宿舍大門。在門口，當他轉個身就要出去的時候，屁股後面卻被兩支槍頂住了。幹什麼的？他回過頭，看到兩個一臉兇相的持槍士兵。他們厲聲喝阻他說：不准進去。這兩天一直下著雨，天變冷了。他順勢騙他們說，我的東家叫我來給我家少爺送衣服。不行！不行！那兩個兵把他轟出去了。

他趕緊離開大門，拐進附近的巷子，一直走到覺得安全的地方才拿掉斗笠，脫掉雨衣，摘下假鬍子。他沒想到就這樣輕易逃了出來，一時之間，猶豫著接下來要去哪裡？後來，他決定先到法商學院，請院長和老師出面，協助營救被捕的同學。他來到法學院辦公室，院長和政治系主任恰好都在。他就氣憤地質問他們，為什麼不出面保障學生的安全？院長和系主任一臉驚訝，瞪大眼睛看著他，沒說什麼。然後，院長才心平氣和地問他從哪進來的？他心裡還有氣就不客氣地說，當然是從大門走進來的。唉呀！院長輕輕地叫了一聲，然後從抽屜裡拿出一張通緝他的電令給他看，同時著急地要他趕快離開。他於是從東北角的圍牆缺口匆匆離開法商學院，跑來找我。

老周，我回應老應的敘述，說我也聽說警備司令部發現錯抓了一個跟照片上的他長得很像的同學，所以對他下了第二次通緝令。

你接下來打算怎麼辦？我問老應。

我要參與營救會的活動，老應說，設法營救那些被捕的同學。

這樣一來，你不就是自投羅網嗎？

一個人要逃命是很容易的。老應的態度堅決。但是，自己跑了，卻把同學扔下來不管！這是無情無義的膽小鬼的行為，不是我應保華該做的事。

你能做什麼呢？

只要我一天沒被抓就要幹一天。老應再次強調自己的決心。我一定要把營救工作幹到底！

既然如此，你就躲在後頭，不要現身吧！我不能再反對他了。我說，我們就繼續放出那具無名屍就是你的風聲吧！

13

老周，幾天過後，大多數被捕的學生都被釋放了。警備旅的牢房裡頭就只剩下張旭東、莊勝雄等名列黑名單的同學繼續關著。我特別找了麥浪的小林以及師院自治會總務部長李松林，針對他們的獄囚生涯做了專題採訪。

小林說，那天早上，他和張旭東等幾個同學被那些持槍的士兵從食堂押到宿舍門口，向左轉，踩著碎石子路，走到八路公車終點站。那裡已經停了幾輛十輪大卡車。他們一個個被推上卡車，立刻用繩索五花大綁。張旭東生氣地罵說：你們要幹什麼？可這時，再怎麼罵都沒有用了。他們只能動彈不得地看著一批又一批的同學陸續被抓上來。

終於，軍警的逮捕行動告一段落了。可那名收發員還在車下指指點點。你這傢伙，張旭東於是苦笑著諷刺他說，今天可立了大功啊！他的臉上匆匆閃現尷尬的表情，也沒有說什麼，就把頭轉到別的地方去了。

沒多久，他們的眼睛都被蒙了起來。卡車發動了。他們被一車一車地載離現場。卡車行駛了一段不算太遠的路之後停了下來。押解的槍兵把他們的蒙眼布條拆了下來。他們搞不清楚究竟被抓到什麼地方。槍兵隨即把他們一一押解下車。一個穿著軍官制服的人立刻下達口令，讓他們排成縱隊，依序進入一座高牆四圍的大營房。然後，那些押解的槍兵又走上前來，解開他們身上的繩索，把他們胡亂推了進去。這樣，他們就開始了集體囚禁的生涯。

在那裡，他們不能到外頭自由活動，不准走近營房門口，大小便一定要有兩個士兵在身後跟隨；除此之外，基本上沒受到多大的拘束。剛進去時，在荷槍實彈的士兵嚴密監視下，他們的情緒和表現還算鎮定，沒有人流露出恐慌或者侷促不安的神態。有些人一邊撫摸著身上挨揍的痛處一邊思索著什麼；有些人開始左顧右盼，看看自己的鄰居是誰，哪些同學和自己一起遭了難；少數一些膽大的同學已經忍不住交頭接耳，交換消息了。結果，他們與師院自治會的幾名幹部也在那裡會師了。

李松林說，張旭東看到師院自治會的幾名幹部，就臉帶嘲諷的微笑，裝作一臉驚訝地問他們：

你們怎麼都來了？

朱裴文也很有默契，故意裝出一臉無辜的樣子回答說：又不是我們愛來的！

旁邊的人都笑了。

這裡是什麼地方？張旭東又問本省籍的莊勝雄。你知道嗎？老莊就苦笑著告訴他，日本帝國主義占領臺灣之後，殖民統治者基於安全理由拆掉了臺北城牆，再用那一塊塊的石頭堆砌成兵營的圍牆。日本殖民統治結束了，這裡是警備旅的一所營房；現在卻變成關押大學生的監獄了。張旭東接著又關切地問師院那邊的情況如何？經過一晚的惡鬥之後，老莊依然苦笑著說，他們的抵抗失敗了。宿舍的每扇窗戶都被砸得稀巴爛。一直坐在莊勝雄旁邊的李松林接著補充細節說，他們手無寸鐵，在軍警的棍棒和拳腳進逼下，一個個被逼到牆角，退無可退，許多同學被打得鼻青眼腫，鮮血淋漓，然後逐一被反轉手臂，綑綁起來，拖、拉、推、擠，硬是押上等待已久的十幾輛大卡車，再用帆布蓋起來，像載去屠宰場的豬隻那樣被關進那裡。

老周呢？張旭東急著知道你的下落於是問說，他有沒有被抓來？

後來，我就安排老周躲到別間寢室。老莊面露憂心說。經過這場大逮捕後，究竟情況如何，我也不知道！

張旭東跟老莊說完話後，又關切地問李松林，你的頭被打破了？還在流血呢！李松林隨手一摸，手裡就沾上了即將凝結的血塊。難怪！他憤恨不平地說，我老感覺後腦勺那裡冷冷的，也不知道究竟流了多少血？

就在這時，那些看守他們的兵吆喝說吃飯了。然後，雜役就扛著兩個大桶子，一個裝湯，一個裝飯，放在走廊的地板上。那裡即不用湯匙也不用飯匙，他們就用那又長又粗的煮麵用的筷子打了飯菜，然後就像那些兵一樣，就地吃了起來。朱裴文邊吃還邊自我解嘲地笑著說，沒想到，牢裡的飯菜竟然比想像中的好很多呢！是啊！老莊同樣用嘲諷的語氣說，至少比天天讓你喝米素稀滷（味噌湯）的食堂伙食強多了。李松林沒有說話，一口一口，小心翼翼地扒著那夾雜著細石子的糙米飯。

你怎麼光吃飯？張旭東注意到李松林那略顯怪異的反常行為，就關心地問他。不喝點湯？

我怕……李松林猶疑了一會才小聲說，我怕他們會在湯裡頭放藥。

張旭東無奈地笑了。

多少喝一點吧！老莊勸李松林，別胡思亂想了。

這怎麼是胡思亂想呢！李松林不以為然地辯解說，他們三更半夜抓人，還把卡車蓋起來，不讓外面的人看到，這就有可能是要把我們槍決；所以，他們肯定會在湯裡頭放藥，防止我們逃跑。

湯裡頭會下藥，朱裴文故意嘲笑李松林說，難道飯裡頭就不會？

不管其他人怎麼勸，李松林還是堅持不喝湯。那一夜，他一直警覺地聽著士兵巡邏的腳步聲，不敢入睡。天亮以後，他看到大家都還活得好好的。當第二頓飯送來時，他才放心地開始喝湯。

李松林又說了一個跟吃有關的趣聞。

在我們營救會探望之後，張旭東和莊勝雄回到大押房，就把我們送去的東西平均分給大家。

這是什麼東西？吃飯的時候，李松林挾著分到的一顆皮蛋，不解地大聲驚叫。它明明是剝了殼的蛋，可是顏色怎麼黑黑的？朱裴文不告訴他卻故意開玩笑說，難道自己的同學也會對你下藥嗎？李松林一臉茫然。張旭東就溫暖地笑著對他說這是皮蛋，然後又感到訝異地問他沒吃過嗎？李松林老實說沒吃過，然後嘗了一小口，笑了笑，又說，沒想到，被關在牢裡，才有機會第一次吃到皮蛋。

老周，小林和李松林的說詞共同指出，我們營救會去過之後，警備旅開始分批審問清查學生，每批十人左右。問題大致相同：你叫什麼名字？你是不是共產黨員？你什麼時候加入共產黨？你為什麼要跟隨共產黨鬧事？你知不知道鼓動和組織鬧事的是誰？你究竟還想繼續讀書嗎？……審訊完畢，荷槍的士兵又把他們帶回原來囚禁的地方，然後就分批由家長保釋出來了。

後來，《營救快報》全文刊登了我整理過的小林和李松林的訪談錄；我在文章的最後特別呼籲社會大眾：勿忘還在關押的同學。

老周，為了繼續營救張旭東、莊勝雄等不被容許保釋的同學，營救會又特別召開了記者招待會。在會上，謝菁靈代表同學們表白了營救會今後的立場，說警備總司令部迫於輿論和形勢，以「保釋」為條件，釋放了大部分被捕的同學，有家的同學已由父母兄姊保釋，隻身在臺無家可歸的同學則由親友或師長保釋；今後，營救會仍將繼續努力，盡快讓那些還在監禁的同學出獄。

其後，營救會就把希望寄託在T大校長身上，希望他能夠出面幫學生講話。可應保華卻對此不表樂觀。他在私底下向我分析，說校長雖然是參加過五四運動的大將，有一定的社會聲望，可他畢竟也是老蔣和警備總司令的智囊之一，如果他跟學生站在一起，不就讓老蔣和警備總司令難堪嗎？老應希望我能把這個意見向營救會的領導幹部們反映。我如實傳達了。然而，以謝菁靈為代表的營救會的同學還是不死心，繼續努力在校長身上下工夫。最後，校長除了要求當局一定要「依法辦理」張旭東等人之外，也不敢講話了。

我們也聽到風聲，說警備總司令下令要對張旭東他們「依法辦理」了。果然，不久之後，臺北的幾家報紙刊載了一則篇幅不大的《中央社》電訊透露說，張旭東他們即將移送臺北地方法院檢察處依法處理。營救會隨即召開記者招待會，呼籲社會各界能夠繼續主持正義，促使當局早日依法處理那些「交付法辦」的同學；營救會同時強調將繼續聲援張旭東等「交付法辦」的同學，直到他們出獄為止。後來，資源有限的營救會依然動用各種力量繼續聲援張旭東等人。然而，面對我們的要求，負責偵辦此案的臺北地檢處首席檢察官始終以「牽涉各方很多，偵查費時」的理由，故意拖延。

不久之後，臺北的天空突然出現了一架又一架的飛機；據說，每一架飛機都載著從上海逃來的國府要員及其家屬。針對新的形勢，營救會的主要成員會商了後續的營救對策。應保華在大家的要求之下，分析了最新的形勢發展。他神態凝重、語氣嚴肅地說，大陸的內戰形勢急遽變化著，中共中央向人民解放軍發出〈向全國進軍〉的命令之後，隨即兵分三路渡江，解放了南京。他透露聽到的風聲說，兵敗如山倒的老蔣即將撤守臺灣，把臺灣做為最後的反攻基地；全國各系統的情治人員也已前來臺灣，進行政治肅清的準備作業。在這樣惡劣的政治氣候下，他強調，我們必

所有人的目光都不約而同地注視著我。

我於是建議說：麥浪的徐蘭香。

14

營救會的營救活動告一段落了。老周，許多參與營救工作的同學因為營救無望，自己又可能在新一波整肅中被捕，於是想要設法通過不同管道離開臺灣。這時候，身為臺灣人的我義無反顧地幫助了那些被通緝的同學逃離臺灣；應保華就是其中之一。

老應的生活費用一個月大概要舊臺幣四、五萬元。他身上本來還有四十幾萬寫稿掙來的錢，最起碼還夠生活一年，可他已經把這些錢統統捐到營救活動上頭了。於是我安排他到桃園新竹交界處一個濱海的客家庄，住在某個農民家裡，靜候消息。

大約一個星期後，老應主動上來臺北找我，說找到一條比較便宜的回大陸的通路。他告訴我，在那裡，他因為身上沒錢，也為了安全考慮，沒事就乖乖待著，不敢亂跑。後來，因為頭髮實在太長了，他就到村子裡的理髮店理髮。這樣，自然就和理髮師傅聊了起來。師傅看他陌生，就一邊給他理髮，一邊用不是很流利的國語問起他的身分。他自報家門是某某人的朋友。師傅就好奇地說，聽他的口音，就是外省人，為什麼自己一個人跑到那裡？他不方便暴露身分，只好隨意編個謊言，說他來臺灣做一點小生意，老婆和孩子都在大陸。師傅就問他，怎麼不回去把他們也帶過來？他裝作有點不好意思地苦笑著，說他是想回去，可生意失敗了，沒臉，更沒錢回去啊！你家鄉在哪裡？一個坐在後邊長條椅上等待理髮的村民用同情的語調問他。他看著玻璃鏡面裡的那個村民隨口編造說福州。福州！那個面容純樸的村民熱心地說，那就好辦了。他說他知道新竹的漁港有可以裝十幾噸貨物的木船到福州，只要起東南風，一個晚上就到了。老應心想，現在許多同學想回大陸卻買不起機票，這條路要是走得通，倒是可以試試。老應於是問要多少錢？包一條船也不過十萬塊，那人說，要的話，他可以幫忙介紹。老應謹慎地回他看看再說。第二天，老應就跟那人去見了船老大。老應告訴船老大，他有一批同鄉在臺灣生活困難想回大陸，可沒有足夠的錢坐客輪，所以想租他的木船回去。船老大爽快地說沒問題。老應又問一條船可以載多少人？船老大說十人。老應把具體情況搞清楚以後，就立刻上來臺北通知我。

老應跟我見面之後又回去了。我馬上去找謝菁靈報告，請營救會設法通報那些準備回去大陸的同學。我也力勸隻身在臺的朱槿跟他們一起離開。

我覺得，妳也應該走了。我跟朱槿說。

我不想走，也不應該走！朱槿的態度非常堅決。我總覺得事情弄成這個樣子，自己走了，卻把同學丟在牢裡，既對不起人家，良心也過不去。

妳繼續留在這兒，一點事也幹不了！我試圖說服她並且強調說，我已經聽到要開始抓女同學的風聲了，要抓女同學，那當然就是演《朱大嫂送雞蛋》的妳和《王大娘補缸》的我了。妳不走不行！

那妳呢？朱槿反問，妳跟我一起走嗎？

我跟妳不一樣，我解釋說，我的家人在臺灣，暫時還是留下來，以後看情況再說。

老周，我沒有說出掛念你想跟你見了面再做打算的心情。

即然這樣，朱槿回我說，我總得先把家教的事處理好。

結果，朱槿還是不打算跟其他同學一起走。

兩天後，我專程南下，向老應回報，一共有十幾個同學決定走這條路回大陸。他立刻帶我去找船老大商量，能不能租兩條船？船老大爽快地答應了，同時說，看天候，這幾天應該會起東南風。他要我們最好先在市區找個旅館，隨時準備好。哪天晚上，只要東南風一起，你們就趕來漁港，他一副胸有成竹地淡定說，上了船，睡個覺，天一亮，就到了。

老應和我於是開始分頭做聯絡工作。

第二天下午，我和謝菁靈就親自帶領一批同學來到新竹，集中入住靠近漁港的一家小旅館。一切都安排妥當，就等東南風起了。老應立刻去通知船老大。從漁港回來之後，他向我匯報情況說，他考慮到自己被通緝的身分敏感，不方便待在旅館，又與船老大商量，可不可以先讓他住到船上？這樣，東南風一起，他可以立刻通知其他人。結果，船老大說，這樣也好，省得他跑一趟。

入夜之後，老應就帶領麥浪的小林先到漁港。到了半夜，他們又回到旅館，一身灰頭土臉。我以為他們要來通知大家上船，結果卻不是這樣。老應先把沾了泥土與汗水的花臉洗乾淨，然後坐下來，向大家報告了最新的情況。

老應和小林剛上船，就看到兩個警察要來盤查。他心裡暗暗叫苦說這下慘了！他不敢確定那兩個警察手上是不是握有通緝他的名單？可為了安全起見，他還是向船老大推說臨時有急事要辦，請他幫忙保管行李，然後就和小林跳到另一條船，上了岸，逃回新竹。月亮沒有露臉。夜色暗黑。他們在黑漆漆的原野上走了老半天，走著走著，就在四處散立著一壘壘土堆的地方迷路了。老應納悶地想著，怎麼走到墳地了？方向不明。他們就循著遠處亮著的一盞微弱的燈光，在土堆之間一邊前行一邊尋找出路。轉了半天，才終於走出那片土堆。在較亮的路燈映照下，他們才知道，原來那些土堆並不是墳塚，而是停放飛機的防空壕。這下糟了！老應心裡更加著急地想，怎麼跑到軍用機場來了？這不是自投羅網嗎？他們又在裡頭繼續轉了半天，還好，一直到走出來時都沒碰到一個哨兵。

聽了老應的報告，我和謝菁靈就勸他不如放棄這條路線算了。根據營救會蒐集的情報，老應的目標比較大，不管是輪船碼頭或是火車站，都有通緝他的照片；就是機場沒有。我們判斷，這也許是警備總司令部認為學生沒有經濟能力坐飛機吧！所以，我們建議，還是讓大家湊錢，買張到廈門的機票；他只要上了機，就飛過去了。老應慎重考慮。最後，為了讓其他同學能夠順利偷渡，他就決定不跟他們一起走了。第二天一早，他就帶著大家湊齊的機票錢，由小林陪同，前去松山機場搭機。午後，小林從臺北回來了。他向大家報告說，他一直看著老應進了候機室，才跟他揮手道別。

入夜後，外頭颳起東南風了。我隨即親送謝菁靈和其他同學趕到漁港，搭上那兩艘漁船。然後，我又回到新竹，搭上最後一班夜行的火車，趕回臺北。

老周，從車站回到學校時，我恰好在宿舍門口遇到剛從外頭回來的朱槿。去哪裡？我邊走邊問她。她回我說去家教。

回到寢室，朱槿從床鋪底下拿了臉盆，要去浴室盥洗。我就說妳先別急著去洗澡。她問有什麼事嗎？我說坐下來聊一聊。她於是放下裝著盥洗用具的臉盆，在床邊坐了下來。

我剛從新竹回來，謝菁靈和其他同學已經上了漁船，估計明天就可以平安到達福州了。我先向朱槿報告同學們最新的動態，接著問她：怎麼樣？家教的事處理好了嗎？

處理好了。她說。學生家長也勸我離開臺灣！

妳怎麼說？

朱槿告訴我，她用回答我的態度同樣回答說，還有其他同學被關在牢裡，她不能就這樣離開。

他怎麼說？我又問。

他也勸我快回去吧！他說我留在這裡一點事也做不成。

妳怎麼說？

我被說服了，朱槿說，沒再說什麼。

學生家長接著又問朱槿錢夠不夠？不夠的話，他可以再給一點。朱槿客氣地跟他說，她另外還兼了一個家教，攢了一些錢；應該夠買一張船票。他隨即給了她比家教費更多的錢，說多帶點錢，安心些。

所以，妳決定離開了？我要確認朱槿的態度，於是問她。

是的。她說。我決定離開了。

我隨即和她討論具體的走法。最後，朱槿做了決定，說她在上海有親戚，就去上海吧。

第二天，我就陪朱槿前往基隆港，買了一張開往上海的民生輪船票。上船前，她心情難過地特別交代，請我務必要去探望張旭東。

我會的！我安慰她說，請妳放心。

她轉身走上舷梯，可走沒幾步又停下來，回過頭，一邊揮手，一邊跟我說：

請妳跟他說，我一定會設法跟他聯繫的。

15

老周，我終於等到你的訊息了。你輾轉透過一個師院女同學，向我轉達了見面的時間與地點。那天下午，我搭乘淡水線的火車，依約在五點左右來到北投車站。天色將暗。我在出口處張望徘徊，卻沒有看到你的人影。幾分鐘過去了。我擔心你會不會又出事了？就在這時，我感覺到身後有股熟悉的年輕男子的氣息逼近。我猛然回過頭，就看見你對著我傻笑的臉。你說那裡說話不方便，隨即拉著我的手，沿著植有木麻黃的道路，朝著溫泉旅館聚集的方向前進。

旅館區有一座綠蔭扶疏的公園。我們走到裡頭一道冒著熱氣的水圳上頭的一座木板橋上。

我有很多重要的事要跟妳商量。我們找家幽靜的旅館吧。你提議，接著又說，不過，我身上沒什麼錢。

錢不是問題，我感到為難地說，就在公園談，不行嗎？

不方便。你斷然說。

於是我跟著你，沿著那條冒著熱氣的小溪圳旁的小路蜿蜒前進，來到一家外觀簡樸的日式平房的溫泉旅館。你也向我詳細訴說了你在大逮捕以後逃離宿舍的經過。

大逮捕之後，師院男生宿舍空無一人，一片零亂殘敗。入夜以後，兩層樓的建築，像是鬼屋一般陰森冷清；春風透過破裂的玻璃窗吹進空蕩蕩的走廊，不時發出像是哭泣的嗚嗚哀鳴聲。你躲在食堂廚房的天花板與屋頂之間的夾層裡，像老鼠那般警覺地觀察著下頭的動靜。一名年輕的廚師走進來了。他看到亂七八糟散置一地的碗盤碎片，搖搖頭，嘆了一口氣，然後動手收拾。你想探頭看清楚情況，就稍稍伸展了一下有點痠麻的腳。他也聽到了天花板上傳來異樣的聲響。

這些老鼠，人被抓走了，就那麼囂張！

他一邊掃著地板一邊隨口罵了幾句，然後又本能地抬起頭，看看頭上的天花板。他應該是發現天花板的木板鬆動了，於是搬了張長條椅子，站在上面，用雙手頂開那塊鬆動的天花板，探頭進去查看。老周，就這樣，他驚見躲藏在裡頭的你了。他先是嚇了一跳，隨即就明白是怎麼一回事了。

下來吧！他語氣溫和地對你說，你總不能一直躲在裡頭吧！沒得吃，又沒水喝，能撐多久？

你不得不現身了。你雙手抓住圓木橫梁，吃力地把身體吊了下來，落到地面。

我認得你。他看著蓬頭垢面，衣服上布滿灰塵和蜘蛛絲，一身髒兮兮的你。你就是警總點名要抓的自治會主席周新華吧！

你冷靜地看著他，沒有答話，心裡盤算著，如何應付接下來可能會有的局面；雖然已經餓得沒多大氣力了，可如果他想要出去舉報，你還是會拚命阻止的。

你放心吧！他顯然從你的神色看出你內心的想法了。我不會出賣你的，要那樣，就不會叫你下來了。

你還是保持警戒靜靜地看著他。

我看你餓得站都站不穩了，還是先弄點東西吃吧！

他笑了笑，然後去找吃的東西。你警覺地緊跟在後。他在櫥櫃裡找到一個發硬的饅頭，聞了聞味道，把它遞給你。

應該沒有壞掉，他說，你就先充充饑，我去給你倒杯水。

你終於解除心裡的警戒，放心地小口嚼著饅頭。他拿了一杯水給你。你向他說謝謝，喝了一口水，然後又問他為什麼不去密報？他又笑了，說他雖然書讀得不多，可也知道做人的道理。人活著，總要有是非對錯吧！停了一會，他看了看你，好奇地問說，你怎麼會躲到這裡？躲了多久？你回答他說，你在同學的安排下，先是住到宿舍一樓的寢室，到了半夜，宿舍被包圍了，你還是待在裡頭靜觀事情的發展；你知道，儘管警總點名要抓你和其他幾個自治會幹部，同學們就是不肯把你們交出去，後來，那些憲警衝進宿舍，你又在其他同學的掩護下悄悄來到食堂，然後躲到廚房的天花板與屋頂之間的夾層。難怪！他帶著贊許的語氣說，大逮捕後，那些憲警幾乎搜遍了整棟宿舍，就是沒能抓到你這個「頭號要犯」。就這樣，兩天過去了，你繼續說，你不知道那些憲警是不是撤離了？雖然沒喝水，沒吃東西，還是堅持不現身；其實，你的身體已經撐不下去了，眼看著只好出來投降時，忽然聽到有人打掃的聲音，然後就被他發現了。他想了一下，又說，他覺得你躲在那裡也不是辦法，還是先跟他離開宿舍，找個安全的地方，暫時躲一躲。你質疑說外頭不是還有軍警警戒嗎？他要怎麼帶你出去？他笑了笑，也沒說什麼，只是走上前來，拿下你的眼鏡，弄亂你的頭髮，然後又拿了一件掛在牆上的工作服，披在你的身上。他退後一步，看了看，一臉得意地說：你這個樣子，怎麼看，也不像是個文質彬彬的大學生了。你於是提著一個菜籃子，打扮成廚房工人，在他的掩護下，大大方方地走出還在警戒中的宿舍大門。

當你們來到安全的地方之後，他就問你打算去哪裡？除了二哥，你說，臺北你也沒有別的親戚了。他急切地阻止你說現在那裡去不得！你無奈地說你知道。他就建議說，他認為，有個地方，你可以去。你問他什麼地方？他就說國文系教授黃石岩家。你又問他說他怎麼知道？他就說，這幾天，黃老師都跟一些沒有被抓走的學生在搞營救活動。所以，他認為你去找黃老師應該沒問題。於是你就在他的陪伴下，安心地走到不遠處的黃老師的宿舍。在門口，他跟你握手道保重，就離開了。

你直接推開黃老師的宿舍用竹籬笆做的門，進到日式客廳。你看到黃老師正坐在面對門口的藤椅上，和三個背對你的客人喝茶聊天。你心目中的「藤野先生」看到你安然出現，非常高興，立即站起來，笑著說：你們看看這是誰！與此同時，那三個背對你的客人站了起來，轉過身。老周！許銘傑驚喜地大叫一聲，然後又對你說，他們一直打聽不到你的消息，還在替你擔心呢！沒想到，就在這裡碰到你了。許銘傑接著向你介紹了黃棟國和林清標。他們好奇地要你跟他們說說你是怎麼逃出來的？你於是向他們簡要報告了自己脫逃的經過，然後反問他們現在情況如何？許銘傑看了黃棟國一眼，然後要他跟你匯報。

黃棟國清了清喉嚨，整理了思緒，然後說，先說一條壞消息，學校已經成立了校風整頓委員會，凡是自治會的幹部都被開除學籍了。你聽了就不屑地說，這樣的學籍不要也罷！黃棟國接著又笑著介紹了師院營救會的成立過程與具體行動。他說，聽到男生宿舍同學集體被捕的消息，其他同學都義憤填膺，痛心疾首，許銘傑立刻找林清標和他，在黃石岩老師等幾位同情學生的教授支持下，組織了營救會，設法營救被捕的同學。你問他怎麼營救呢？他說他們首先印發了控訴警備總司令迫害學生的〈告全國同胞書〉，四處散發，呼籲社會各界聲援被捕同學。林清標補充說，後來，他們聽說T大同學也成立了營救委員會，就和我們聯絡，共同推動營救活動。你急著想知道我的情況，就問他們找誰聯絡？知不知道我的情況？許銘傑就笑著安慰你，說他們剛剛才見到我，我也在T大營救會裡頭，而且表現得非常積極出色。許銘傑又再強調說，他們跟我分手前，我還特別交代他，一定要找到你的下落！你又問他們可不可以請人帶個消息給我，說你已經平安脫險了。那有什麼問題！林清標一口答應。這樣，我們就重新聯繫上了。

老周，你同時也向我透露，說你已經跟臺灣的地下組織聯繫上了，這次與我見面之後，組織就要安排你轉移到臺北近郊的某個山區據點。我因為你不必再孤軍奮戰而替你高興。你又說，你已經向組織報告，說要帶我一起上山；組織說，只要我願意，當然可以。你強調，這次與我見面，主要就是要來帶我上山。我一時感到為難，稍稍遲疑了一會才跟你說，我很願意跟你上山，但總得先回家一趟。你也認為應該這樣。於是我們約定三天後的下午五點仍然在北投車站會面，然後就分手了。

第二天，剛剛吃過早餐，我爸和我媽就來宿舍找我了。老周，他們是前一天晚上專程從彰化坐夜車趕來的。父親的神色凝重，一見到我就憂心地說太危險了！他要我書不要讀了；又說省府明天就要實施全省戶口總檢查，到時候，全島各地，即使是火車和輪船上的乘客，都要接受檢查。他要我立刻跟他們回家。我安撫父母親，說我已經決定不再回學校上課了，但我還有一些事情處理好了，就立刻回去。兩個老人家不放心。可我堅持。他們只好先回彰化了。

老周，我心裡清楚，當局之所以實施戶口總檢查，其實是為了在島內展開全面政治肅清的準備作業。這樣的話，我恐怕也非得跟你一起上山不可了！可我又想，我若不回家接受總檢查，一定會給家人帶來不必要的麻煩，身分馬上也會有問題。

當天晚上，我就搭乘最後一班火車，在天亮的時候回到彰化家裡。

戶口檢查之前，老周，我擔心家人日後會受我連累，於是向父母親據實報告了我在臺北參與學運的情況。我說，我想，我可能已經被列入黑名單了。

那怎麼辦呢？母親著慌說。

別慌！父親安慰母親，冷靜地尋思著應付的辦法。

就在這時，里長伯恰好來到我家。

你那個在臺北讀大學的女孩回來了沒有？里長伯問父親。

回來了。父親本能地據實回答，然後隨機說了忽然想到的託辭。可是，她生病了，躺在床上，檢查的時候能不能……

即然她不方便，里長伯打斷父親的解釋說，檢查時就待在房間，念到名字應個聲，確定戶口裡頭有這個人就行了。

老周，我想，里長伯應該從報紙的報導知道，臺北的學生前段時日鬧得很厲害；他顯然也怕我這個T大學生給他添麻煩吧！

入夜之後，我就按照父親的吩咐，躺在緊鄰客廳的房間的床上。

里長伯陪著挨家挨戶查驗戶口的派出所警察來到我家了。警察按照戶口名簿一一唱名。

林晶瑩？

在！我裝出病人的虛弱聲音隔著木板牆應答。

我女兒病了，不方便出來。我聽到母親語氣謙恭地向檢查的警察道歉。請警察先生多多包涵。

那就到下一家吧！里長伯說，隨即順勢把查驗戶口的警察帶走了。

老周，這樣，我通過了戶口檢查。可問題是，接下來，我該怎麼辦？從當局加強控制的力度來看，我知道，如果我回學校繼續念書的話，很有可能會因為通緝在案卻尚未落網的你和老應而被牽連；那時，勢必會給身分是公務員的父親帶來無法預料的麻煩，乃至於拖累家裡。我於是向父母親說明自己的處境，也跟他們討論我下一步路該怎麼走。

我本來就反對妳繼續待在T大。父親說。

妳先在家裡乖乖待一段時間，母親說，以後，再做打算。

我是不會再回學校了。我的態度即明確又無奈。但是，家裡也不能再待下去了。

那，母親焦慮地問說，妳要去哪裡？

我必須趕緊離開臺灣。我向父母親說明自己的想法。我想到北京，找哥哥。

老周，我沒有透露你要我跟你一起上山的事。

事到如今，也沒有其他路可走了。父親雖然不捨，卻也無奈地不再阻止我了。母親沒說話，靜靜地走回房間，然後又回到客廳，從錢包裡拿出十塊美金、十塊銀元和一枚金戒指給我，說是給我當路費，同時面露憂容說家裡能給的就這些了。

出門在外，身上多帶些錢，總是比較安心。父親也說，鹿港有位施先生還欠我們家一些錢，明天，妳去找他，就說家裡急著用錢，請他先還給我們。那些錢，妳就拿去用吧！

老周，天亮以後，我就告別了父母親。

到了那邊，盡快去找妳哥哥；母親特別叮嚀我，記得，一定要給家裡報平安。

老周，我搭了頭班公車，來到鹿港，然後在媽祖廟後頭一條狹窄的巷弄裡找到那位施先生的住處。我向施先生表明來意。施先生態度誠懇地向我致歉，說我沒事先跟他講，突然來要，他一時也拿不出那麼多錢。施先生請我過兩天再來。我以為他說的在理，也不想為難對方，就告辭了。

老周，我心裡惦記著要跟你見面的事情。老實說，我並沒有跟你一起上山的決心；我並不以為那是長久之計。我想跟你見面，說服你跟我一起去大陸。我不想再耽擱行程，於是直接北上。到了臺北車站，我又到後站換乘淡水線的火車，下午五點，準時到達北投車站。可我沒看到你的身影。我在出口處等了五分鐘，你還是沒現身。我又再等了五分鐘，依舊沒看到你的人影。我知道，你不會來了，你一定是出了什麼事！我只好落寞地離開車站，回去宿舍。

老周，接下來的幾天，我想方設法要跟你聯繫，可已經找不到那個原先替我們傳話的女同學了。我去找黃石岩老師，想要聯絡許銘傑他們。黃老師說，他們已經有一段時日沒去找他了；他自己也可能隨時就要被遣離臺灣……

老周，我就這樣跟你徹底失聯了。

老周，我感到從來沒有過的孤單、無助。我沒有走其他路的可能了，只好著手準備逃離臺灣的計劃。我衡量當時的政治形勢，給自己設想了幾條前往北京的路線：第一條，乘船到周圍都是解放區的青島，再設法到北京。第二條，乘船到香港，再設法到北京。第三條，走老應開發的路，從新竹漁港搭乘漁船到福州，再設法到北京。第四條，從蘇澳乘走私船到琉球，轉日本，再設法到北京。

老周，我前思後想，評估了各條路線可能遇到的困難，最後決定走青島那條路。幾天前，我在《中央日報》看到，有家美國航業公司臺灣分公司刊登「美信快輪直放青島」的廣告。可就在我去買船票時，那家公司卻說，因為內戰的形勢吃緊，到青島的船停開了。

老周，我又仔細評估了各種主客觀條件，最後，決定走一條原先規劃之外的路線：搭乘客輪到上海。然而，問題又來了。同樣是受到內戰形勢的影響，政府有個新規定：只有原居上海地區的民眾才能買票。怎麼辦？我問自己。老周，我琢磨著，於是想到徐蘭香是上海人。阿香是個熱情的人，雖然對學運並不積極，可大逮捕之後也曾參與營救活動，並且到牢裡繼續探視張旭東等人。只是，我聽說阿香後來就被她父親軟禁在家，不讓出門了。

老周，我篤定，這個忙，阿香不至於不幫。當天晚上，我就直接到青田街她家。我按了門鈴，向開門的傭人通報。阿香隨即出來了。她見到我很高興，立刻要我進屋裡坐。

妳父親在家嗎？我問她。

不在。她流露著一臉充滿期待的表情。我有好多事要向妳打聽呢。

不進去了。我看看周遭，直接表明來意。我想請妳幫個忙。

阿香沒有回應我，卻問：其他同學都好吧？

張旭東還在裡頭，我頹喪地說，其他人，能走的大概都走了。

那妳怎麼還不走？

我也準備走了，我說，找妳，就是想請妳幫忙。

幫什麼忙？阿香說，妳儘管說。

幫我買一張到上海的船票。

我接著把購票的新規定跟阿香說了。

她當下就答應說一定盡力而為。

老周，第二天，阿香就透過她父親的關係找到了幫得上忙的朋友。隔天早上，她就陪我到基隆。在火車上，阿香輕聲跟我透露從她父親那裡聽到的消息：聽說共軍已經拿下蘇州了。這樣的話，我樂觀地在心裡告訴自己，上海很快就要解放了吧！

老周，到了基隆，阿香在港務局找到她父親的朋友，隨即幫我買到了一張開往上海的船票。

多少錢？我要把船票錢給她。

妳身上帶了多少錢？她體貼地問我。夠不夠用？

美金十元、十塊銀元，我據實回答，還有一枚金戒指。

這怎麼夠！她說，船票錢妳就別管了。

這怎麼可以！我說。

妳就別跟我客氣了，她態度堅定地說，路上還要用錢的！

老周，我堅持要把船票錢給阿香。她就是堅持不收。我心想她說的也對，於是就心懷感激地向她說謝謝。

阿香，這筆錢，妳先幫我墊。我又說，回去以後，麻煩妳找個時間去彰化，找我母親；她會還給妳的。

我隨手把家裡的住址寫給阿香。她也隨手把紙條放進大衣口袋，沒說什麼。

老周，離上船還有一段時間。阿香又去買了幾罐鳳梨罐頭，讓我帶到船上，餓了吃。接著，她又刻意幫我梳頭、打扮。她看了看，然後滿意地說，這樣，妳看起來就不像是大學生，更像個返鄉省親的一般旅客了。

老周，登船的時間到了。阿香陪我走向停靠在碼頭上的民生輪。我看到軍警人員正在檢查旅客的證件，就沒有立刻上船。我要她陪我繼續在附近散步，一直到檢查證件的軍警人員下船後才敢上船。上船前，我跟她擁抱，並對未來充滿樂觀地道別說：不用多久，我們就可以再見面了。阿香沒說什麼，只是提醒我路上小心。

民生輪終於啟航了。

我站在甲板上不停地跟阿香揮手。

船逐漸駛離港口，漸行漸遠。

老周，到後來，我就只看到一片迷迷茫茫的遠方，連那青色的山脈都瞭望不到了。

◎二〇〇五年十月首次發表於《文學臺灣》五十六期

一

那是四十多年前的事。我們公司以極低的價位標到坡浦的一塊海浦新生地，當地的人管它叫做浦尾。八月中旬，我們的工程隊進駐該地，先搭蓋好工寮，就要開始整地，不知什麼緣故？政府勒令停工。我們的工程隊一共八個人，由於長期的賦閒，公司便調走了六個人，只剩下我和老邱兩人留下來駐守。

起初我的工作較為忙碌，日子過得很充實，等到無事可做的時候才感到無聊，而我又不是這個地方的人，對附近的環境很生疏，只能在工地裡活動。那時正值夏天，海邊是個戲水的好去處，雖然我只有一個人玩，但生活過得還蠻愉快的。可是到了秋天，天氣漸漸地涼了起來，菅芒又正在開花，一點一點白霧霧地布滿了整個浦尾，望去像是戴孝的麻衣，景色顯得有些淒涼。不過我一心想要投考大學，大部分的時間都留在工寮裡看書，對環境的變化，不很在意。然而到了冬天，冷風從海面吹來，猛衝著工寮搖撼，即使緊閉著門窗，躲在被窩裡，也難熬寒冷。老邱經常藉故外出，我看他走了，也跟著往市區跑。

坡浦是南部海邊的一個小市鎮，除了幾條街道外，零零落落地散布著一些建築物，倒是有一條幹線經過，可以與外界交通。道路的兩旁排列著整齊二層紅磚灰瓦的房子，使得這個地方像個市區。

離開市區不遠，有一處兵營，平時門禁森嚴，除了門口站有哨兵之外，不見有其他人影；到了假日，才會有穿便衣的阿兵哥進出，這時寶玉里的桂花巷會突然熱鬧起來。

寶玉里位在市區和兵營之間，里長是一位鄉下老紳士，個子不高，臉面削瘦，留著一撮山羊鬍子，人家稱呼他土樹伯。

土樹伯在地方上頗具影響力。記得當我們的工程隊剛到浦尾架設鐵絲網的時候，附近的居民就來抗議，說我們圍地讓他們失去了活動的空間；接著當地的流氓也來騷擾。於是老邱找了土樹伯出面，很快就把這些惱人的事情擺平。

雖然老邱的行動是獨來獨往，但偶爾也帶我去里長辦公室聊天。

土樹伯有一個女兒叫作阿月，年齡比我大上十來歲，個子嬌小，臉是圓的，拖著兩條辮子垂到胸前。她的嘴很小，嘴角有一顆黑痣，說話時那顆黑痣好像一粒黑珍珠在那兒閃爍著。當地的人叫她「黑珍珠」。據說她到臺北念了兩年大學，後來輟學了。土樹伯解釋說：「那個時候，我老婆剛過世，阿月看我一個人在家，怕我孤獨，就毅然輟學回來照顧我。」

寶玉里是個風化區，來往的嫖客相當複雜，時有狀況發生，他女兒便得協助他解決糾紛。里長的辦公室就在那一條著名的桂花巷的巷口，每次我好奇想要走進那條巷子的時候，便被她喊住：「小弟，好久不見啦！進來坐坐嘛！」

我好像做了什麼壞事而被抓到似的，漲紅了臉，走到她面前，心裡忐忑地站著。

她便關心地問：「小弟，你想上哪兒去？」

「想到巷子裡逛逛，」我說。

不過即使我只是純粹出於好奇，並沒有想去做壞事，而被她這麼一問，也覺得蠻尷尬的。

「小弟，這條巷子你進不得的呀！不是你去的地方！」她以略帶教訓的口吻對我說。

我羞澀地低下頭，看著自己玩弄著手指頭。

她親切地拉著我的手，把我拖進里長辦公室裡。

土樹伯坐在一張大辦公桌後面，用手梳理著他的山羊鬍鬚，看到我便說：「你沒跟老邱一起出來？」

「邱伯伯一早就不見人影，但我不知道他去哪裡？」我恭敬地回話。

「你知道工地什麼時候才會動工？」

「不清楚呢！」

這種事我無從回答，只站著，傻愣愣地望著他。

他嘆了一口氣說：「唉！到底哪個單位沒有疏通好？這麼大一塊土地荒廢著很可惜。」

阿月姊請我坐到她旁邊的一張椅子上，倒了一杯茶給我，然後細聲地說：「老邱說你在準備考大學。」

「沒有啦！邱伯伯亂講，我哪裡考得上！我只是看點書消遣消遣而已。」

「去考考看，不會有問題的，」她說著綻開了笑容，那顆黑痣在我眼前閃爍著。

「我數學不好呀！」

「你身邊就有現成的老師，怎麼不請教他呢？」

「誰？」我詫異地問。

「老邱呀！」

我實在不敢相信老邱會什麼鬼數學，被她這麼一說，頗使我吃驚。雖然我認識老邱才不到八個月，但他說話，粗裡粗氣的，看不出他受過教育。據我所知，除了喝酒玩女人之外，他恐怕識不得幾個字吧！他在公司裡本來管的是雜務，由於浦尾的開發案才被調來當我們的領隊。他是四十開外的人，高瘦，兩道濃眉像棕毛，眼眶深陷，眼神如炬，有點嚴厲，只是對我說話的時候，會變得很溫和。現在沒事，他便往桂花巷跑，半夜才回來，帶點醉意，還哼著日本和歌；如果我還沒睡著，他便坐到我的床鋪，聊他喜愛的女人。

這樣的人，我很難想像他能教我什麼？

「我想邱伯伯恐怕沒有空吧！」我說。

「那我來教你，」她自告奮勇地說。

從此阿月姊就開始指導我念書。

每個禮拜有兩、三天我去里長辦公室找她，她不但教我數學，而且也教我英文。我很認真地跟她學了半年，突然她對我說：「小弟，里長辦公室，進出的人很多，一男一女老窩在一起，怕人家說閒話，最好換個地方。」

我建議到工寮，她答應了。

到了工寮之後，她教學熱忱就開始消退下來。本來她幫我規劃好學習進度，卻不按進度教學，老是課上到一半，就放下課本，聊起天來。有一天她說：「天氣那麼好，我們不該待在工寮裡頭。」我說：「那我們到海邊走走。」不過她說歸說，最後還是沒有行動。

我的數學和英文並沒有進步多少，卻和她聊得很愉快，聯考到了也沒去報名，就當作沒這回事。有一次年關到了，她倒問起我打不打算回家團圓？

「回哪個家？」我說。

「真看不出來，到底你有幾個家？」她開玩笑地說。

「阿月姊，我是孤兒。」

「孤兒！」她大吃一驚地叫了起來。「剛才你說：『回哪個家？』我還以為你像王董那樣有好幾個家。」

王董是我們公司的董事長，有三個老婆，分三個地方居住。她故意舉他做例子來戲弄我。

「我有兩個家，一個是養父的家，一個是表姑的家，不過這兩個家都不歡迎我回去。」

「你到底做了什麼對不起他們的事？難道你是被他們趕出來的嗎？」

阿月姊本來是坐在我旁邊，說著便站了起來，繞到我背後，突然抱著我的頭。我能感覺到她那柔軟的胸部起伏著，使我心跳加劇。雖然她一下子就鬆開手，但我的情緒已經陷入了亢奮狀態，很久，才平靜下來。

等我轉過身，想看她在做什麼？她卻坐到我的床上，背靠床頭板，兩腳伸直，拉一拉裙襬蓋住膝蓋，露出半截小腿。她是屬於嬌小型的女人，小腿短而細，卻很均勻，配上淺棕色的皮膚，散發出誘人的魅力。她這一連串的動作搞得我心神迷亂，趕緊把視線移開，卻又落在她嘴角的那顆黑痣上。該死，那顆黑痣，使我無法看清她的真實面貌。

她終於開口說：「小弟，你把你過去的事說給我聽聽。」

當然有人想要傾聽我的遭遇，我很樂意說出來，這些往事憋在心裡太久了，實在不好受。

「妳真想聽嗎？」

「說吧！」

阿月姊的態度很誠懇，我無法拒絕她的請求，既然她肯聽，我就吐一吐也好，於是我說：「我的身世非常離奇，可能妳不會相信的，不過我希望妳能耐心地聽我說完。」

「我會的。」

二

「在大埤角這個地方，有一家姓鄧的地主叫作阿龍伯，他是我祖父。聽說他是一位人人皆知的大善人，但我老爸鄧世南就剛好相反，因為他從小就住在臺北，後來又到日本學醫，學成之後，回到臺灣，也是在臺北大稻埕開業，所以他到底是誰，大埤角的人就沒有什麼人知道。

「我老媽叫作羅彩蘭，聽說她和我老爸是在日本認識的，兩人即使回到臺灣，也沒回祖厝拜過堂，又和我老祖母素不來往。太平洋戰爭逼近尾聲的時候，我老爸才忽然被徵調到南洋當軍醫；

那時臺北居民也在大疏散，於是我老媽不得不帶我回到大埤角。我老爸是獨生子，除了我老祖母和一位表姑之外，幾乎沒有親戚。戰爭結束的那一年，我祖母過世了，接著我表姑和鄉公所的一位外省籍的民政課長談戀愛，未婚生子，在那個時代，那簡直是傷風敗俗，鬧得滿村風風雨雨。我表姑乾脆搬進她情人的宿舍裡住，久了，大家見怪不怪，也就忘了他們的糗事。」

阿月姊打斷了我的話問道：「那位民政課長是那裡人？」

「福州人。」

我回答了之後，她就不再多說話了。

接著我說：

「我表姑離開了鄧家之後，家裡只剩下我和我老媽兩人。本來我老祖母在世的時候，家裡還僱用了一位老媽子，但我老媽不喜歡她，就把她解僱了。不久戰俘一批一批地被遣送回來，但就是見不到我老爸。有一天，有一個滿臉鬍鬚的陌生男人找到我家來，和我老媽談了很久，我老媽哭了又哭，晚上他就住了下來，從此我們變成一家人。我們住的是三合院，外面又有一層竹圍圍著，不跟外人來往，這種事應該沒有人知道。然而我表姑就是神通廣大，不知道她從哪裡打聽出來，說要來見我老爸。那天那個陌生男人剛好和我老媽在睡午覺，我進去房間叫他，他就穿著我老爸的睡衣走了出來，卻搞不清楚我表姑是誰？

「隨後我老媽也走了出來，事情可大了，偷漢的罪名立刻落在我老媽的頭上。我表姑本來就跟我老媽不和，現在逮到機會，什麼難聽的話都罵了出來。那個陌生男人很機警地向我表姑求饒，趕快回房換了衣服，把她拉了出去，一直到半夜才回來。

「他回來的時候，我老媽已經服毒自殺了。」

阿月姊又打斷了我的話。

「那時你幾歲？」

「六歲。」

「難怪你還記得那麼清楚！」

我繼續說：

「那個陌生男人買通了我表姑——她在鄉公所的戶政課做事。那時戶政很亂，姓名經常張冠李戴，她就把那個陌生人改名叫作鄧世南。聽說代價是五十甲良田。換句話說，我老爸鄧世南，不僅身死異疆，而且連他的名字和鄧家的財產都很巧妙地移轉到一個冒名頂替的人身上。」

阿月姊像法官在辦案，問得我很不自在。她問我說：

「我有一點疑問，那時你才六歲，怎麼會知道那多祕密？況且五十甲良田的賄賂是一筆蠻大的財富，」

「妳說的沒錯，那時我的確不知道這些祕密，後來我被他們趕出家門之後，很多事情才陸續被我調查出來。我不是跟妳說過，我老祖母在世的時候，僱用了一個老媽子，她現在還活著，我就從她那邊聽到很多鄧家的事情。」

「好，我相信你。繼續說吧！」

「那時我並不是很清楚那個陌生男子是不是真正我老爸？我老爸離開我的時候，我才四歲，我老媽要我叫那個陌生男子『爸爸』，我就叫他『爸爸』，他也樂得我把他當作『爸爸』看待。他鬍子刮一刮，換了乾淨的衣服，看起來倒蠻英俊的，不要說我老媽喜歡他，就連我都喜歡他。那幾天我和他處得像真正父子那樣親密。我老媽服毒自殺的那天，我還以為她身體不舒服。當毒性發作的時候，她掙扎得很厲害，叫我去叫我『爸爸』回來。而他回來的時候，我老媽還未斷氣，後來被送走了，可是一出門就沒再回來。聽說她的屍體是賣給醫院當學生解剖用。」

阿月姊又忍不住問道：

「你又怎麼知道你母親的屍體是賣給醫院當學生解剖用的？」

阿月姊老是打岔問問題，好像很不信任我說的樣子。我有點生氣說：「這件事是我家的那位老媽子告訴我的，她有個女兒在那家醫院當護士。」

「怎麼那麼巧？」

「妳到底要不要聽？」我露出不悅的神色。

「你那個『爸爸』真是心狠手辣，他處理妳母親的這種手段，比殺人滅屍更狠，你再也找不到妳母親的屍體了。」

「邱伯伯說，戰爭就會培養出這種沒人性的人。」

「小弟，不是我故意挑剔，雖然我相信你說的故事不是編造出來的，但我實在不敢相信天下竟然有這種事。」

每次我跟人家談起自己的私事，都會遇到同樣的質疑。然而這一次阿月姊的發問，卻比法官審訊更嚴苛。她態度愈是誠懇，我心裡愈是難過。我想她看得出我在生氣，因此安慰我說：

「小弟，生什麼氣麼？我只不過好奇地問一問一些細節而已。」

我知道她並非故意找我麻煩，但我生氣還是生氣，她卻笑著像在哄孩子那樣對我說：「小弟，不要生氣啦！過來，坐到我身邊。」

她把身子往床的內側挪一挪，讓出一個位子來。我很乖順地坐到床上，和她並肩坐著，她把薄衾拉了過來，一起蓋著膝部。

我已經沒有信心再說下去了；她也無心聽我講述。兩人就這樣默默地坐著。工寮外陽光強烈地照在那片菅芒覆蓋的沙泥地，布穀鳥的叫聲，清晰地傳入我的耳朵，風拂著海面，海濤聲更凸顯出工寮裡的寂靜，我能聽到自己心跳的聲音。

在這世上，我以為只有她最能瞭解我，可沒想到，她也和其他人一樣，那麼難以相信我的話。我的家世並不光采，說了也不會抬高自己身價。但我為什麼老想向別人傾吐？

從窗口射進來的陽光已經很斜了，不過看起來，她並不想回家，而我也捨不得讓她離去。漸漸地，窗口的陽光不見了，天色暗了下來。外面開始刮起大風來，鐵皮屋頂也響著雨滴掉落的聲音。

她走不掉了，我在想。沒關係，反正老邱不會回來，整個工寮是屬於我們兩人的了。

「今晚我有個伴，」有個伴總比一個人獨宿好多了。如果她想走，我會堅持要她留下來，直到雨停了。

三

風，愈吹愈急；雨，愈下愈大。我正在高興阿月姊走不掉的時候，她忽然從我身上翻下床來。

「我該走了。」她問我有沒有雨衣？我也跳下床來，勸她說：「外面風雨很大，天那麼黑，就在這裡住一晚吧！」

我不是那種意志力強到可以駕御別人的那種人，阿月姊堅持要回家，她說：「女孩子不能留在別人家裡過夜。」

我知道這是有關名節的事，只好冒雨送她回家。

土樹伯看到我們出現在門口，原本焦慮的臉上立刻綻露出寬慰的笑容，他很擔心他女兒這麼晚了還沒有回到家。

阿月姊站在戶亭頭脫去雨衣，放在地上，然後用衣袖擦一擦額頭上的水珠。忽然一陣狂風把雨衣捲進屋子裡去。當我進屋去撿雨衣而準備離去的時候，土樹伯對我說：「小弟，風雨這麼大，就留下來住一晚吧！等明天雨停了再回去。」

「謝謝，我還是回去好，萬一邱伯伯回來了，看不到人不好。」

「噯呀！你就說我老爸留你住下來嘛！如果他不信，叫他來找我老爸好了。家裡房間多的是。我老爸希望你留下來，你就留下來嘛，聽話！」阿月姊也幫腔對我說。

我又看到她那顆黑痣不停地閃爍著，心想：「剛才我叫妳留下來，妳不肯留，現在卻反而要我留下來。」當然我也不肯。

「再見了，」我向土樹伯行了九十度的鞠躬，再向阿月姊揮揮手，轉身踏入雨中。

離寶玉里不遠的地方，就是一片空曠的海浦新生地，以及無盡的海域，沒有房子阻擋，這才發現是颱風來襲。我儘量彎腰低著身軀走著，逆著強勁的風，花了一個多鐘頭，才到軍營。再往前走，路更是難行，一邊是山，一邊是海，能見度又不好，公路上到處都是從山上傾洩而下的水流，有些路面被沖坍了，我還得繞路，避過陷坑。風大的時候，我連站都站不穩，趕緊抓住山崖的樹枝，等勁風吹過了之後，再匍匐前進。我全身溼透了，寒氣沁入五臟，勉強掙扎著回到工寮。

我就這樣病倒了。

自從大戰結束之後，天象變得很奇怪。我記得小時候，颱風來臨之前，都會有些徵兆，例如有一段很長的日子，天空飄著毛毛細雨，隨風亂舞，我們把它叫作「放雨飛」。

每次遇到「放雨飛」的時候，孩子就會故意不撐傘，去享受那迎面撲來的冰冰涼涼的，比霧粗一點的雨滴。

然後等颱風漸漸地逼近，天空就會出現片片如魚鱗的堆積雲。當太陽下山的時候，奇異的彩霞便染紅了西方的半邊天。

等我長大了之後，颱風卻經常毫無預警，不聲不響地登陸上來。而氣象局的天氣預報又是胡亂猜測，為了避免被人指摘，常用一句很妙且語帶雙關的話說：「天晴時陰偶陣雨」，來蒙騙無知的百姓。

有一年中秋，我們拜過月娘，站到稻埕，還看到她從雲端探出頭來。我和弟弟高高興興地等吃過晚餐之後，拿著月餅想去河邊賞月，可是下起雨來。

一家人就坐在大廳吃月餅，以往蛋黃酥是一個人一個，還有吃不完的黃豆沙，我繼父坐在他常坐的位子，可能看到他那些狼群狗黨都散了，心有所感，悶悶地看著外邊。很奇怪這次桌上只有一盤月餅，一個蛋黃酥，兩個鳳梨酥，另外幾個豆沙。我搶著要那唯一一個蛋黃酥，我弟弟也要，於是發生了一點爭執。我繼母乾脆把它切成四份，我嫌少，嘟噥著，被我繼母厲聲罵了幾句，結果我好死不死，冒出一句最為忌諱的話：「如果我老媽在的話，她就不會這樣分了。」

我繼父突然跳了起來，揪著我的衣領，一甩，把我甩到地上，抽出他褲子的皮帶當鞭子，咻咻地打在我身上，要命的是皮帶上的金屬扣子，正好敲到我的額頭。我真沒想到他會那麼狠，我躺在地上，他還在我肚子，踹了幾腳。我縮著身子，抽噎著。

我繼父打完了之後，嘴裡罵著髒話，忿忿地回房間去，接著我繼母也要離開，卻看到弟弟蹲下來，摸我額頭上的膿包。她看到她親生兒子這樣憐憫她假兒子，便大聲罵道：「阿昌，回你房間去。」

大廳裡沒有人了，只有我一個人躺在地上。忽然外面狂風大作，是颱風登陸，早上氣象局還說：「秋高氣爽，明月當空。」

這些颱風的事都是我發高燒時的夢囈，我繼父、我繼母，還有我可愛的弟弟，都一一出現，然後又一一消失了。

聽說我生病的這段期間，老邱日夜守候著我，上山採藥，用水壺煮湯給我喝。坡浦這個地方，除了軍營裡有軍醫之外，方圓十公里找不到一位合格的醫生。住在這裡的人，如果生病，就往廟裡求神問卜，抓一把香灰泡開水喝。還好，老邱並沒有這樣對待我。這時我才漸漸地瞭解到，他並非粗人，他懂得一點醫理，在那個時代，他比神棍強多了。

我醒來了，老邱摸摸我的頭說：「燒退了。」然後弄了一點粥給我吃。之後，他就離開工寮，從此又好幾天不見人影。

阿月姊很久沒有來工寮。忽然有一天她出現了。她說最近里長辦公室經常有一位便衣人員來糾纏，一坐就是一整天，不但土樹伯要陪著笑臉陪他，連她都要侍候他像個大老爺，倒是管區警察來了，她就可以藉機跟他出去，說是去寶玉里查戶口。

「我是隨便找個藉口，管他信不信！」

「那妳今天怎麼還可以跑到我這裡來？」

「我騙管區警察說要去看我阿姨。」

「難道他不會跟著妳屁股跑到這裡來？」

「他要跟就讓他跟吧！管他的，我又不是他的什麼人。」

我覺得很好玩，阿月姊騙了便衣人員，又騙了管區警察，於是我半開玩笑地說：「妳一個騙過一個，等一下，會不會連我都騙了。說土樹伯沒人照顧，妳要回家啦！結果妳又跑去找別的男朋友？」

她臉上立刻作色地說：「小弟，你這個人真不知好歹，我聽老邱說你病了，特地趕過來看你，你卻說這種話。」

「人家捨不得妳見了面馬上就走！」我嬉皮笑臉地說。

「捨不得我走就直說，不要油腔滑調，說些有的沒的。」

「對不起，我認錯，這樣可以吧！」

「我對你真沒有皮條，我哪有男朋友？如果我有男朋友的話，那就是你啦！」

這句話真受用，我被她灌迷湯，灌得整個人都覺得飄飄然，不知道自己有幾斤兩重，被她看中。

阿月姊又坐到我的床上去，背靠著床頭板，用薄衾蓋著她的腳，我就站在床尾的旁邊，面對著她。

幾天不見，她有很多事情要告訴我，便滔滔不絕地說著。

寶玉里是一個人蛇混雜的地方，妓女、嫖客，大都來路不明。本來里長的工作，只是替鄉民服務，替政府宣導政令，至於治安的問題，應該是警察或情治人員的事。但在我昏迷不醒的這段期間，寶玉里的那條巷子卻發生了一件疑似匪諜的案子，弄得土樹伯灰頭土臉。

「便衣人員硬把責任推到我老爸身上，」阿月姊氣憤地說。

「有什麼責任？」我還傻傻地問道。

「便衣人員說：我老爸監督不周！」

「真沒道理，誰知道哪一個人是匪諜？」

「他說當里長就應該注意里裡每一個可疑人物，我老爸怠忽職守，應該受到連坐處分。」

「他工作不力，怕被處分，想要找一個替死鬼頂罪。如果要連坐，那他自己要不要也連坐上去？」

「小弟，你又亂講話了，」她說。

這類話題是相當危險的，老邱也警告過我，他有一位朋友無意中對某一位外省籍的同事開玩笑說：「你們逃到臺灣，再不好好地幹的話，被中共打過來，你們就要跳海啦！」這位朋友就說了這句話，立刻被抓去了關了很久。

我閉嘴了。

阿月姊說，她倒不擔心她老爸被牽連；她擔心的是選舉到了，那位便衣人員每天都坐在里長辦公室裡面，怕會影響選情。

里長是土樹伯的志業，他在日治時代，就當了保長。國民政府來了，他又出來競選里長。雖然他德高望眾，一直連任到現在，但每次選舉，還是有人出來跟他競選。

阿月姊回憶起十幾年前的事。那時坡浦還是個窮鄉僻壤，卻也有一所小學。她念書的時候，附近的居民，對校內的一草一木都很愛護，雖然教室裡的課桌椅是舊了一點，但完好無缺，足夠學童使用。可是國民政府來了，由於治安不好，一夜之間，課桌椅全被搬光了，甚至連門窗都被拆走，只有黑板嵌在牆壁裡，挖不出來，不然的話，也是不見了。第二天學生來上課，教室空空的。校長去報警，警察根本不敢管。土樹伯只好陪著校長，一家一家去拜訪，才把大部分的課桌椅找回來。然而事情並未因此了結，第一次居民搬東西回去的時候，未料，竟然會有人來追討，還怕被當作小偷抓去監牢關，只要沒事，該還的還是還了。可是第二次、第三次、……他們就有點刁蠻，說歪理，變得很兇，東西不還就是不還。

「課桌椅是公家的，我搬回來用一用，犯了什麼法？」

校長只好另想辦法，發動樂捐，補足了學校的最低設備，並且分派男性教職員值夜班。課桌椅是保住了，但門窗又被拆回家。

坡浦是個靠海的地方，風很強勁。教室沒有門窗，根本無法上課。於是校長又想辦法，籌足了款項，把門窗修好，並且在窗玻璃上用鑽石刀刻上一個『坡』字，然後圈一個圈。標誌是非常明顯，但仍防不了偷竊。不久鄰近居民的門窗玻璃上都有同樣的標誌。

「校長又來找我老爸共商對策，兩人決定直接去找警察局長幫忙。這次找對人了，警察局長出動了大批警力，把一大票的竊賊帶回警察局。人數太多了，拘留所實在容納不下，就叫他們在街上排隊曬太陽，曬了一整天，才放他們回去。」

阿月姊說到這裡，嘆了一口氣，然後躺了下來。這是晚春，天氣還是很不穩定，雖然工寮外面出了大太陽，但工寮裡面還是陰氣很重。她順手把被衾拉過來，蓋上。

「小弟，你也上床來，談話比較方便。」

我猶豫了一下，才依了她，兩人同蓋一條被衾。

她接著說：「我經常在反省這件事，為什麼原本很純樸的居民，一下子變成這個樣子？」

她老爸對寶玉里的居民有很深的感情，不忍心苛責他們。有一次她說：「這些居民很貪。」他笑了一笑說：「也許吧！人性本來就是貪，但這個政府給老百姓太多犯法的機會。」

她回憶說：「當日本人正要被遣送回去的時候，寶玉里靠坡浦街上有幾間日本仔宿舍，有人就去霸占。其中有一家還住著日本人，半夜就被趕出來，還叫他們不准拿任何東西，滾到外面去。那天外面做風落雨，冷得要命，這可憐的一家人只穿著睡袍，站在雨中。後來有一位好心人跑來敲我家的門，我老爸才去把他們接回來住。

「我老爸對那個自命替天行道的愛國志士也無可奈何，他本來就是本地的地痞流氓，在日治時代，經常偷東西被抓去監牢關，當然日本警察不會善待他，一次又一次的用刑，腳是被打跛了。這是他後來變成抗日英雄的歷史證據。這個政府為著要激勵民族意識，一味吹捧他，甚至他強姦日本婦女，也認為義行可風。每次我想到這件事，就很痛心。」

我告訴阿月姊，搶奪日本仔宿舍這類事情，大埤角也曾經發生過。我繼父有一個食客叫作阿吉的，他看人家去霸占日本仔宿舍，也學樣，才住了幾天，人家拿武士刀來趕他。他沒有種，不敢跟人家拚命，只好乖乖地溜回我家。

阿月姊又說：「這幾年來，我老爸感觸最深的是日本人做事，有理可尋；中國人做事，毫無道理。例如他去警察局辦事，日本警察很守法，可以就可以，不可以就不可以，不會刁難。但中國警察歪理一大堆，就是要收紅包。警察局長有一次來我家聊天的時候，他很感慨地對我父親說，這就是中國文化。」

「妳說這種話，不怕中國人把你扯食落腹。」

「這句話又不是我說的，是警察局長說的，他也是中國人呀！」

「那妳不是中國人嗎？」

「我自己的經驗是，如果我說我是中國人，那些從大陸來的同胞會嗤之以鼻說：『妳是哪一門子的中國人？雜種。』我生下來就是日本國民，皇民化的時候，我門全家也改了日本姓，但我老爸就是忘不了祖先是從福建來的。光復後，我聽到我老爸說過一句話：『我們終於回到祖國的懷抱了。』我也很強烈地渴望著被認同為中國人。然而我在念高女的時候，有幾位從大陸來的同學，卻擺出一副征服者的姿態，很鄙視我們這些土生土長的臺灣人。同胞是書本上寫的，實際上，他們絕對不承認。有一次我和同學用日本話聊天（這是我們最熟悉的語言），被她們聽到了，就破口大罵：『日本走狗，妳們做了五十年的日本奴隸，還忘不了日本主子。』弄得我們在學校像啞巴一樣，什麼話都不敢說。

「後來我上了大學，在迎新會上遇到了一個名字叫作詹木男的男孩子，也是坡浦的人，彼此的背景和語言相同，我才放開那些禁忌，和他暢所欲言。我大一的時候是二二八事件發生的前一年，那時臺北還沒有完全開發，像新生南路兩旁都是稻田，路中央是瑠公圳，岸邊的綠地植有柳樹，細長的柳枝下垂到水面，迎風飄蕩。圳的兩旁是白色的水泥道路，來往的車子不多，我們經常並肩騎著腳踏車，一邊談話，一邊欣賞風景。晚上我們最喜歡去的地方是螢橋，那邊還有一片雜草叢生的荒地，螢火蟲滿天飛舞，頗為壯觀。

「我住在女生宿舍，他住在男生宿舍，相距不遠，我們沒有課的時候，不是我去找他，就是他來找我，我很珍惜那段相處的時間。他已經四年級了，再過幾個月他就要畢業了，還要當一年的兵。他希望我答應他，和他廝守一輩子。

「那年寒假，我們回到坡浦，他告訴我他準備託媒人到我家提親，但不知道什麼原因，我等了好幾天都沒有什麼動靜。你知道，當年的坡浦沒有什麼桂花巷，桂花巷是因為兵仔營設立了之後，自然形成的。原來的居民，生活樸素，民風相當保守。不曾有過女孩子敢主動跑去男孩子家找心愛的人。同樣男孩子也不敢隨便跑到女孩子家去約女朋友出來玩。我等得心情好鬱悶啊！有一天下午我便往浦尾這邊走，在沙灘上站了很久，看著寬闊的海洋，聽著澎湃的濤聲，浪一波一波地往我這邊翻過來，好像要把我吞喫了似的。大陽已經西斜，白天很短，很快接近傍晚。我回頭走進長滿菅芒的草叢中，忽然有人從背後把我攬腰一抱，在空中旋轉了幾圈，然後一起跌倒在地上。當然我知道他是誰？那種興奮的心情實在難以言喻。那天晚上我們就躲在草叢中，或躺或坐，看著滿天星斗，直到太陽昇起，而且昇得很高。

「我整理好衣服，若無其事地從草叢中出來，沿著沙灘慢慢地走上縱貫道路。我實在捨不得回家，便站在路旁高地往下看。大約有半個鐘頭時間，我才看到他走出草叢，踏著我的足跡，一步一步走向我這邊來。

「我不敢再停留，如果他追上我，而又走在一起，說不定被路過的人看到，不出一天，整個坡浦這個地方，家家戶戶，都會談論我們約會這件事。」

「妳整晚不回家，土樹伯沒有責問妳去哪裡？」我好奇地問道。

「其實以我老爸閱人之深，不用我說，他只要看我狼狽相，老早猜中八成，但他不說話，倒是我老媽一直嘮叨個不停。我充耳不聞，自己去燒水、洗澡，換了乾淨的衣服，便去房間睡覺。我什麼都不管了，由於過度疲倦，睡了好幾天。其實我病了，像你一樣，發高燒。那時藥物很缺，聽我母親說，我差一點沒命。」

「所以，那晚妳不回家的事，就沒有人再追究了，」我說。

阿月姊並沒有回答，翻過身來，壓在我身上，面對著我，用食指封住我的嘴說：「小孩子有耳無嘴，不要多問。」

我多嘴幹嘛？我寧願當個小孩子，有耳無嘴，聽她心跳的聲音。她的身體像一根鴻毛，從空中輕輕地飄落下來。我們靜靜地躺著，像一隻小船，在波濤洶湧的海中，向岩岸衝去，我感到暈眩。

那天我送阿月姊回去的時候，經過她所說的高地，她停了下來。我站在她旁邊，隨著她的視線往下看，浦尾的全景盡收眼底。我注意到草叢中菅芒密密地長著，非常隱祕，點點白色花穗像羽毛在風中搖晃。我把視線移向沙灘，由於這是私人用地，已經很久沒有人踐踏過，潮漲潮退，老早把阿月姊和她情人的足跡沖刷掉了，現在在暮色中，除了與海水銜接的地方有些動靜之外，其他地方就是一片平靜。我再把視線移向更遠的海平面，能見度已經很差，天空和海混合在一起，像一幕灰色的垂簾覆蓋著。

我們並沒有佇立很久，阿月姊輕輕地拉著我的手，我就乘機挽著她的腰，默默地沿著縱貫道路走向寶玉里那邊。現在坡浦的風氣開放多了，連風化區都能存在，男女之間的愛情已經不是老居民感興趣的話題了。

四

阿月姊又開始每個禮拜有幾天來工寮幫我補習功課，但時間不是很確定。我習慣地坐在一張破椅子上，她則毫無顧忌地坐在我的床上。她喜歡述說她小時候在這塊海浦新生地玩耍的種種趣事；而我看著她那顆黑痣，閃閃爍爍，卻幻想著她和詹木男談戀愛的種種情事。我根本沒有在聽，她會突然叫我的名字，然後露出令人迷惑的微笑，很有老師的架式，對我說：「聽著，我告訴你的往事都是真實的歷史。」

我像小學生那樣受到責備，而心虛地看著她。

由於工寮裡沒有別人，她會從床上跳下來，出其不意地抱著我的頭，把她的臉頰貼在我的頭頂上，她說：「如果你要娶老婆，要娶怎樣的女人？」

「當然像妳這樣的女人！」

「不行，我太老啦！」

「那有什麼關係，相愛就好啦！」

我那時才十幾歲，她已經是三十多歲了，如果我娶她的話，一定是報紙上的頭條新聞，不過我真的有那個念頭。因此詹木男在我心中變成頭號情敵。我很好奇，即然他們相戀，又門當戶對，後來……，怎麼拖了十來年，這樁婚事還沒有談成？

我很想問她，但開不了口。

工寮是鐵皮屋，太陽最曬的時候，很悶。我們便走出那狹窄的空間，一大片海浦新生地任我們遨遊。我們在沙灘上開溝渠，建城堡，想留下永久的紀念。然而這些沙灘上的工程，即使弄得再好，漲潮的時候，海水一沖，便被淹沒了。等退潮之後，沙灘上又回復原來的平坦，一點痕跡也沒有留下來。

有一次阿月姊很感傷地說：「在這塊土地上，我們所有的努力，就是這樣。」

我閱歷尚淺，那時並沒有很深的感受，我只覺得她看我的眼神中帶有憂傷。接著她牽著我的手，慢慢地走進菅芒的草叢中。葉片犀利如刀芒，但她並不在乎那會割傷手肘，她找了一個乾燥的地方躺下來，我便坐在她的身邊。

雖然草葉細長，遮不住陽光，但不很曬，強勁的海風吹來，頗覺舒暢。布穀鳥迎風一上一下地飛翔，吱吱地叫著，於是我們又談起往事。

她問我說：「阿吉是你家的什麼人？你怎麼說他是你繼父的食客。」

「我祖父是個地主，留下來很多田產。如果我繼父能守得住的話，光靠田租的收入，就可以舒舒服服地過一輩子。可是他像一般有錢人的子孫一樣，愛賭、愛嫖、愛喝酒。

「我家是傳統臺灣式的三合院，除了正廳外，東、西兩廂的房間都是空著的。

「我繼父有一群狼群狗黨，就住在那裡。他們都是一些被日本政府徵調到南洋當軍伕的倖存者。戰爭結束後，他們像一群難民或俘虜被遣送回來；經過多年的征戰，回到家鄉，已經不習慣耕稼生活，剛好遇到我繼父，有吃、有喝、又有得住，就像磁鐵吸引鐵釘一樣，一個接一個聚集到我家來，整天高談闊論，天下哪有這麼好的地方。

「阿吉是第一個住進我家的人，人長得高高瘦瘦的，講話比手畫腳，很富表情，真像一隻長臂猴。我們都蠻喜歡他的。

「光復之後的社會狀況妳應該比我清楚，那些現在想起來令人很生氣的事情，經由阿吉的嘴裡說出來，卻很風趣。

「有一天他從臺北回來，對大家說：『哇塞！我在大橋下，想吃一碗切仔麵，問麵攤老闆多少錢，老闆說五千元，我才坐下，隔壁麵攤老闆已經喊價到了一百萬元了。又有一個客人到我坐的這個麵攤，問老闆一碗麵要多少錢，老闆說兩百萬元。我聽了嚇了一跳，我口袋裡只有一百五十萬元，為了慎重起見，我又問老闆，我的切仔麵要多少錢？他說：『我不是跟你說過了嗎？五百萬元。』隔壁麵攤已經喊到一千萬元了，我看情形不妙，拔腿就跑，不然的話，我吃了付不了錢，可能會被打死。』」

阿月姊若有所感地說：「阿吉說的那件事是事實，通貨膨脹得很厲害，後來才會有四萬元舊臺幣換一元新臺幣的措施。」

「我家隔壁有一位老太婆，把錢鎖在一個大的鐵櫃裡，等到她死了之後，家人才能把鐵櫃打開，結果那些錢都成了廢紙。」

我在說這件事的時候，倒不是替那家人婉惜財物損失，而是心裡又想起大埤角的老家。

「坡浦亦有類似的情形發生，也是一位老太婆，把她丈夫遺留下來的田契保管得很好，卻不知道辦理遺產過戶，後來改朝換代，田地都變成別人的了，要都要不回來。

「反正那時什麼都很亂，接收的人要汙，地籍遺失，有些人家因而莫名其妙地傾家蕩產，有些人家一夕之間變成大富，又加上官員作威作福，民怨愈積愈深，終於暴發了二二八事件。」

我接著他的話說：「我記得很清楚，二二八事件是發生在一九四七年二月二十八日。大埤角也亂了一陣子。本來那天是我八歲生日，但家裡的人並沒有替我做生日。我和弟弟在外面閒逛，看到一大群人拿著棒棍，見到阿山就打。後來演變成看到不順眼的人也打。於是地方上有頭有臉的人便站出來喊話，『我們要秩序！』他們組織了壯丁，才把這些亂子平息下來。

「到了二月底三月初，軍隊就開進我們村莊，駐紮在我們學校。那段時間我們都沒有教室可上課，整天在廟口玩彈珠，打陀螺，賭尪仔標。白天村子裡看起來很平靜，到了晚上，便會聽到遠處有機關槍達達的聲音。偶爾也有些傳聞，例如某家某人被捕、被殺，但大家只顧自己的安全，那是別人的事，只要災難不要降臨到自己家人的頭上就好了。大概過了一個多月之久，學校才通知我們到學校門口集合，然後由級任老師帶領我們到街上列隊歡送開拔離去的軍隊，我看到一個小女孩子流著眼淚，揮著國旗，嘶聲叫喊著：『阿兵哥，我愛你。』

「這是我第一次聽到，有人使用國語說出這種話來。」

「你說到『愛』字，就讓我想起當時最流行的一首歌，『阮愛阮的妹妹啊！』唱遍大街小巷，不過一下子就被禁了。」阿月姊很感興趣地說，但還沒有說完，就被我硬把話題拉回來。我說：

「我很驚訝，那時小女生會喊出『阿兵哥，我愛你。』那種令人聽起來起雞皮疙瘩的話來，好像她要送情人上戰場似的。」

而阿月姊卻順著我的話題回答說：

「那一定是有人教她的。」

「不過，後來『阿兵哥，我愛你。』這種話變得很流行。」

雖然我們不停地談著話，但我卻察覺到她已經分心了，忽然把臉轉了過去，一時之間，我們兩人好像劃出一條鴻溝。其實我自己也不專心對話，心裡想著軍隊離開我們村莊時的那些情景。那時我們的確把軍人看成英雄，連我都有那種依依不捨的情緒。當天我們就恢復了正常的上課。然而等同學一見面，情況就變了。我們談的不是捉泥鰍，挖田蚌，或鬥蟋蟀這些遊戲，而是一些村裡發生的事。

當二二八事件發生的時候，村裡很多自願出來維持秩序的壯丁，都被冠上暴民，但他們不明究裡，以為自己沒犯法，不知道躲藏，一個一個就被抓走了。

有一位同學說：他親眼看到有一位種田人，傍晚從田裡回來，荷著鋤頭，由於暮色蒼茫，被誤認為荷著槍，就當場被殺害了。

「真衰！」這是那位同學的評語。

又有一位同學說：他家隔壁有一位少婦，在她家竹圍前面的池塘旁邊洗衣服，被巡邏隊挾持到廂房裡輪姦。當他說到這件事的時候，還帶點揶揄的神情，因為我們住在鄉下，家家都有養雞，在稻埕上，隨時隨地，都會看到公雞追母雞的情事，所以大家耳濡目染，也不覺得這件事有什麼令人憤慨的地方。

同學爭先恐後地談論著他們所聽到、所看到的種種事情，那時我雖然懵懵懂懂，但聽進去的東西就像種子埋進泥土，當時無所知覺，後來卻長出難以修剪的植物來。當我念中學的時候，問題便逐漸浮現出來。我對老師歌功頌德的話，半句話也聽不進去，因而惹了不少麻煩，也影響到我的功課。我弟弟是乖乖牌，雖然他的功課不見得比我強，但他聯考的時候，三民主義得了高分，考上了理想的大學，我就愛發議論，差他五、六十分，落榜了。

當我沉浸在回憶的時候，阿月姊也都沒出聲，我想她跟我一樣，也沉浸在她的回憶裡。很久，她才轉過頭來，那顆黑痣又在我眼前閃爍著，她笑著對我說：「對不起，我忽然想到一件事，情緒有點激動，我努力在平息自己。」

我不敢問她到底什麼事令她那麼激動？我抬起頭來，從被風吹得晃動不已的菅芒莖葉間看著藍空。有一隻布穀鳥吱吱地叫著，從我頭頂掠過，然後啼叫聲隨著影子消失了。我聽到海浪衝刷沙灘的聲音，那種感覺好像潮水一陣又一陣地湧向我們這邊來，要把我們淹沒了。

「小弟，你想說的話是不是還沒說完，繼續說下去吧！」

「我想說的，說的差不多了。」

阿月姊忽然坐立起來。我以為她要回去工寮，我也準備站起來，但她卻不動，雙手抱著她的小腿，下顎托在膝蓋上，對著我說：「我記得你曾經對我說過，你繼父被抓去關過，是不是跟二二八事件有關？」

「他那個人是個莽夫，不會為了公眾的事挺身而出，他被抓、被關，是他自作自受，跟二二八事件一點關係都沒有。事情是這樣：政府實施三七五減租的時候，時間選在二二八事件發生之後一年多，我繼父不知道政府的這種安排，意味著什麼？阿吉唆使他說：『三七五減租真的實施起來，地主的收入會減少很多，你應該去抗爭！』去哪裡抗爭？他一點概念都沒有，就衝動到鄉公所找鄉長理論。他以為他是什麼地方頭人，別人都要聽他的，結果鄉長不理他。他很生氣，就翻桌子，打鄉長，大鬧鄉公所，因而被職員合力把他扭送警察局。」

「有沒有把他當暴民移送到警總關起來。」

「還好啦！他們把他當作地痞流氓，用麻布袋裹住身體，毒打一頓，再用自來水管從嘴巴灌水，等他昏了過去，才把他丟進看守所裡關了起來。」

「你繼父怎麼這樣懵懂，」阿月姊說。「三七五減租是中央政府的政策，八竿子扯不上地方官員。他怎麼會去找一個無辜的鄉長出氣，找錯對象啦！」

「他就是這種人，總歸一句話，他是個莽夫。幸好他鬧事的時候，是在四月中旬，如果發生在五月之後，誰也救不了他。恰巧在這個狹縫中，政府為了安撫百姓，處處顯得很寬容。而被打的鄉長是在地人，我繼母帶著我弟弟去鄉公所向他下跪，託人送紅包去他家裡。後來他心軟了，親自帶我繼母和弟弟找過警察局長求情，當然免不了又託人去警察局長家裡送禮，才把我繼父保釋出來。」

我說的時候，她又分心了，根本沒有在聽我說話，因此我不想再說下去，而她也沒有反應。記得我繼父經歷了那次教訓之後，人變得很龜縮。那些狼群狗黨，聽到他被抓起來關進警察局看守所，怕受到牽連，一個一個開溜了，從此也沒有人可以跟他高談闊論，他的英雄事蹟從此就被埋沒了。

那年的五月底，整個局勢有了變化。我們年紀太小，不知道發生了什麼事。有一天我們到學校，升旗典禮過後，回到教室，卻看不到級任老師來上課，第二、第三天的情況都一樣，即使我們在教室裡鬧翻天，隔壁教室的級任老師也不會來管。我們樂得不上課，也沒有作業。可是第四天卻來了一位代課老師，是女的，個子不高，穿著淺紫色的長衫，一臉凶相。她一到教室，就問誰是班長？我站起來說我就是，她馬上叫我去教室外面找一根細竹子，要當教鞭。那時學校沒有圍牆，我便跑出校園，從一家農舍到另一家農舍，想從人家竹園找一根適合當教鞭的細竹子。我知道哪家種的竹子最好，我折了一枝直直的而帶有黃綠相間的細竹子，拿出口袋裡的那支刀子（那時每位同學都帶有刀子，削鉛筆用），把竹子削去枝葉，高高興興地跑回教室，一節課卻快要結束了。

「你一定偷溜到別的地方去玩，」代課老師厲聲罵道。結果我是第一個被她修理的學生。

我聽習慣了級任老師說話的腔調，聽不懂代課老師在說什麼？後來我才知道，級任老師說的是北京話，而代課老師說的卻是福州話。不只我一個人聽不懂，全班同學都聽不懂，大家上課都在鬧。因此代課老師很氣，就用那一根竹子亂打人。等放學的時候，男同學頭上都帶著兩，三個膿包回家。

每天我們必須忍受鞭打，然而痛歸痛，看到別人頭上也被敲上一記，不免會偷偷地笑出聲來。「笑，笑，你還在笑！」代課老師怒吼著，「你們這群畜生。」劈！我的頭也挨了一記。

代課老師並不信任我這個班長，嫌我找的竹子太細，於是她又叫另一位同學去換一根粗的。這位同學怕耽誤太多時間被打，就從教室旁邊校長宿舍的破籬笆抽出一根很粗的竹子，很快就回到教室。我們都被嚇到了。

我祈求自己不會被打，正在戰戰兢兢地看著代課老師在走道穿梭。劈地一聲！我想被打的同學，這一下可要馬上昏倒過去，但沒想到那根竹子卻斷裂了，碎片四處飛散，好死不死，正好打中了一位細皮嫩肉的女同學的額頭，血流了出來了。

「別哭！別哭！」代課老師用手心把血跡擦掉，然後吐上一點口水在指尖，擦在那位女生額頭的傷口上。

我們受到代課老師這樣凌辱。卻沒有一位家長敢到學校理論。

我們開始懷念起級任老師來了。她的個子高大，但身材卻很苗條，穿著青色的長衫，比代課老師漂亮多了。我們都說她很美，面貌清秀，皮膚白晰，留著一頭短直髮，垂到腮邊，像高中女生蓄的西瓜皮髮型。她很少罵學生，對我們的頑皮，總是忍俊不住地笑著說：「再鬧可要打手心！」當我們不想上課的時候，她就教我們唱歌；唱著怪腔怪調的歌，可能是這些歌怪腔怪調，因此她被趕走了。她的離去有點突兀，現在想想事出有因，只是那時我們年幼無知，同學偶爾唱起那些這些歌，就被代課老師打得半死，其實我們並不是喜歡唱那些歌，我們只是想念級任老師而已。

這是我的祕密，我不曾告訴過任何人。我想阿月姊也有她的祕密，她和詹木男的婚約並沒有下文，到底發生了什麼事？她絕口不提。

我們就這樣坐在菅芒草叢裡，各自回憶著自己的往事，不再開口說話。太陽開始下山了，天色漸漸地暗淡下來，等黑暗完全籠罩著我們的時候，天空變得特別的藍，然後出現了幾顆星星。我覺得有點冷，我想阿月姊也跟我一樣，把身體靠過來，於是我們抱著取暖。海風仍然強勁地吹著，一直到我們再也忍受不了它的侵襲，才不得不起身回到工寮。

那天晚上她就沒有回家。

五

里長選舉前的幾個禮拜，阿月姊要助選，沒空來幫我補習。其實她來與不來，對我的功課來說，都是一樣。她並不是真的來替我補習。每次她來了，我就得陪她聊天，陪她在浦尾的沙灘、小丘，以及菅芒叢中，到處玩耍。雖然我很認真念書，但總覺得考不上，錯過了很多次報考機會。

今年過了，寄望明年；而明年過了，又是一年無聲無息地過去了。

有一天，我想，反正待在工寮裡也沒有事可做，不如跑去寶玉里，幫土樹伯拉票。說到拉票，我又認識不了幾個人，只是找個藉口，去看看阿月姊。

里長辦公室，助選的人很多，阿月姊坐在沙發上和管區警察在說話，背對著我，沒看到我進去。而土樹伯則和一位穿著中山裝的人坐在辦公桌旁，看到我，倒是先跟我打了招呼，但他沒空跟我說話。

阿月姊聽到她老爸叫我名字，便走過來對我說：「小弟，這幾天我很忙，沒辦法幫你補習。」

我說：「我知道，我是來看妳的。」

她笑了一笑，回頭對管區警察說：「這位是我的學生，他來看我。」然後把我帶到戶亭頭，意思是說，現在這裡人太多了，叫我走。

我離開里長辦公室之後，便轉入桂花巷，雖然這次她看到我向那個方向走去，卻沒有呼叫阻止。這條巷子並沒有什麼特殊景觀，兩旁各一排老舊的平房，只是每一家門口多了一盞綠燈而已。現在是上午，還未開市，每一家的門還是掩閉著。巷子很短，我走不了幾分鐘就走到另一頭，是一條無尾巷。

當我再走回頭的時候，又經過里長辦公室，令我觸目最不愉快的事情是，阿月姊仍然和管區警察坐在一起，很親密地談著話。

我不想再進里長辦公室，但也不想回工寮，一個人便在坡浦人口密集的地方徘徊。現在我看到市區裡只有市場最熱鬧，許多婦女提著菜籃，擁擠地走在一條小巷子裡。巷子的兩旁是一些攤位。我看到豬肉攤前面掛著一個豬頭，四隻豬腿，兩葉血淋淋而呈赭色的豬肝，還有一條一條捲在一起成為一團白裡帶黑的豬腸，還有半條豬掛在攤子後面。豬肉攤老闆正在努力地分割著豬肉，把帶皮的後腿肉，和細嫩的里肌肉，以及切成一長條而紅白相間的三層肉，一塊一塊，鋪在臺上。不遠處，是魚攤子，也同樣把淺紅色的鯛魚和銀白色的鯧魚，一尾一尾，整齊地排列著。魚攤老闆則蹲在地上，拿著一把細長的切刀，正在處理一尾灰黑的圓筒狀的鮭魚，一刀下去，便切出一片橘紅色有白色花紋的魚片，然後相疊摟在刀俎上。突然我聽到別處傳來雞隻驚慌的咯咯啼聲，回頭一看，對街的雞攤老闆正伸手探進雞籠裡抓雞，從後腿倒提一隻羽毛亮麗的母雞給一個婦女看，讓她摸一摸雞胸，看她滿意地點點頭，於是雞攤老闆當著婦女的面，把雞宰殺了。

這種充滿了血腥的場面，使我感到很不舒服。當我離開市場的時候，卻在路上又碰到一位騎著摩特車的鴨販，迎面衝了過來，差一點被他撞到。我及時閃過，站住腳，看他若無其事地向前駛去。他車子後座多加了一根橫板，兩旁各掛著一串幾十隻活鴨，腳捆在一起，倒掛著，讓那些鴨子的頭幾乎垂到地面。

我一邊走著，一邊想像我是那些活鴨，兩眼瞪著飛馳的地面，突然一驚，感到頭有點暈眩。

等那陣暈眩過後，我的心情卻愈來愈沉重，走來走去，到處都碰到不能稱心的事情。而我在不知不覺中，已經走遍了坡浦的大街小巷。

當我重新再走一遍的時候，經過了一家咖啡廳，彷彿聽到一個很熟悉聲音。雖然我已經走過店面，走了很遠，但我還是又折了回來。咖啡廳的門是半掩著，我不知道從哪來的膽子，闖了進去。

「少年仔，店還沒開門哩！」老闆叫嚷著，想趕我走。

我正要離開的時候，看到老邱轉過頭來，他愣了一下，叫道：「小鄧，你怎麼知道我會在這裡？」

我也不知所措地站立著，心想我擅離職所，被頂頭上司抓到了，這下子他不知道要怎麼責備我？然而他走過來，卻和氣地用手搭著我的肩膀，把我帶到他坐的那張桌子那邊。

「老黃，這位是我們工寮裡的小弟，」老邱介紹我說。

「請坐，」黃老闆客氣地說。

「工程隊走了之後，現在只剩下我們兩人，落單了。我們相依為命，真像一對父子。」

老邱說的是實話，公司把我們丟在工寮，什麼都不管，我們已經兩、三個月，拿不到薪水。但他說「我們像一對父子」，我聽了，倒覺得有點受寵若驚。他心裡居然還有我這個人存在！他先坐下來，我坐在他旁邊。他轉過頭來對我說：「難道阿月沒去替你補習，工寮你就待不下去了嗎？」

老邱的口氣，並非責備，而是調侃。其實他老早知道我對阿月姊的迷戀，我一時不知道怎麼回答。

他又說：「現在選舉到了，阿月不會有時間去教你的，出來走走也好，老關在工寮裡會憋死人的。」

「說到選舉，土樹仔一定當選，阿月操什麼心？她只是愛出風頭而已。毋須她插手管這檔事，」

黃老闆說。

「人家畢竟是父女嘛！」

「土樹仔這個人，真沒品！日本政府在的時候，他當保長；國民政府來了，他就當里長，唉！」

黃老闆說。

「你不能怪他，」老邱說。

「俗語說：吃爸偎爸，吃母偎母。他就是那種人。」

「老黃，不要這樣批評他。人要活下去，不這樣，叫他怎麼辦？」

「聽說這次桂花巷裡的那個案子破了，他拿到不少獎金。」

「不一定是他檢舉的，不過人家要給他獎金，他不收也不行。」

「總歸一句話，他不是我們的人啦！」

他們的談話，忽而談到選舉，忽而談到土地開發案，又忽而談到桂花巷裡的事情。我坐在那裡，靜靜地聽著。

黃老闆跟老邱說話的時候，總是很小心看著我的反應。我想他一定對我很不信任。說話東拉西扯，一件連我聽都聽膩了的故事，例如小紅的遭遇，他都故作神祕，吞吞吐吐，說了老半天。老邱坐了一會兒，便說該走了，帶著我一起離開。

第二天老邱告訴我，他這個禮拜都在替小紅辦事。我笑著對他說：「你不要被那個幼齒的，騙得團團轉。」

他很不高興地對我說：「猴死囝仔，我做人有那麼糟嗎？我是在替她找人。」

「找什麼人？」

「她父親。」

「你不是說她父親老早被槍斃了嗎？難道你在替她找死屍？」

「我告訴你，她父親在火燒島。」

「那樣很好呀，人總算找到了。」

老邱對我這種譏諷，並不在意，他感到欣慰地說，光要確定小紅的父親是不是還活著，就耗費了他很多錢。他告訴我說，十多年前，小紅的父親不明不白地遭到逮捕，她母親失去了依恃，生活無著，便跟人家同居，但生活依然窮苦，養不起五、六個孩子，只好把小紅和她妹妹寄養在娘家。

然而小紅的外婆是個重男輕女的老寡婦，獨生子好吃懶做，不事生產，現在又要多養兩個不同姓的外孫女，擔子很重，覺得累贅。就在小紅十四歲那年，她外婆把她以高價賣給一個鄰居的老翁睡一次覺。之後，任何男人想要，她外婆便以賤價出售。可是她舅舅還嫌這樣收入太少，乾脆把她賣到鄉下茶店仔，一次拿多一點錢，賭博去了。從此小紅就在煙花場所打轉，被老鴇一手賣過一手。

這類故事我在大埤角也常聽人家說，我繼父最看不起妓女，每次他聽人家說某家的養女被送去「下港趁」，受到老鴇鞭打，或被恩客欺凌，他會毫不同情地說：「白賊啦！『趁吃查某』一隻嘴糊㬝㬝，每個人都說得很可憐！」

有一天，老邱半夜把我搖醒。他說有事要跟我商量，我還沒有完全清醒，他迫不及待地說了一大堆搶救雛妓的事，最後他問我說：「你有沒有二十萬？」

老天！我哪來的二十萬？我一個月薪水才不過八百塊。從我出道到現在，才不過兩、三年，即使不吃不喝，也存不了那麼多錢。我迷迷糊糊地把存摺交給他。在昏暗的燈光下，他打開一看，很失望地丟還給我，可是我還是硬塞給他。他推辭了一會兒，終於勉強收下。他向我道了一聲謝，便回到他的床位，衣服也不脫，被衾也不蓋，躺下來，抱頭就睡。

天氣很冷，我只好下床來，替他蓋好被衾。然而第二天我一大早起床，他已經不見了。以後差不多有一個多月，我都沒再見過他的人影。

六

選舉已經結束了，正如黃老闆所料，土樹伯高票當選。這個消息，不必我去探詢，從那熱烈鞭炮聲的來源，便可判斷。助選員正在慶功會上狂歡，而我卻留在工寮裡，等待阿月姊來訪。

過了好幾天，我還期待她來替我補習，這種想法很天真，而且是個妄想，她到底還是沒來。這些日子，我不再像往常那樣，早上起床，便到戶外活動，然後回到戶內，潛心讀書。我的心情變得很浮躁，賴床，整天做白日夢。

冬天很快就到了，海風吹得很緊，鐵皮屋擋不住冷空氣的侵襲，一個人躲在工寮裡，不但寒冷，而且也很寂寞。因此，我開始往市區跑。

然而我不知道什麼緣故，忽然不敢從寶玉里里長辦公室前面經過，我總是繞了很多路，然後去黃老闆的咖啡廳。

黃老闆看在老邱的面子上，即使我坐在那裡很晚，他也不趕我走，而且收費很低廉，有時他幫我沏一壺茶，就算他請客；有時他有空，便坐下來跟我聊天。我和他就這樣漸漸地有了點交情。

有一次他對我說：「我來開一家茶店仔，你覺得怎樣？」

據我所知，茶店仔是鄉下地方的風月場所，跟桂花巷的妓女戶的性質差不了多少。我覺得他是在開玩笑，我也開玩笑地說：「我一定捧場。」

他卻笑著說：「猴死囝仔，你會養不大！」

「爽就好了。」

我的回答似乎出乎他意料之外，當然他也知道我是在開玩笑，便罵我說：「沒想到你也這麼好色。」

「邱伯伯教壞的，他老是對我談女人。」

「他是幾歲的人了。」

「他還說，有人開這種店賺大錢。」

「你是說土樹仔嗎？」

我沒想到黃老闆會把我的話聽成是在批評土樹伯，確實使我大吃一驚。我沒那個意思，我也不知道老邱說這句話的時候，他指的是誰？

「土樹伯會幹這種事嗎？」我表示懷疑。

「不幹這種事，他要靠什麼過活？」

我知道里長的薪水很低，不要說每次競選要花費很多，就連日常生活，要靠那份微薄的收入，恐怕應付不了人情事故，一定入不敷出。

「你知道，這次選舉，他拿了多少票？」

「不知道。」

「幾乎讓對手掛零。」

「這怎麼可能？」

不可能的事，天天發生，就像後來黃老闆對我說：「阿月嫁人了。」

「她嫁給誰？」

「就是那個管區警察。」

「不配嘛！」我很不服氣地說。

「是啊！一蕾好好花插在牛屎堆，」黃老闆說。

我的不滿只是針對一個人。那天我看到那個管區警察，一臉像黑炭的膚色，沒想到阿月姊竟然愛上！但黃老闆的氣憤，背負了很多臺灣人的想法。國民政府來了，帶了一批人搶盡了各種資源，現在連女人都搶。他說了很多不堪入耳的話，等他牢騷發完了之後，又開始說起阿月姊的壞話來。

「你未免太高估她了，美不美，我暫且不談，她年紀可不小了，坡浦的人都知道她和詹木男有一段情，而且土樹仔又幹那種事，好的家庭，誰敢娶她。」

「追求她的人不是很多嗎？」

「都是外來的人，像那個便衣人員，聽說也插了一腳。」

本來這個時候是打聽詹木男最好的時機，但我卻無心詢問。我老想到阿月姊的婚姻，覺得很難過。

有好幾天，我都待在咖啡廳待到打烊的時候才回工寮。有一天，黃老闆走到我座位，對我說，時間太晚了，我該回去睡覺。我只好站了起了，付完費，準備離去。就在那個時候，他很同情地對我說：「小鄧，老邱不在，你好像很無聊的樣子。」

「是啊，每次回工寮，不知要做什麼，晚上又睡不著，很難挨。」

「你為什麼不學他也去桂花巷過夜。」

今天我突然覺得這種玩笑很無聊，我生氣了。

「黃老闆，你不要教歹囝仔大小。我不是那種人。」

「小鄧，我看你失戀了。」他安慰我說，「天下女人多的是，阿月不值得你這樣失魂落魄。好了，我要打烊了。」

他一邊關掉每桌上的燈，一邊開始以低沉的音調吟著一首詩。

春宵一刻值千金，花有清香月有陰，
歌館樓臺聲細細，鞦韆院落夜沉沉。

他用的是河洛話，我從未聽過河洛話也可以這樣字正腔圓地唸出這麼美的一首詩。我真想問他：「你真懂得這首詩的意義嗎？」

我走出了店門，忍不住又回頭看了他。他是一個上了年紀的人，頭髮有些斑白，眼眶深陷，兩眼的光芒已經暗淡下來。我不知道他有沒有家眷？每天他總是獨自一個人收拾店面，可是生意看起來並不好，他卻毫無倦意，繼續營業下去。

我忽然覺得他和老邱，好像是屬於另一個世界的人。

外面天氣很冷，我沿著街道一路跑到浦尾附近，抄近路拐入一條小巷，爬過河堤，直奔工寮。我推開那扇被風吹得像要凹陷下去的鐵門，風驟然灌進屋裡，即使我趕快把門關好，室內的溫度也一下子降了許多，我聽到老邱的咳嗽聲。

「猴死囝仔，去那裡死去了，到現在才摸黑回來！」

我不敢吭聲，趕緊鑽進被窩裡，就這樣免去了他的嘮叨；同時也把煩人的事情，暫時擱開。

七

冬天終於過去了，春天帶來大量的雨水，使得浦尾的矮樹和雜草充滿了生機。就在這個時候，公司忽然下令開始動工，工人又回到工地，老邱必須負責監工，他的行為檢點多了。

首先我們的工作是去除地上物，割掉高過人頭的菅芒和矮樹叢，這項工程花費了我們不少功夫，接著開始整地。我們發現泥土稍微一翻動，便起出一些腐爛的衣物，細看衣物上面都有類似槍孔的破洞，還有一些破皮鞋。起初我們以為這些東西是潮水從別處帶來的，但是不久又陸陸續續挖到一些相同的衣物，於是老邱正色地警告在場的工人，不准把工地看到的事情向外透露。不過雞蛋再密也有隙，就有工人守不住祕密，風聲一下子傳開出去，很多居民就從各個方向，闖入浦尾，即使我們有門禁，卻擋都擋不住湧進來的人潮。當我們在工作的時候，他們便好奇地圍觀。

有一天，我們從小丘挖出一大堆人的骨骼。這個消息很快就傳遍了坡浦的大街小巷。終於引來了里長的女婿，管區警察，特地到工地來查看。他來了一次還嫌不夠，又來了好幾次，並且找過老邱表示關切。不久便衣人員也來了，在工寮裡約談了目擊工人。可能我的長相像個孩子，他沒有注意到我的存在。

過了幾天，老邱發現事態嚴重，便偷偷地把我叫到工寮裡，細聲地對我說：「小鄧，這次務必聽我的話，天黑趕快離開工寮，什麼東西都不要帶，假裝去街上玩，我這裡有錢，拿去。」

這筆錢是公款，但我不能拒絕。他用口頭告訴我一些暗號，要我默誦一次，然後叫我回到工地，跟別的工人一起整地。

下午土樹伯也來了。老邱故意把他引到我工作的地方，大聲叫我說：「小鄧，你過來跟里長伯打個招呼！」

土樹伯說：「小弟，阿月叫我向你問好。」

「謝謝，」我說。

我和土樹伯打過招呼之後，開始緊張起來，藉著大聲嘶叫，指揮工人工作，來掩飾心中的恐慌。接著記者也跑到工地採訪，老邱儘量躲避，剛好土樹伯在場，就推給他去應付。

當太陽有一半隱沒在海平面的時候，天還亮著，我們收工了。我覺得今天特別累，回到工寮，儘快沖洗，換上乾淨的衣服，然後帶著那筆錢，和其他工人，準備上路去市區找樂子。臨走之前，本來我想和老邱道別，卻怕一時衝動，哭了出來。我看到他若無其事地坐在床上，翻閱帳簿，強忍著離別的情緒，我大聲對等候在我旁邊的阿火說：「我們走吧！」

到了市區，大部分的工人都要去桂花巷嫖妓，只有阿火老黏著我不放。我說我要去咖啡廳，他說他也要跟著我，不要和那些工人在一起學壞。阿火跟我差不多年齡，也是窮苦人家出身，只有小學畢業，看到我在看書，很羨慕。他曾經對我說過，他有錢，也想去念補校。

咖啡廳裡面坐滿了人，這樣的情形倒是很少見到。黃老闆還是把我們安插到一群年輕人裡面去，他們坐在一桌，正在高談闊論他們從報紙上看來頭條新聞。黃老闆介紹我們是工地的員工，請他們讓出兩個位子，大家湊合一下。

然而我們才一坐下，他們便迫不及待地問起工地的事。

「我挖到幾顆頭殼，有一顆額頭有一個槍孔，」阿火有點愛現，忍不住地說。

「你看，我說的沒錯吧！」其中的一個年輕人說。

「我父親說，以前他就常看到士兵用卡車載來一大堆人，押到浦尾槍決，」另一個年輕人說。

「哪裡有那麼多犯人！」又有一個年輕人說。

第二個說話的年輕人並不理會第三個年輕人的質疑，繼續說：「我們住在這裡的人都很窮，看到卡車載人來，心裡反而高興，等犯人處決後，丟棄在沙丘上，大人小孩子大家搶著去脫那些死人的衣服，選沒破的，破的就丟一邊。他們最喜歡襪子，你看那些衣物裡就沒有襪子。」

「是呀，我沒注意到，現在我倒想起來了，」阿火很興奮，也很得意。他是目擊者，他的話有公信力。

當他們談得正熱烈的時候，我站了起來說要上廁所，剛好廁所裡有人占用，我問黃老闆說我尿急，那裡可以方便？他叫我到外面隨便找一個隱蔽處，就可以小解了。我就這樣甩開了阿火，直奔車站，連夜趕到老邱指定的地方，第二天清晨喬裝漁夫，就這樣偷渡出國。

八

歷史具有相當的詭譎性和欺瞞性，臺灣政局有了急遽的改變。四十多年之後，我回到臺灣，重臨浦尾，幾乎認不出那個地方。現在高樓林立，變成了著名的商業區。我想找的那家咖啡廳，已經改名叫作茶藝館。我走了進去，老闆是一位年輕人。我選了靠窗的位子，他親自替我提了一壺茶，並且端來一盤瓜子。

「你是外國回來的嗎？」他說著，在桌上擺了一支蠟燭，然後用火柴把它點亮了。

「沒錯，你怎麼看得出來！」

「從你的穿著和談吐就可以看出來。」

「真的嗎？」

「坡浦是你的故鄉嗎？」

「也可以這麼說。四十多年前，我在浦尾住過，也常來你這一家咖啡廳坐，那時老闆是一個上年紀的人，姓黃，你認識他嗎？」

「不認識。我才退伍下來，我父親怕我閒著無聊，就把這店面頂過來。前面那位老闆姓陳，不是姓黃吧！我是這個地方的人，小時候聽我父親說過，四十多年前浦尾工地挖到一堆人骨，當地的人都知道是怎麼一回事，但政府要掩飾曾經屠殺無辜百姓的罪行，怕喚起人民的仇恨，想盡辦法封鎖消息。剛好工地的監工，當地的人都叫他老邱，以前有過不良的紀錄，曾被判過刑，好像跟匪諜案有關，這一下可慘了，就把全部工人都牽連進去。你說的咖啡廳老闆，聽說也牽連在內，他是監工的朋友，也被抓了，有一個年輕人幸好逃走，否則大概也是一條一吧！」

這個年輕人道聽塗說，把桂花巷的疑似匪諜案與老邱牽扯在一起。老邱坐過黑牢是事實，聽說是人家要搶他校長的位子，故意栽贓。歷史總是是是非非，沒有人關心老邱的冤枉。

「你記得這裡的里長叫作土樹伯，現在他怎麼樣？」

「土樹伯這個人我倒是聽說過，可是現在里長換人了，不是他了。」

「那當然啦，他總不能老做里長。你知道他有個女兒叫作阿月嗎？」

「我知道，你說是黑珍珠啊！她可是名人呢！她先生是前任市長。」

「哦！」

「不過兩年前她老公退休，就回大陸探親，卻一去不回。」

我沉默了一會兒，才又問他說：

「你這家咖啡廳的產權原本是屬於姓黃的，後來怎麼會轉移到姓陳的身上？」

「你有沒有認錯地方？」這位年輕人立刻改變說詞。「我的店可跟姓黃的沒有瓜葛，坡浦那麼大，咖啡廳何止百家。我大概不會那麼衰吧？」

我拿了一顆瓜子，用門牙輕輕地一咬，瓜殼崩裂的清脆聲，在我的耳裡迴響著。「你說得很對，你不會那麼衰的。我老了，我一定記錯地方了。」

這時，蠟燭的火燄正噴出細碎的火花，發出微弱的吱吱聲。我注視著燭火晃動的形態，一下子，四十多年前的往事，一一顯現在眼前。他又說：

「聽我父親說，浦尾以前是一片荒地，又有一些不利地方發展的傳說，連種菜的人都不敢去那裡開墾。幸賴政府的德政，否則哪有今天的繁榮。國家安定最重要，我們要信任政府，有些人老喜歡挖掘過去，讓我們看到人性殘忍的一面，那是很不對的。歷史總歸是歷史，我們要寬宥過去的錯誤，追求未來社會和諧，大家應該向前看，才有光明的前途。」

我覺得他的論調，好像在什麼地方看過，或者聽過似的，但忘了，總之，聽起來很熟悉。我毫無所指地問他：

「那些人到底犯了什麼罪？」

「沒有罪呀！生在亂世總該有人倒楣吧！」

「嗯，不過你講話的時候，還是小心一點，萬一被有心人聽到了，對你很不利。」

「哎呀，什麼時代了，誰怕誰呀！」

真的，時代變了。我望著這個年輕人的臉，正散發出一種無懼的笑意，我很難描述我內心的感受。四十多年了，難道政治氣氛真的變得這樣開放嗎？我反而有點不能適應。老邱、黃老闆和那些工人，他們人在那哪呢？

茶藝館裡的格局完全改變了，但我隱隱約約地看到老邱坐在我的對面，黃老闆又開始用臺語吟誦著古詩。

月明星稀，烏鵲南飛，繞樹三匝，無枝可棲。……

我忽然心裡一陣劇痛，站起來，跟老闆說：「我該走了。」

我走出茶藝館，天正飄著細雨。我走向浦尾，當我站在十字路口的時候，卻感到一片迷惘，浦尾在那裡呢？

◎一九七九年獲第二屆時報文學獎首獎，此為黃凡第一篇發表的作品。

螢幕上出現韓先生疲倦、威嚴的臉孔，時間是六十七年六月廿四日，這一天對混亂如常的世局並不重要，也未曾賦予這個世界任何新的意義。但是對於端坐電視機前，表情複雜，時而憤怒、時而沮喪、時而沉思的賴索而言，正是一連串錯亂、迷失、在時間中橫衝直撞的開始。

這要怎麼說呢？

一陣激動過後他進入臥室，一邊哭泣，一邊抓自己的頭髮。他太太站在上了鎖的門口，叫他的名字，沒有反應，便回頭繼續她的清洗工作，她喜歡拿水龍頭沖洗看得到的一切東西——賴索發現自己竟躺在六十八年夏季，位於高速公路邊的公寓床上，光著上身，身邊臀部肥大，側身而睡的賴太太，發出茶壺一般的鼾聲。他乃披衣而起，站在陽臺上，面對滿天繁星，夢幻的過去和不可知的未來。直到東方的第一線曙光，將他半禿的額頭，像雞蛋般顯現出來，他才又回到六十七年的銀幕前；他生命的一個起點、一個終點、一個休息站。

1

從監獄裡出來一個星期後，賴索已經三十歲了。身上穿一套舊灰呢西裝，骨瘦如柴（患了慢性胃病），眼角堆滿了皺紋，眼睛老是望向自己腳尖，為的是迴避任何人的眼光，站在他大哥——果醬製造商的辦公桌前。

「什麼事我都能做，我不會惹任何麻煩的。」

「沒有關係，阿索，我是你大哥。」

他並未接觸到他大哥同情關愛的眼光，這種眼光足以把他像老鼠一樣嚇跑。就理論上說，他實在只是一隻老鼠而已，他打其他囚犯的小報告，為的是使自己更像一隻老鼠。廿一歲時，他在軍事審判官面前，曾經表演了一次男子氣概。他慷慨激昂、念念有辭、乃至聲淚俱下。結果並不理想，因為他只是個無關緊要的小人物。他在大學門口散發油印的傳單，結結巴巴地念著傳單上的句子，他的怪模怪樣，吸引了來往學生的注意，他們甚至笑了起來。在笑聲中韓先生和幾個重要部屬正踏上日本國土，幾天後在銀座僻靜街上租了一棟樓房。一切就緒，韓先生便開始為他日後四個混血小孩儲存大量精子，和在六十七年這一天，於電視上為他重歸祖國懷抱的演講稿蒐尋資料。

韓先生是他最後一個崇拜的人，後來他就學會了不崇拜任何活著的人。因為每一個人都會死，他這樣想，偉人也會死，笨蛋也會死，我也會死。任何人死的時候，樣子都不會好看。杜子毅死前，甚至放了個響屁，他的臉孔先脹成豬肝色，慢慢愈腫愈大，然後就放了個莫名其妙的屁。杜滿腦子的共產主義，認為馬克思是介於神與人之間的一種物質。所以他就對沒有受過教育的人說：「分富人的錢。」對知識分子說：「階級鬥爭是社會進步的動力。」對自己說：「不要後悔。」但是杜的家屬探監送來的食品，他從不與人分享。杜是個胖子，圓圓的臉，一副他自己嘴裡的小資產階級模樣。杜臨終時，拉過他的室友，他受苦受難的見證人，說了這樣的話：「永遠不要相信別人。」

賴索記住了這句話。這時候，他躺在床上。回想著往事，韓先生、胖子、日本人、表情嚴肅的審判官，跟著他又低泣起來。

「不要吵你爸爸。」他聽到他太太在房門口對十二歲的女兒說。

「他睡覺怎麼發出這種怪聲？」

「他身體不舒服。」

一會兒後，他從床上爬下來，進入浴室梳洗一番。浴室裡一向整理得非常乾淨，被水沖得閃閃發亮的馬賽克瓷磚，映出了一張張扭曲的臉（他對著牆壁搖頭晃腦），這些臉龐隨著移動的瓷磚表面變幻莫測，一下子齜牙咧嘴，一下子吊起眉毛、拉長下巴，一下子鼻孔朝天，露出核桃般的喉結。「我一定又瘦了。」他嘆了一口氣。便站在浴缸邊的磅上秤了一下。磅上的指針跳到了「四十六」這個數字便靜止不動。這還是上個月的紀錄呢。但是上個月他一件衣服都沒穿，他赤裸著身體，蹲在磅上，一面哼著歌（孤夜無伴守燈下，冷風對面吹），哼到一半，他太太敲著門，「阿索，你在裡面幹嗎？」他猛然把門打開，他太太尖叫起來，左右看了一眼，罵道：「你要死了！」所以他現在褪下了褲子，蹲在磅上，指針勉勉強強往後移動了一點。跟著他從磅上跳下來，光著屁股坐到馬桶上，馬桶蓋子沾滿了水，他因此顫抖了一下，這陣寒意沿著脊髓一直鑽到大腦深處。立刻他又回到了五十二年，他結婚的那一天。

2

新娘臉上塗了一層厚厚的粉，頭髮燙成一圈一圈。大大的臀部說明了日後將替新郎生養眾多。

當天喜宴進行得很順利，客廳上的大金囍字增添了不少氣氛，新娘遠從鄉下來的父母，嘴裡嚼著檳榔的兄弟，為了禮貌起見，將檳榔汁吐在衛生紙上，扔得滿地都是。阿索大哥興奮極了，抓著酒杯從這一桌敬到那一桌，喝得滿臉通紅。在這當兒，他忽然當眾宣布，要將他的果醬工廠股份分一些給他弟弟，親友們都鼓起掌來，他說的可不是醉話，因為酒席總共也只有兩桌，從這一桌到那一桌，還空下兩個座位，預備給一對有地位的親戚，由於某種緣故而未能出席。

客人走光之後，賴索就急急地鑽進被窩裡，三把兩把地脫掉賴索太太的所有衣服。他太專心在這件事上，竟忘了熄掉桌上貼著喜字的小枱燈。因此新娘在扭動之餘，一面東張西望。

「啊！」她嚷了起來，「這房間真漂亮。」

「妳不要亂動，」賴索說，「不然這個扣子就永遠解不開。」

除了解扣子外，他還會穿針、縫衣服、做體操，這些都是監獄裡學來的。婚後十五年的這天早晨，他忽然彎下腰，想用手指觸摸腳踝，花了很大力氣，可惜指頭在膝下二十公分處就再也不聽使喚。這時候，他只穿了一條短褲，露出細細小小的腿，膝頭像腫了一塊硬瘤，賴索太太不解地望著他。

「我年輕的時候，手可以摸到這裡，」他蹲下來，拍著地板，「整個手掌，膝蓋彎都不彎一下。」

「那有什麼用？」他太太說

沒有用就算了！這時候，他正呆呆地站在果醬廠的過濾機前。壓力表的指針直往上升，底下的馬達發出嘎嘎的聲音。糖液從管子的一端穿進像個巨型炸彈的過濾機，再從另一端出來，然後爭先恐後地流進吊在半空中的濃縮罐，從罐子裡出來後，糖液就再也不是糖液，而是一堆亮亮的糊狀物。整個過程有點類似上帝造人的工程。也許有人會這麼說，胎兒在子宮裡乃是經由血液濃縮而成的。

但是，賴索的母親可不這麼認為。他才七個月大就迫不及待地從他母親的肚子裡鑽出來，對著還沒有準備好迎接他的世界哇哇地叫了幾聲。他母親臉色蒼白的躺在一邊，父親則穿著一件軍用內衣，不停地搓著雙手，滿頭汗水，一滴汗忽然掉在嬰兒的鼻尖，這是人類最早認識下雨的紀錄，此外，床邊還圍著一些人。

「怎麼辦？怎麼辦？」賴索爹喃喃地說。

「唉呀他的皮膚怎麼是青色的？」說話的是他二姨媽，日後有一個在美軍顧問團做事的兒子，並且在賴索婚宴上，因故缺席。

「我的兒子呢？」他媽閉著眼睛說，「給我抱抱。」

「還不能抱，」助產士說，「要用藥水棉布包住他，否則會變形。」

大概是泡了藥水的緣故，後來他就愈長愈醜，而且到十六歲才進入青春期。不過青春期並沒有帶給他多大的煩惱。他是班上最矮小的一個，坐在離講桌只有一公尺的凳子上。日本教師不時地用手偷偷抓著下襠，他患了溼疹這一類的皮膚病，認為別人都看不到，他可錯了。

「支那！」日本人說，「統統跟我念一遍。」

「機那。」賴索說。

「知不知道，你們不是支那人，你們是臺灣人。」

「可是老師，」一個本地生問，「我祖父說我們都是跟著鄭成功從支那來的。」

「八個野鹿！」日本人罵道。口沫飛到賴索臉上，他舉起手來擦臉，發現臉上長了一顆顆的青春痘。

當這些青春痘開始膨脹，有幾顆甚至化了膿時，他正走在大稻埕的街上，一面走一面用指甲去擠，弄得臉上紅一片白一片，擠到第五顆時，同伴小林用肩膀撞撞他。

「快看！」小林壓低聲音說，「那不是田中一郎嗎？」

「那個田中一郎？」

「二年前教我們歷史的日本人。」

街道兩邊鋪滿了一張張的草蓆，和跪在蓆子上低著頭的日本人。草席上亂七八糟的擺了一些東西；假珠寶、扇子、軍用長筒靴、穿和服的日本娃娃。這當兒，賴索剛滿十八歲，日本人在不久前投降，本地人起先不知道怎麼辦才好。賴索替日本人工作的父親，過了幾個月才定下神來。便在中央市場附近租了間房子，做起水果生意來。水果是一種好吃但是麻煩的植物。賴索白天推著一輛小板車，沿著淡水河邊建立了幾個據點。由於他的聲音實在缺乏吸引力，他總是坐在車頭座墊上，兩隻腳伸進水果籃裡，光光的腳板不在意地摩擦著一個個人頭大的西瓜，晚間則讓這兩隻腳套上喀喇喀喇的木屐，在四處的街上閒逛。

「阿里卡多，阿里卡多……。」這些日本人頻頻鞠著躬，額頭幾乎碰到地上。

「我們也去給田中阿里卡多一下，看他還認不認得？」

賴索想了一下。

「不好，這樣不好。」

「為什麼？」

賴索又想了一下。但是好像有什麼力量不讓他繼續想，並且使勁地將他往後拉，五年、十年、廿年……。

「賴先生，機器有毛病嗎？」

「賴先生，機器有毛病嗎？」廠裡的工人又問了一句。

「你說什麼？哦，壓力好像高了一點。」

「這次雜質太多，不好濾，你聽聽馬達的聲音。」

不僅僅是馬達，還有攪拌器、幫浦、蒸氣閥，這些聲音匯成一股洪流。

賴索豎起耳朵聽著。

3

他彷彿還聽到一些其他的聲音，他的兩片楓葉似的耳朵完全暴露在喧囂不已的街聲之中，巴士、大卡車、計程車、摩托車，加上偶爾拉長警笛飛馳而過的救護車，紛紛敲擊在賴索的耳膜上，並且企圖往更深處鑽，然而在中途就被某種東西擋住了——一塊類似隔音板的骨頭，上面還刻了幾個字：賴索、臺北市人一九七八年六月、時空穿越者。

這時候，他正坐在回家的客運上。司機對待他的車子有如玩具一般，同時把車內收音機開到最大聲，音箱就在他的頭上。在綠色塑膠椅上瑟縮成一團的賴索，身旁坐上來一位碩大的中年女人，滿臉橫肉，兩個乳房像瀑布似的傾瀉而下，身上散著廉價化妝品的刺鼻氣味（他太太習慣用蜜斯佛陀，他一嗅就嗅出來），前座的椅背上有人用眉筆歪歪斜斜的寫了幾個字：寂寞嗎？請電八七一三〇四二、李美華。賴索在心裡偷偷笑了一下。

車子在市公所前停了一下，賴索隨著景物倒退的眼光也停了下來。幾秒鐘後，景物又開始倒退，行人、灰白的樹木、髒兮兮的房子、長長的廣告牌，像被一張巨大無比的嘴巴吞噬進去。經過一座陸橋時，賴索將眼睛閉了一會兒，張開時，他正站在泛亞雜誌社的接待室裡，對著一面大穿衣鏡，鏡子裡出現一個矮小的傢伙，眼露茫然之色。房門忽然打開，一個職員探進頭來。

「韓先生要你去會議室一趟。」

「幹什麼？我拿了今天的工錢就走。」

「叫你去就去。」

「說好我按日領錢。」

「少廢話！」

除了韓先生和領他進來的職員外，他一個也不認識。韓先生看到他，咧開嘴笑了一下，他趕緊低下頭，不好意思地瞧著自己骯髒的腳板。在登上乾淨的榻榻米時，職員嫌惡地搖了搖頭，說了一句：沒有關係，你上來好了。

「賴索！」韓先生走過來拍拍他的肩膀，「這是陳先生、林先生，你坐下好了；這位是黃先生……。」

「你在這裡上班多久了？」

「四個月。」

「這以前做什麼？」

「淡水河邊賣水果。」

「怎麼不賣了？」韓先生同時回過頭，對著幾個盤膝坐在榻榻米上的紳士們說了一句，「可真是百業蕭條。」

「我做不來，」賴索回答說，「我偶爾會找錯錢，而且嗓門也小。」

「這樣好了，你受過教育對吧！想不想做正式職員？」

紳士們抬起頭看了他一眼，其中一位向另一位悄悄說了聲：「老實人。」

賴索聽到了。

老實人，那是什麼意思？卅年後賴索在客運車上，專心傾聽這些聲音。車子現在經過一段正在鋪設水管的路面，木架、混凝土水管、挖土機堆在路的兩旁，市公所前前後後在這條路上也不知挖過多少次、補過多少次，不過這些可跟他扯不上一點關係，再說每個人也都應該找點事來做做，至少也該讓自己忙碌一點。那個大胸脯女人在使勁地拉著下車鈴，整個下半身重重壓在他的肩膀上，賴索不得不抬起頭來，露出一臉的憎恨。鈴聲好像響了很久，女人方才坐下，一陣陰影掠過賴索的眼睛，他趕緊把臉孔朝向窗外。車子現在駛上灰濛濛平滑、單調的公路，車窗外景物不斷的倒退，繼續投向身後的血盆大口，賴索乃繼續他的無邊無際的冥想。

「正式職員是幹什麼的？」他聽到自己在內心問了一句。

「工作比較輕鬆，每個月還可多拿一百元。」

「為什麼？」他又問了自己一句。

「你把這個看一下，」韓先生遞給他薄薄一份印刷品，「在最後一欄簽上你的名字，明天帶印章來蓋一下。」

賴索讀著上面的句子。

「吾願加入臺灣民主進步同盟會，在韓志遠先生的領導下，為吾省同胞盡心戮力……如違此誓，天地不容。」

4

賴索自己問得累了，便下了車，往回家的方向走。在半路上走進一家麵包店，買了一大包花生，三支棒棒糖。花生他可以晚上坐在陽臺上吃。棒棒糖三個小孩一人一支。這是巧克力，店員說，這是奶油，這是檸檬，這是奶油五香花生，先生還要什麼？不！不要了。那麼賴索太太呢？她好像不需要任何東西，她什麼都有了，什麼都沒有。賴索一時搞糊塗了，一個人怎麼能有他太太那樣的精力，她好像隨時隨地準備爆炸，隨便就拿起水龍頭沖洗一切。她要求家裡每一個人每天換乾淨衣服，不厭其煩地掏他們口袋，「什麼髒東西都有，」她說，「如果我不注意，說不定那一天摸出一隻老鼠來。」說完，把賴索的手帕往洗衣機一扔，她扔得很準，襪子、領帶、毛巾，孩子們上學戴的黃色小帽，賴索搖搖頭，一邊踏在潮溼的地板上，滑進了客廳。

這樣的太太，賴索心裡想，雖說如此，至少還可以忍受，甚至夜裡的那件事，他都可以忍受。睡到一半，她會突然翻過她胖胖的身軀一下壓在他身上，事先一點警告都沒有。賴索不得不使盡吃奶力氣，從一個噩夢中掙脫開來，他一邊掙扎，一邊發出咿咿喔喔的怪聲。

「阿索，我又翻到你身上了。」他太太滿懷歉意的說。

「沒有關係的。」剛結婚的幾個月他都這樣回答。

「我有沒有壓痛你？」

「有一點，」他說，「每回我都做噩夢。」

「什麼夢？」

「奇奇怪怪的。」

這時候，賴索正坐在囚室的地板上，面對牆哭著，陰陰冷冷的陽光從他頭頂的小鐵窗子射進來，停在杜胖子晃來晃去的光腳板上，他不時用手抓抓腳趾頭，一面瞇著一雙眼睛興趣盎然的瞧著哭泣的賴索。賴索才接到他母親的死訊，她每個月來探監一次，總帶些吃的，和帶回去一雙哭腫的眼睛。賴索隔著會客室的鐵絲網，聽到這個消息，禁不住哀號起來，他緊握拳頭，搥著鐵絲網，像一隻絕望了的老鼠，直到獄卒將他拉開，他大哥在另一邊斯文的哭著。賴索踉踉蹌蹌的跌進囚室。杜胖子一把抓著賴索手中裝食物的小盒子，幾分鐘之後，他的胃裡塞滿了食物，心情頗為愉快，打算說些安慰的話。

「省點力氣吧！」胖子說，「你還有六年四個月好哭呢。」

賴索猛然站起來，轉過身瞪著他，肩膀還一聳一聳的。

「你說什麼？」

「我說省點力氣吧，哭有什麼用。」

「幹依娘！」

下一分鐘，賴索和胖子就在地板上扭打成一團。再過半分鐘，胖子的龐大身軀一下壓在他身上。賴索奮力掙扎著。咿咿喔喔的亂踢亂叫，口沫橫飛，濺得胖子滿臉都是。

「你再鬼叫看看，我就掐死你。」

胖子發了狠，他才安靜下來。

「我有時候，夢見我媽。」賴索對躺在身邊的太太說。

5

已經很晚了，賴索還坐在陽臺上剝花生，他將兩隻腳擱在欄杆上，興致總算不錯。時值初夏，天邊星光耀眼，高速公路上亮起了一排排的車燈。著ＢＶＤ背心、身負解答人生之謎的賴索，眼神忽而溫柔、忽而凌厲、忽而迷惘，兩手則忙著剝弄花生，他以拇指和食指夾起花生，指尖微一用力，花生就「咔！」的叫了一聲，從肚子中央爆開來，露出一粒粒肥肥白白的種子，賴索隨後將花生殼彈到樓下的馬路上，由於起了一點風，花生殼吹得滿街都是。

「喝一點酒有什麼關係？」賴索爹說。

「你會腦充血、風溼、胃潰瘍還有其他什麼病的。」賴索媽說。

賴索放下欄杆上的兩隻腳，換了個姿勢，繼續聽著死人爭吵的聲音。

「我心情不好。」

「那又怎麼樣。」

賴索爹工作得很辛苦，他不認得幾個字，身體也不夠硬朗，卻要養活一家人。白天在一家供應日本軍部的麥芽糖工廠，賴索爹光著上身，跳到一個個大鐵皮罐子上，罐子裡裝滿了糯米粉和大量的水，他使勁地轉動一根像船槳般的木棒，身上的汗水下雨一樣落在罐子裡，半個鐘頭後，放入一桶青麥芽，煤炭繼續燃燒。賴索爹再跳到另一個罐子上，那是昨夜已經液化完全的糖液，繼續攪動木棒，直到糖液冒出了蒸氣，賴索爹才跳下來，他一天要跳上跳下幾十次，兩腿因此變得粗壯壯的，身上卻依然長不出什麼肉。

「阿允馬上就可以幫忙賺點錢，」賴索媽拿開他的酒瓶，「阿索比較聰明，讓他念書好了。」

「念書有什麼用？」賴索爹回了一句。

「你就是吃了不識字的虧。」

「媽，妳總是要我念書，」坐在陽臺上的賴索忍不住插嘴，「也許爸說得對。」

「我吃過什麼虧？」賴索爹生了氣，「沒有錢就不受人尊重，就該死。」

「我嫁給你之後，就沒有過一天好日子。」賴索媽也生了氣，「你就會喝酒，把什麼好機會都喝掉了。」

「阿泉跟你說的，」阿泉是他們家的一門遠親，他找賴索爹上臺北做生意，「他賺到錢沒有？」

「現在沒有，將來可說不定。」

「將來再說。」

賴索爹該看看阿泉今天的樣子，他穿二萬元一套的西裝，開賓士車，染成黑油油的頭髮，六十幾歲了，一雙老色眼，還在猛瞧夜總會裡穿熱褲女侍的小屁股。

「將來，阿索一定比你有出息。」

「那是他的事。」

賴索爹終於讓了步，同意他的兒子在公立學校念點書，甚至給他買了雙上學穿的布鞋，這可花了不少錢，賴索在下雨的時候，赤著腳，鞋子提在手上。

「不要想我替你買什麼，」賴索爹威脅著說，「書念不好，回來我就揍你。」

「你這樣嚇孩子幹嗎？」

「我辛苦工作，拚了老命賺錢。」

盡說這些又有什麼用。到後來弄得賴索也生了氣，便從椅子上站起，把剩下的花生一股腦扔到馬路上，走進客廳，孩子們正圍在電視機前。

「早就做完了，爸。」

「你媽呢？」

「睡覺了！」

賴索輕輕把門關上，他不打算吵醒她，他今天已經夠累了，而且明天還有點事，哦，明天他要請一天假，他表哥病了，住在徐氏醫院裡，表嫂打電話來說表哥老想溜出去（他外面有女人，幾天沒有他的消息一定擔心死了），表嫂因此想了個辦法，藏起他的皮鞋，如果他真敢穿著睡衣拖鞋在大街上走，她只好認輸，還有什麼辦法？賴索在電話的另一邊不置可否的搖了搖頭，他管別人這些事幹嘛？何況他還有更重要的事呢，啊！他要去見韓先生，從電視新聞裡出現他的臉孔起已經過了三十六個鐘頭，對他而言，這段時間等於別人過的幾十年，因此，他必須弄清楚，到底要弄清楚什麼呢？誰也說不上來，這麼久了，他自己有了三個小孩，韓先生呢，他都快七十了，這個年紀，有些人已經滿嘴的假牙。聽過關於假牙的笑話嗎？也許我只是要握握他的手，說：「韓先生，好久不見了。」

「阿索，你怎麼一個人在陽臺上坐了半天？」

他太太可沒有睡著，她穿著粉紅色黛安芬內衣，渾身香噴噴的，她用這種做法，加上一些小手段，讓她替他養了三個孩子，另外還買了兩棟法院拍賣的樓房。她的鄉下親戚上來時，她帶他們上臺北聽歌，在飯店裡用餐，鄉下人被大城市的氣派給嚇住了，他們張大著嘴巴，半响說不出話來。賴索太太這時可就興奮極了，她的聲音出奇地溫柔，一邊用眼角瞟著一臉無奈的賴索。當天晚上，賴索太太熱情得離了譜，她都快四十了，滿滿一肚子的脂肪，還像個小女孩一樣，她一面笑一直叫，把將近六十公斤的身軀，壓在透不過氣的賴索身上。

「我在吃花生。」

「花生容易上火，」她說，「這幾天你怎麼怪怪的？」

「我在想一些事，」賴索躺下來說，「對了，明天我不去工廠，我去醫院看阿宗表哥。」

「去看他幹嘛，一點小病驚動這麼多人，哼——他是什麼東西，」她不喜歡賴索家人，「我可不去，明天還有一大堆衣服要洗。」

「好吧，」賴索鬆了一口氣，「我想早點睡。」

但是，他太太可不想這麼輕易放過他，她把整個身子貼過來，賴索因此聞到她身上濃濃、熱呼呼的香味。

「你記不記得我們剛認識的時候。」

「嗯。」

「你說我長得很有人緣。」

「嗯。」

「你第一次親我嘴，還要我把眼睛閉起來，記得嗎？」

「嗯，」賴索說，「嗯，嗯嗯……。」

6

開往臺北的客運車，這時候在橋中央停了下來，橋底下是那條好似未曾乾淨過的淡水河，橋頭則停了一部黑白相間的警車。身穿假日西裝的賴索，一臉受苦的表情，擠在上班的乘客中間。「要下車的擠到前面來，其他人不要擋在門口，」車掌恨恨的說，「你這個人怎麼老是站在這裡？」賴索直到車子經過世紀飯店前面才回答了一句，「我，我要下車。」

他果然下了車，並且在馬路邊買了一籃蘋果。這些蘋果好像剛從冰庫裡拿出來，都帶著暗紫色，不過病人大概不會計較這些，阿宗表哥曾說，人來就好，還帶什麼水果。表哥都六十歲了，依然滿面紅光，每天清晨五六點就起身到北投泡溫泉，然後步行到山下的情婦家吃早點。回到家裡，表嫂已經在廚房裡忙得團團轉，阿宗表哥便躡手躡腳的走到他太太背後，照她屁股就是一掌。表嫂叫了起來，表哥就說，「今天吃什麼好菜？」一臉無辜的樣子。

一會兒後，賴索把蘋果籃子放在電話亭裡的地板上，隔著馬路，對面就是七層樓的徐氏綜合醫院。但是這個時候，醫院門口一點動靜都沒有，病人不是還在睡覺，就是全死光了。

賴索沒有空去研究諸如此類的問題：醫生幾點上班？病人什麼時候起床？起床後是不是馬上就有早點吃？他打開那本有三公分厚的電話簿，一根指頭在上面畫來畫去。

「請問你那裡是不是電視臺？」

「你說對了。」一個女孩打著呵欠說。

「請問你們今天是不是要訪問韓先生，報上說的。」

「你打錯了，我這裡是餐廳部，你該打去問詢問臺。」

「可是妳一定知道韓志遠先生要去貴臺？」

「哪個韓志遠？是綜藝節目，這是連續劇的，」女孩開始不耐煩起來，「這裡的歌星、影星我全認識，你那個韓志遠是幹什麼的？你不知道詢問臺的號碼是不是？」

「他，他剛從日本回來。」

「怪了，剛從日本回來的只有鄧麗君，我告訴你詢問臺的號碼好了。」

「謝謝！」賴索投下一元硬幣，撥了這個號碼。

「詢問臺你好。」賴索搶著說。

「詢問臺你好。」詢問臺的小姐說。

「請問妳韓志遠韓先生今晚是不是要在貴臺接受訪問？」

「是啊，晚上八點的『時人專訪』，你沒有訂電視週刊吧。」

「沒有，」賴索說，「不過我很想訂一本。」

「你可以撥這個號碼……，」小姐說，「告訴他們說是電視臺的馬小姐介紹的，不要忘了，這樣你就不會錯過『時人專訪』這種節目。還有什麼事沒有？」

這倒好，小姐做起他的生意來了。手持話筒背抵電話亭活動門的賴索，曖昧地笑了起來。對付推銷員（報紙、雜誌、醬油、化妝品……），賴索有的是辦法。他都耐心地聽完他們長篇大論的吹噓（他的臉上甚至露出一副完全被說服的表情），然後冷冷地做了結論，「你說得很有道理，不過我家裡已經訂了，我們已經有了，我一直都用這個牌子。」

「謝謝妳，」賴索最後說，「我會打那個電話，說是電視臺的馬小姐介紹的，有沒有優待？」

7

賴索離開了電話亭，現在街那邊的醫院開始顯出了生氣。醫院大門走出來幾個人，四周張望了一下，一輛計程車在門口停住，下來了兩個人，今天的第一號病人，隔著熙熙攘攘的馬路，賴索看不出兩個人當中到底哪一個生了病。張望的那幾個人鑽進了這部車子，司機朝後瞄了一眼，車子便一溜煙的駛開。賴索在馬路邊站了一會兒，找不到橫過街的空隙，於是回到人行道上，走向四、五十公尺外的紅綠燈。人行道上種了成排鐵欄杆圍著的相思樹，樹下站了一個臺北市政府的鳥型垃圾桶，肚子上寫了幾個字——我愛吃果皮紙屑。賴索掏著口袋，找不到可以塞進鳥嘴的東西。我愛吃果皮紙屑，賴索在心裡念著，我們都愛吃果皮紙屑。

紅燈一下子換成綠燈，賴索匆匆越過馬路，再登上紅磚人行道。他的硬膠底皮鞋正適合臺北的馬路。臺北的馬路——市政府的一個官員，在被問到這個問題時，曾經提出了一個辦法：用原子彈把所有的建築物轟平，再重新規劃。這是一個笑話！不過話又說回來，賴索的硬膠底皮鞋在清晨的陽光下閃閃發光，而皮鞋的顏色也正適合他的假日西裝和人行道上的紅磚。

他可繞了一個大彎才到達醫院。

醫院服務臺戴眼鏡護士一臉剛睡醒的樣子，瞧著賴索放在櫃臺上的蘋果說：

「二〇一號病房，你是他的什麼人？」

「表弟。」

「你這雙皮鞋還不錯，」護士伸出頭來說，「可惜太小了。」

「我的皮鞋太小？」

她聳聳肩膀。

「妳要不要吃個蘋果？」

「謝了，」護士說，「我已經吃過飯，你從右手邊這個樓梯上去。」

他在病房門口就聽到阿宗表哥的聲音，那是個混合著哀求、威脅、詛咒、壓抑住憤怒的聲音。

「好吧！我究竟什麼時候出院？」表哥說。

「醫生說你什麼時候出院就出院。」表嫂回答。

「醫生，哼！」

賴索推開門，他的出現，果然中止了他們的爭吵。底下發生的事情，坐在電視公司附近一家西餐廳，等著侍者端來食物的賴索，可記得一清二楚。這當兒，他正把臉孔湊向茶褐色的玻璃窗，外面的世界不知道變得怎麼樣了？窗外一片陰陰沉沉，行人、汽車，像一個個飄浮的幽靈，那麼，他推門進來時，背後的那個太陽呢？也許死了。賴索把臉孔移開（一個路人，瞧了玻璃窗一眼，他一定看不見裡面的情景，所以就對著賴索整理起頭髮來了），他實在受不了那個傢伙的蠢相。要是玻璃改成藍色或者綠色，該有多好！你忽然就站在一望無際的高爾夫球場裡，把一個綠色的球擊飛起來，掉進一個綠色的坑，然後你張大你綠色的眼睛，抬起你綠色的腿……。

「阿索，你來得正好，」阿宗表哥興奮極了，赤著腳在藍色的地毯上來來回回跑了兩圈，他穿了一套絲質睡衣，臉孔脹得通紅，凸出的小腹和下巴上的贅肉因此顫動不已。

「你說說看，到底誰病了，」他上氣不接下氣的說，「你說說看。」

沒有病，那你在醫院幹嘛？坐在餐廳裡的賴索開心的笑了。

「阿索，你表哥不但病沒好，還影響到腦神經，」表嫂指指腦袋，「你看他這個瘋樣子。」

他們爭吵個沒完，賴索可站累了，便坐在沙發上，把帶來的蘋果放在一邊。

「吃蘋果罷，表嫂、表哥。」

「好啊，阿索，拿個蘋果把他嘴巴塞住。」

「你這是什麼意思？」阿宗表哥氣得坐在床上，「不但不准我穿鞋子、打電話，還要把我嘴巴塞住。」

「看他那個著急的樣子。」表嫂也坐下來。賴索同情地看著他們。他很想說點什麼，不過他現在可沒這個心情，真的沒有。他有重要的事情要做，他等一下要去這家餐廳用飯，並且能坐多久就坐多久。

已經過了午餐時間，賴索還坐在那裡，他希望找點事情做做。也許打個電話回去，但是他太太會問東問西的，她想知道臺北現在變成什麼樣子了（上個禮拜她才來過），那些騷女人穿什麼衣服？超級市場是不是打八折？是的話，順便帶些什麼回來。帶什麼呢？隨便什麼好了。這就要傷賴索的腦筋了，他不能傷腦筋，至少現在，今天，他不能冒這個險。他要去見韓先生，他要準備一番，他要容光煥發、侃侃而談，要不然他穿這一套漂亮衣服幹嘛？

談到衣服，賴索結婚時，都沒現在穿得漂亮。他們賴家人一向不注重打扮。「吃飽最重要，」賴索爹常常這樣教訓他們，「有錢不要買這個買那個，等到逃難的時候，衣服能吃嗎？」賴索爹好像這輩子都在逃難，他被美國飛機炸怕了。他活到七十二歲，因為心肌衰竭死在榮民醫院的特等病房裡，死前病房裡寂靜無聲，只有窗型冷氣機發出輕微的嗡嗡聲，連這時醫院上空掠過的波音七四七巨型客機的巨大吼聲都聽不到。

8

也許他真的睡著了，那個飽經憂患、被糟蹋了的頭顱，正垂靠在塑膠軟皮的沙發上，在西餐廳柔和、曖昧、虛假的燈光下，彷彿生氣全無。凹陷的兩頰，覆在額頭上的幾根灰髮（禿頂黯淡無光）、鬆弛的皺紋、蒼白乾燥的嘴唇。這就是真正的賴索，內在力量消失殆盡的賴索，身為榮光、進步、合作、天之驕子、人類一分子，醒著、睡著、悲傷、快樂（他笑起來，像個羞怯的小女孩），深受七情六慾所苦的賴索。

然後，他就在一陣麥克風的聲浪中睜開了眼睛。

「各位先生、各位女士，我們今晚的節目馬上要開始了。」

賴索驚訝地發現到，身邊幾張桌子上都坐了人，節目六點鐘開始。老天！他真的在這裡坐了一個下午，整整一個下午，卻什麼事情都沒有做，只是坐在這裡，他就要跟韓先生會面了，這個歷史性的一刻，卻什麼都沒準備好，他至少該講一些話的，就像韓先生在飛機場說的那些話，簡短、得體、感情充沛，他一定上機前就打好了腹稿，在太平洋上空修潤一番，最後艙門打開的一剎那，調整一下領帶、清一清喉嚨。

「先生，您需要喝點什麼？」侍者說。

「隨便什麼，咖啡好了。」

雖然時間短促，但是就在對街的電視臺，穿過地下道只要五分鐘，所以他只需在十分鐘前付帳，花五分鐘在洗手間，那麼他時間儘夠了。他不需要準備多長的演講稿，韓先生會記得他的，甚至會興奮地抓著他的手，滿面淚痕的告訴賴索，他對不起他們，他要在有生之年為這件事懺悔。好了，他既然這麼說，賴索還能怎樣？只好自認倒楣罷了，而且他也習慣了。

「Ladies and gentlemen, I want to sing a song for you.」

燈光集中在一個長頭髮的年輕人，扁扁的鼻子，黃黃的臉孔。年輕人抱著吉他叮叮咚咚的唱起來。他唱的是一首英文歌，瞇著眼睛，表情豐富，他唱得專心極了，末了弄得自己如醉如癡的。

「Thank you, thank you, once more? Ok, ok!」年輕人說。

賴索再也坐不下去了。這些人，這些時髦、優雅、有錢、無事可做的傢伙。賴索被充塞耳際的笑語、歌聲、裝模作樣的手勢，逼得站了起來，匆匆付了帳。他推開餐廳的旋轉門，走進黃昏中筆直寬暢的仁愛路，重新感受到夕陽餘暉所散布的那種神祕生命力。

這種力量使他坐在人行道的長椅上，面對巍然聳立的電視臺，發了一陣呆。

「我究竟想幹些什麼？」

在這一刻，賴索禁不住有些後悔起來，也許不該老遠跑這一趟的。他太太現在一定收拾好餐桌，乖乖的坐在電視機前，孩子們則圍繞在一旁，正中央空著的沙發，那是賴索的座位，他是一家之主，三個孩子的父親，他就坐在那裡，兩腳擱在茶几上，為螢幕上的滑稽節目，發出低啞的笑聲，太太跟著笑了，孩子們也笑了，這就是賴索家的生活照，賴索家的晚間娛樂。

他實在不應該老遠跑到這裡來，他應該坐在電視機前，泡杯茶，拿著蘇打餅乾吃，然後伸一伸懶腰，走進臥室，脫下衣服，在黑暗中爬上床，在傷感、慶幸，或者無所謂中結束這一天。

9

天色漸漸暗了下來，路兩邊的水銀燈，像點燃一長串無聲的鞭炮，整條街一下就明亮起來，賴索的眼光，隨著一閃一閃的車燈，一直瞧到街的盡頭。時間不多了！他必須趕緊思考。他收回視線，集中到對街燈火輝煌的電視大樓。那麼，他究竟想到哪裡了——他的童年、青春期、婚姻，然後就是莫名其妙的中年。他這一生，說一句洩氣話：「交了白卷！」他丟了賴家的臉。賴允大哥現在很有錢了。他照顧這個念了書的弟弟，替他成了親，給他工廠股份。賴索爹過世的前一天，還哀傷的瞧著他們，說：「阿允，要看顧你弟弟。」賴允大哥都五十幾了，大腹便便，笑起來，眼睛瞇成一條線。這當兒，他淚流滿面，鼻頭都哭紅了。

「爸，你會好起來的，」賴索握住他寬厚、滿是斑點的手掌，指甲泛了灰色，「下個月我們陪你去東南亞逛一逛。」

「恐怕不行了，」賴索爹說：「阿索，你過來……」

他比較疼大兒子，賴索媽則喜歡這個斯文的小兒子。賴索從監獄裡出來，畏畏縮縮地站在他父親跟前，賴索爹流著淚瞧了他半晌，「啊！啊！」啊了半天，說不出話來。過了很久，他從房間裡拿出一套舊灰呢西裝（阿允結婚時，給他父親做的），「穿上這個，」他說，「走，我們去見你大哥。」

「爸，」賴索躊躇著說，「我想先去看看媽的墓好不好？」

直到他在果醬廠上班的第一個禮拜日，他們才動身前往木柵的市立公墓。整整八個人，四個大人、四個小孩，賴索一家三代全在這裡了。賴允大哥忙得團團轉，他負責張羅一切，他太太被四個小孩纏得分不開身，賴索爹狠狠瞧著車窗外，一語不發，賴索則頻頻搓著雙手，他快哭出來了。兩部車子一前一後，孩子們從車窗伸出手來，朝另一輛車子「阿公！阿公！」亂叫。

一個鐘頭後，他們站在墳場的頂端，俯視著一個個冷冷清清、野草蔓生的墳墓。

「幾年後，這裡要擠不下了。」賴索爹說。他料錯了，七年後，他就葬在底下一點的地方，沒有路通到那裡，因此賴索家人不得不踏著一個一個墳頭，跳到賴索爹墳上。

「阿索，」賴索爹回過頭，「你媽死前還念著你。」

賴索對自己說，可不能再哭了。剛才，孩子們還沒跟上來，賴索就已經哀號起來，賴允大哥抱著最小的兒子，尚未喘過一口氣，立刻跟著大哭出聲。

墳場工人見到這種情景，搖了搖頭說，「我們燒些紙錢好了。」這才止住賴索家的哭聲。

「這些字怎麼都褪了色，」賴索摸著墓碑。

河南燕山徐氏……

「找人來漆一下，墳上再種些花，爸你說怎麼樣？」賴允大哥這時候說。

「那不行，」墳場工人說，「不僅破壞風水，羊還會把它吃掉。」

附近人家的羊群滿山通野亂跑，羊踩過賴索爹媽墳頭，在上面拉屎拉尿。

「這怎麼行。」賴索從長椅上憤憤然站了起來。

上帝是牧羊人，基督教都這麼說。遠處一座教堂，屋頂上的霓虹十字架，耀眼刺目，賴索走進地下道，再出來時，就看不到那個教堂了。

10

賴索在訪問前半個鐘頭抵達電視臺。

他在門口守衛尚未來得及反應之前，昂首闊步而入。守衛瞪著他矮小、生動、黑色的背影，想著這個傢伙到底在哪裡見過。

賴索就這樣冒冒失失的闖入這棟迷宮似的建築。這是個現代科技融合了夢幻、現實、藝術、美、虛偽、誇大的綜合體。他從一個攝影棚到另一個攝影棚，從一個時代，進入另一個時代。賴索在明朝停留了五分鐘，在清朝張望了一下，在八點前一刻，走進了自己的節目。

身著淺藍色西裝，裁剪合身，泰綢襯衫領子翻在外面的韓先生從化妝室走出來。他的步伐穩健、容光煥發、精神抖擻，就像要步上演講臺一般。

「韓先生，您請坐在中央。」導播滿懷敬意地說，「張記者、陳記者、楊先生你們坐這個位置。」

「現在就要開始了嗎？」韓先生的聲音出奇地冷靜。

「大家準備！」導播喊了一聲。

賴索站在控制室的玻璃窗外，在另一邊成排的電視機，出現了同一的畫面，控制員戴上耳機，把手上的香菸捺熄，節目就要開始了，人人屏息以待。賴索看得入了神，他看到一些人跑來跑去，移動的水銀燈架、布景、麥克風的試音聲，導播誇張的手勢。

「開始！」導播說。

「首先，我代表自由祖國一千七百萬的同胞，歡迎韓先生您重歸祖國的懷抱，參加反共陣營。」僑委會的楊先生說。

「謝謝你，」韓先生面對攝影機，眼睛眨都不眨一下，「我衷心感激政府寬大為懷的德意，我在日本幾十年，無時無刻不在悔恨之中，我對不起我的祖先，對不起全國同胞，」說到這裡，他握起拳頭搥了桌子一下，「共產黨害了我！」

三十年前，他也這樣搥著桌子，坐在最後一排，負責開門的賴索被這一陣響聲震得清醒過來。「國民黨憑什麼？各位說說看。」韓先生愈說愈是激動，兩個拳頭在空中交叉飛舞，面對臺灣民主進步同盟會的卅五個會員，慷慨激昂，聲嘶力竭，觸目驚心的賴索真是心儀不已。韓先生在前一陣子還親切地問起他的家庭，他的親戚朋友，和他們的觀感。賴索不好意思地回說，他們不知道呢，他們不認識字。那麼他自己呢？賴索喜歡這個工作嗎？談不上喜不喜歡，韓先生要我做什麼就做什麼。這樣很好，你有什麼問題嗎？沒有，很好，很好。話到這裡韓先生回過頭去問蔡先生，「成績怎麼樣？」蔡先生低聲說（賴索聽到了），「哪裡找來這個笨蛋，居然跑到市場去散發傳單，正好給他們拿來包魚包肉。」「老天！」韓先生拍著額頭說，「用人之際，用人之際。」

「……那麼，韓先生，您能不能告訴我們您一踏上祖國的觀感？」

那個攝影師將鏡頭交給一旁的助手，推開門，走到賴索身邊，從口袋掏出菸來。他喜歡「訪問」這一類的節目。這種節目你不用推著攝影機跑來跑去，他不喜歡歌唱節目，還有對著鏡頭窮扭屁股的歌星。

「你怎麼進來的？這個節目不准參觀。」看都不看賴索一眼。

「門沒有關，我就進來了。」

「安全人員都睡覺去了，」攝影師說，「你該去二號影棚，那裡很熱鬧，這個節目沒什麼看頭。」

賴索不再回答，他來這裡不是回答別人問題的。

「祖國進步的情形，簡直令人難以置信，」韓先生說，「我一下飛機就被嚇了一跳。我對自己說，這是個現代化的都市嗎！在日本我看過電視報導臺灣的繁榮，我總不太相信……。」

賴索耐心聽著。攝影師現在抽完了菸，說了聲，「老天！」走向他的助手。

「您去過大陸，您對那邊的觀感如何？」

「我在那邊認識幾個人，我就是受了他們的騙，孫其敏、張萬生這幾個人，當年來臺灣搞統戰的。現在不是死了就還在勞改營裡。唉！大陸的當權者翻臉不認人，從不講什麼道義，我們政府就不一樣了，雖然我犯了大錯，」他頓了一下，繼續說，「一時糊塗……。」

賴索見過他說的孫其敏、張萬生，這是很久以前的事了。他們都講得一口漂亮的閩南語。在雜誌社會議室裡，韓先生要大家起立鼓掌歡迎他們。孫一上臺，就像日本人那樣鞠了一個九十度的躬，說：「各位父老兄弟們……」他講得精采極了，他受過這一類的專門訓練。韓先生原本興致勃勃的，後來愈聽愈不是味道。年輕的賴索注意到他三番兩次想站起來，結果總是搖搖頭坐了下來。孫這時說到——像我們對待藏人、蒙人、苗人，我們讓他們自己管理自己。說老實話，我們哪有這麼大的力去管理這麼大的地方，何況遠在一角的臺灣。今天我們只想幫助本省同胞建立一個民主、進步、平等，沒有人吃人的社會——那麼大陸上幾千萬被鬥爭掉的人，究竟是怎麼一回事。這個千篇一律的謊言，賴索在三號影棚的角落裡，拆穿共產黨的把戲，他可得意極了。

我們共產黨最愛好和平了——停了一下，孫拿起茶杯喝了一口，韓先生利用這個機會跳上臺去，說，請大家鼓掌，謝謝孫先生的指導。

「您能不能告訴我們，您怎麼發現共產黨的陰謀？」

「我老早就感覺到了，他們想利用我達到『解放』臺灣的目的……。」

年輕的韓先生告訴他們，臺灣解放了以後，每一個人都會受到重用。那麼賴索呢？也許一個縣長吧，那一個縣呢？隨便那一個縣都可以。北部當然最好，他回家鄉時，每一個人都會喊著：啊！賴索縣長，縣長大老爺，啊！啊！啊！

「很多來日本的本省同胞，被安排來見我，我就跟他們說，臺灣獨立的重要性。」

「他們的反應呢？」

「剛開始還有些反應，最近這幾年，就沒幾個感興趣了。這個時候，我就問自己……。」

這時候，賴索想起杜胖子來。杜不屑地說：「我們有馬克思主義，國民黨有三民主義，你們呢？

你們什麼都沒有！」

「我們有韓先生。」

「哪一個韓先生，誰知道，誰認得他？」

賴索忙得不亦樂乎，他忙著跟一大堆人談話，有的是老朋友，有的是不相干的人。即使如此，他還得抽出空來，聽韓先生的演講。情形跟卅年前完全不一樣了。現在賴索用七〇年代的頭腦來評論四〇年代發生的事，他占了絕大的優勢，他占盡了便宜。記者應該把鏡頭對準他，這些年輕的記者，他出鋒頭的時候，他們都還沒出世呢。他們見過日本人？見過共產黨？沒有。挨過美機轟炸？坐過牢？沒有。哦，老天！你究竟想怎麼樣？也許鏡頭對準你，你一個屁都放不出來。賴索一面聽著，一面動腦筋。

「我再代表全國同胞說一句話，」楊先生說：「我們真誠歡迎您歸來。」

「最後，我們希望韓先生您能向全世界受共產黨欺騙的人說一句話。」「好……。」

這個節目眼看就要結束了，導播做了個手勢，一個工作人員蹲下來摸著地上的電線。站在控制室的賴索開始移動腳步，打算節目一完畢，立刻擠到韓先生面前。

「原來你在這裡。」一個穿白襯衫的年輕人擋住他。

「你幹什麼？」賴索不高興地說。

「我是警衛人員。」這個人說，「你既沒有來賓證，又是一個人，你怎麼進來的？」

節目已經結束了一段時間，賴索還站在門口的臺階，不管怎麼說，他要等一個人。

11

他回家時，已近午夜。他輕輕開了門，扭開電燈，把從臺北帶回來的一些東西放在沙發上，他太太的睡衣、孩子們的圖畫書、一盒巧克力糖。

這當兒，牆上的荷蘭鐘噹噹的敲了幾下，長針和短針重疊在一起，這是一個結束、一個開始，一個起點和一個終點。

賴索停止了一切動作，慢慢地抬起頭來。

◎一九八〇年三月完稿；一九八三年三月八日起於紐約《世界日報》連載，一九九五年於聯合文學出版。二〇一九年十二月摘要修訂。

一九七一年十二月十九日
A7
B3

她的月經週期非常穩定，每次二十八天，有一次拖過一星期，所以，這一次拖了將近兩星期，他們仍然期待好運。

這時，他們就等著再次檢驗結果。癱軟在沙發角落王戎一手托臉頰肘在沙發的扶手，一手神經質捏除毛衣胸前捲苞纖毛。那樣的坐姿非常憋氣，每隔一陣子他必須深長呼吸和嘆息；那時候，坐在他身邊的陳琳瑯就會緊張抓扭自己雙手。和他一樣，她有一件黑色呢大衣，橫披在胸前，從頸上蓋到膝下。襯著大衣的黑色，她的臉色很蒼白；原來在她兩頰上各有一朵紅暈，現在因為緊張淡褪了，但是，仍然足夠陪襯她的健康與明朗。她一直閉著眼睛假睡，安慰自己，想：月經規則術和墮胎是不同的事。這安慰無效，她始終強烈意識到罪惡感，在其中覺得羞愧，遺憾。

「陳琳瑯。」護士喊。

她睜開眼睛站起來，剎那間，臉上又褪去一層血色變得慘白，而嘴唇浮出一抹灰暗。在手絹上抓了抓手心冷汗，她求助的望望王戎，然後怯怯走進診房。

醫生比了比桌前的座位說：「請坐——結婚了？」

「呃，還沒。」她低下頭說：「才訂婚。」說著，她的臉頰忽然浮現整片紅彩。

「趕快結婚，把孩子生了吧。」

「我還在讀書，到明年才畢業。」用手絹揩揩眼角，她說：「我們已經慎重考慮了。」

「妳放心，我們會遵照妳的意願，不過，我們先要提醒妳，即使我們有很好的設備，很好的醫生，仍然會冒千分之一的危險，這是說子宮受傷，再不能生育。」推了推眼鏡，醫生說：「妳要不要再考慮幾分鐘，或者和妳——和妳未婚夫再考慮考慮，他有來吧？」

「他在外面，可是——」她溼了眼眶，說：「一切就拜託你們了。」

一九七九年十二月二十二日　A9

一顆暗中置放的小型炸彈，今天上午在北美事務協調會華府辦事處爆炸，沒有傷到人，也沒有損壞建築物。警方及聯邦調查局人員事後趕到現場調查，沒說明是否找到任何線索。

琳瑯趕回事務所，天色已經發黑，員工都下班了，只一個年輕人待著。

「陳小姐。」他說：「中山路那個人把房子兩賣了。」

「那個人？」

「就是建商倒了，地主和買主繼續合建的那棟——」

「喔，姓張的——這些商人多是混蛋。」她說：「結果，他們要怎麼處理？」

「賣方說願意加倍退還訂金，買方堅持要打官司，氣壞了，摔杯子，差點打人。」

「那棟樓太複雜，其實，這個案子我一開始就不想接，而且——」沉吟一聲，她說：「那個姓張的我一看就討厭，裡裡外外商人味，我很受不了。」

「妳吃過飯了沒？」

「吃過了。」她紅著臉說：「剛在朋友家吃過了。」

「噢。」遲疑片刻，他說：「我想說，我想辭職了。」

「咦。」她詫異說：「我待你也很好啊——你如果什麼不滿意，可以談啊。」

「不是，不是。」低了頭，他說：「我，我，我好像是——喜歡妳。」

她沒想到這樣，呆住了。

「對不起，如果我嚇了妳。」

「喔，是有點意外，可是，我希望你能留下來，我需要一個像你這麼好的助理，除非你有更好的地方更高的所得要去，那樣，我就不好勸你。」她說：「最近——呃，我有點事情忙，不能專心想什麼事，如果你認為工作分量太重，我可以找一個人，啊，找一個年輕的小姐來做你的助理，這樣你也就會有點閒暇去交女朋友，你太害羞所以人家沒機會親近你——」聳聳肩，她說：「至於我，雖然離婚了，已經不年輕，也很快就會開始衰老——而你美好人生才開始呢。」

「我知道，啊——」他說：「我是說，我希望能夠幫助妳。」

「謝謝，謝謝，你已經幫助我很多。」含著眼淚，她說：「更坦白說，我無法生育喔，這一談，我頭痛起來了。」

「沒關係。」紅著臉他說：「我實在不應該惹妳心煩，那麼，我要下班了。」

「星期一見。」她說。

望了一眼他背影，她關上門，呆坐在會客沙發抽菸。

自從高雄回來，她就經常心神不寧，時常在外面打聽消息。她記得自己有幾張名片給了《美麗島》雜誌社的人；那時，雜誌社常請她聚餐，希望她能為他們多寫一些稿。她擔心政府查封那個辦公室，加以搜索，她就可能會被注意。她也為自己合理解釋，認為自己寫文章，清清白白，多是引經據典，就法律哲學談民主政治，沒有煽動惡意。再說，她在高雄也沒待很久，連個熱鬧起頭也沒看到；因為整夜失眠又沒如預期在車上補眠，她一下車覺得身體非常不適，在車站大廳坐了一會兒就又搭車一路睡回臺北。無論如何，她想，最好準備個不在場證明。想來想去，她發覺自己根本沒有足夠親近的朋友，可能做這樣擔保——或許那個年輕職員可以，也許他願意謊稱他們那天晚上在這裡——

「喔。」她拍了自己腦袋一下，自言自語說：「我胡思亂想了。」

週末的空寂，像夢魘，一下子就把她完全吞沒。她抽幾口菸，從手提袋掏出一面小鏡子，照了照臉孔和胸前。她發覺嬌美的臉，經常憂愁，真是開始衰老了。她試著放鬆，仍然在眼角找到歲月鑿刻的紋路。放下鏡子，她又捏起菸抽兩口，然後懶散半躺沙發。望了片刻菸灰缸的裊裊煙絲，她又拿起鏡子照了照頸項和胸前。這次，圓鼓的胸部使她甚覺安慰。放下鏡子，她低下頭撩起裙角去看自己細長結實的小腿。

「我應該再結婚。」她自言自語說：「沒什麼不可以吧，不行就再離婚嘛，要不然——喔，我現在過著怎樣可憐的生活？」說完了，她同時意識到自己最近經常自言自語。她想自己的躁鬱症當是更加劇烈了。她應該趕快再婚，如果那個年輕人再和她表示愛意，她應該——就答應吧，一場遊戲也好，他們彼此也都不會損失什麼——她自己已經有相當的財富，以及相當堅定的獨自生活能力。「是這樣嗎？」她又自言自語說：「我哪有什麼堅定的獨自生活能力？我是因為認為自己現在懷有理想了才能這麼堅強，但，但，這是自己的合理化吧？」這一猶疑和氣喘，她發覺餓壞了，想起幾天來沒好吃沒好睡，忽然生氣自己。

她不再去想那個年輕人，不再擔心任何事，咬牙切齒說：「我要去弄幾個炸彈，誰來碰我，我就扔他一個，扔他幾個，炸他沒頭沒臉，呵呵。」這一慘笑，她眼淚流了下來，又忍不住趴在茶几啜泣。

一九七九年十二月二十三日 A10

大約兩百名臺獨分子今天在紐約集會，他們在聯合國總部前哈瑪廣場演講，然後集隊到附近北美事務協調會辦事處騷擾。

另有大約廿名臺獨分子及支持他們的日本人，在中華民國亞東關係協會東京辦事處前舉行短暫集會。

整個晚上雨下得急，似乎要這樣下個徹夜。路上看不到行人，只有雨花四處迸跳；店舖全都打烊，雨點雨絲在間隔的路燈下閃爍各種層次亮光，細緻織成一片明滅景象。呵了一口熱氣，用勁摩擦幾下凍僵雙手，王戎把車子開出路邊往福和橋慢慢駛去，一邊在心中推敲嬰孩名字；他曾經花了幾天，仔細翻閱幾本臨時買的相書，擬出十個。那些名字各有千秋，他一時敲不定，而且妻子也有自己的打算；想起她很有主見，他才沒繼續認真想。

他家在永和中正路一條幽靜巷子，是三層樓的獨門獨戶。往日，院牆門廊下總會為他留一盞燈；現在，一片漆黑。他把車子停路邊，靜坐著聆聽到處的錯落雨聲。早上安安帶小孩回娘家了；若非臨時在車站打電話，她幾乎是不告而別。那通電話也簡短得像通知，他一時詫異不知道怎麼回答，她就鬧脾氣，片刻沉默後把電話掛斷。他大約揣摸過為什麼她鬧這一陣子脾氣，可是不清楚為什麼她這般魯莽。無論如何，他想念孩子也想念她；他再次叮嚀自己要冷靜，雖然相信自己必定會十分忍耐。

一會兒，他忽然發覺門廊下有一個蜷縮人影坐在一堆東西上，趕忙把車開去。

「媽媽喔。」他驚訝喊：「媽媽啊。」

「噯呀，你現在才回來，我快凍死了。」

「妳不是說要在東京住一個禮拜才回來？」

「唉，不知道為什麼，你二哥沒來機場接我，他家怎麼去我當然不知道，我一生氣就轉機回來了，因為有一個留學生很幫忙，她幫我在機場購票，又帶我回來——」喘了一口氣，母親說：「從紐約開始我就跟她走，早知道可以這樣，你出獄的時候我就回來了，我甚至於沒參加你的婚禮，但是，這是因為你都沒通知家人，你這樣做實在不對——啊，我的孫子呢？」

「安安抱回去了。」他說：「她，她，她回去做月子，呃，也想帶孩子去看八字。」

「嗯，想得周到，想得好，安安這女孩我看照片就是很聰明伶俐，真的，新生兒要算八字取名字才好——以前我和你爸爸這樣說，他就是不信，要不然你的名字——呃，要不然你就不會這樣惡運——」沉吟片刻，她說：「我好像是有八年沒看到你了。」

在客廳裡，他們彼此打量；對他來說，除了一些白髮她並沒增加太多老態，而他一點也不像她印象中神情開朗腰背直挺的小兒子。

「你太瘦了吧，背都駝了——」她說：「啊，回來的前一天晚上，你大哥和我說高雄好像有發生什麼事情——」

「這和我沒有關係。」

她憂愁說：「你應該受到教訓，學乖了吧。」

沉默片刻，他說：「學了更聰明。」

「學乖和學更聰明——同樣意思吧？唉，你們這幾個孩子。」她說：「這次我回來，要回鄉下住，那裡房子空著地租人家種植，實在可惜，我看，你是不是和我回鄉下去，臺北人各色各樣，太複雜。」

「我在臺北住得好好的。」他說。

「如果你真好，做什麼事，戎啊，做什麼事都好，就是不要管那些閒事，不知道為什麼你們兄弟都愛管閒事——像你二哥——你二嫂還因為政治見解不一樣，最近吵著要離婚，你大嫂也不高興，她說紐約生活不是那麼有意思？真的，我也這樣覺得，你在那裡想找朋友或親戚，要開好久的車，有一次你們幾個堂兄弟相約去爬山，我們大清早開車去你三叔家，然後他們明華開大車一路去載人，人找齊了已經下午三點，再開到山腳四點多了，往山上走沒幾步路天黑了，天一黑明華的小孩子哭了，他一哭所有的小孩子都跟著哭，哈哈，這就叫做爬山——我早就想回來了，你爸爸不讓我回來，其實喔，你大哥也想回來，他受不了美國院長的氣，但是他怕——他本來學什麼理論，很有興趣，教授也很看重他這方面的成就，但是他後來改學核子工程，說是大陸比較需要這種實用科技，兩三年前的暑假他去觀光幾天，說太落後，有點失望，就又猶豫不決。」打了一個呵欠，她說：「戎啊，你已經三十幾四十了，不再年輕，我總是為你擔心這個擔心那個，你不像你那兩個哥哥，他們懂得怎樣保護自己，至少在最後關頭他們懂得煞車，你太老實，老實得像傻瓜，太勇敢，也像傻瓜——」搖搖頭，她說：「你，當然，老實是好事，做人要老實，這樣說的話你算起來又像不老實，呵呵——啊，我要去睡了，這一路從紐約回來，又是大雪又是大雨，又溼又冷，老骨頭都散了。」

一九六九年十二月二十五日
A11
B1

在幾次迴轉的山路上，他們都在轉折處停下來，從不同角度眺望臺北盆地。到處飄浮陰雲濃霧，眼前馬路和夾道樹林也都畫般模糊，他們望不了多遠。各有心事，他們總是呆立沉默片刻，然後對望一眼就又繼續上路。對望時，他們會在彼此嘴角看到苦澀微笑，感到劇烈心疼。隨著坡度爬高，山上的霧氣更加溼稠，一會兒，除了彼此身影他們再看不到別的景象。

「琳瑯。」他想說什麼，但，還是只能空望她；終於，也才能說：「冷呵？」

「是有一點，但是你在發抖。」她說：「要回頭嗎？」

「我不是這個意思——呃，妳呢？」

「我們可以搭車上去——」她說：「我聽到公車的聲音——我們快去找站牌？」

他們並肩跑了一段路，沒能趕上站牌。停下腳，望著那輛逐漸接近的巴士，她忽然揮起手喊：「嗨咦，嗨咦——」巴士立刻停下來，她的喊聲持續在山中鬧起迴響，同時，有些男學生輕佻在車窗對她吹口哨。

車上坐滿人，大多是聖誕夜玩通宵的男女學生；舞會的餘韻仍然讓他們興奮，所以，一路上他們持續胡言亂語，笑鬧，或者附和錄音帶歡唱流行歌唱。

這些學生在山仔后前後陸續都下車了。

「你們要到那裡？」司機問。

「陽明山。」王戎說。

「這時候山上很冷，也沒什麼花好看。」司機微笑說：「洗溫泉就很好。」

山上下雨，他們匆促走過溼漉漉的樹林，躲進一個小坡上的亭子。

「沒想到陽明山冬天這樣冷清，這樣安靜——」王戎點了一根菸，說：「但是，這樣安靜感覺有點新奇。」

「這種安靜——」她說：「你在夜裡讀書，也能感覺到啊。」

「喔，那只是寂寞，不像這時候，我想，我是說有點傷感，也有一點像迷路了。」

雨下得又急又密，但是，濃霧仍然籠罩山林，一團接一團，在其中緩慢流動。遠處，什麼看不見的地方，有人在整理樹林或者枯萎樹枝自然剝落，幾次發出破空墜跌聲響。

「你要吃東西嗎？」她拍了拍擱在膝蓋上的背袋。

「沒什麼胃口。」他連抽了兩口菸，說：「我最近——坦白說，真的沒想吃東西。」

「你太用功了，一定要讓自己經常休息。」她說：「你菸抽太多喔，你看，你夾菸的手指燻成黃色了。」

他看了看燻黃的手指，說：「用功喔，我，我們很久沒見面了，妳最近忙什麼？」

「我多找了一份家教——其實啊——」沉默片刻，她點點頭說：「我們前幾次見面，對我來說都可能是道別，要不是再見面，每一次見面後我都以為我們要分手了。」

「哇，有這樣的事。」他說：「這是怎樣，妳怎麼或者我怎麼？」

「你媽媽很有教養，我第一次去你家，她的裝扮——我還記得，頭髮梳得一絲不苟，米色繡淺米色花旗袍，白色軟皮鞋，很好看，對我很親切，但是——我不喜歡她。」她漲紅了臉說：「不知道為什麼，她使我很難過。」

「她對妳印象很好啊？」他詫異說：「啊，她確實愛把自己裝扮，但是，對人客氣親切是真心的，她的家教這樣——她幾次對我這樣強調說，所以也是她在我們家的家教。」

「她沒對我怎麼樣，只是，啊，她問我——好吧，她問我：妳父親在那裡高就，我一時心慌說了在學校教書。」更加漲紅臉，她說：「唉，我父親只是一個校工，你從來沒問過我，我也就沒和你說，我並不是要騙你們，我不是那種浪漫愛幻想的小女孩，我有自知之明，我讀大學是想以後找到好工作，賺比較多錢，我是長女，我有兩個弟弟，一個妹妹，我要幫父母培養他們，而你是天之驕子，你有遠大抱負——嗯，我真是完全沒有幻想或者理想，我的腳踏實在地上，你，你的理想使你飄浮，在天空飛翔，啊，我沒有批評你不實在，我說在空中——呃，我的意思是，說真的，我覺得你危險又可怕，喔，我又說錯了，我不應該說可怕，那是我自私的感覺，或者我應該說，你會在一種危險中生活，你的理想和言行都很危險，唉，其實我贊同你的言行，欣賞你的理想，我可以崇拜你，可是要我分擔你的危險我覺得可怕，大概是這個意思，所以我想我們只會是朋友，只是這樣。」

望著濃稠浮霧，他這裡看看那裡看看，然後舒展愁眉，說：「如果是我爸問妳，我相信就會是不懷好意，啊，他很勢利眼，至於我媽，她是很道地，好心腸，那天妳太拘束，她只是想和妳聊天，但是，起錯頭。」

「啊，我不是真的不喜歡她，那天她讓我很難過，讓我很想念病死的媽媽。」淚水奪上眼眶，她說：「她操勞過度病倒了，肝和腹水腫得像懷孕，沒錢醫治，住幾天醫院就回家等死，有一天，大量吐血，就那樣死了——嗯，我想，我無法再和你媽見面，我一看到她，那樣養尊處優，我就是不能忍受，討厭，就是恨吧。」

「哇，竟然有這樣的看法——」他說：「啊，我只能說我非常喜歡妳，兩個月前，我們第一次見面，我就想：你糟了，王戎。」站起來，在亭子裡來回蹀幾步，他望下山谷說：「啊，我不能說什麼，我還有讓妳有時候想起來覺得恐怖的問題呵，呵呵，唉。」

一九七九年十二月二十九日

A12

行政院新聞局長宋楚瑜說：《美麗島》雜誌社在高雄製造暴力事件，在國外卻被渲染成國民黨的「圈套」和「苦肉計」。臺獨分子更利用機會，向政府採取各式各樣誣蔑挑釁。

他說：高雄暴力事件發生後，外國通訊社、外國報紙、部分外國人，都對我們做歪曲事實的報導，甚至於得過諾貝爾和平獎的國際赦免組織也被利用了，認為是國民黨的「政治迫害」，可見外國人對中華民國偏見之深。

列車還有二十分鐘進站；王戎站著讀報紙，媽媽好奇東張西望。

「那是自強號嗎？」

「那是莒光號車頭。」

「喔。」媽媽看著莒光號車頭掠過，說：「聽你大哥說，臺灣這幾年經濟發展很快變化很大，如果不會暈車，我很想看看高速公路，臺北和高雄之間公路局的車要跑多久？」

「大約四個半鐘頭。」

「那也很快，我回來的時候可以試試看——高雄已經平靜了吧？」

「早就平靜了，那個晚上，呃，第二天清晨兩三點就平靜了。」

「那樣的話——比二二八事件好許多。」她說：「唉，都是中國人拚什麼呢，如果是日本人，啊，我們不要談這種事——我們的寶寶應該長大許多了。」

把臉移開報紙，他說：「我有點擔心，他整天睡，不哭不哼。」

「也許因為你們抱得少。」

「是啊，安安說有些書寫，被抱習慣的嬰孩會被寵壞。」

「這也有道理，但是，如果他沒來由哭，讓他哭，哭個二三十分鐘他自然會停下來，要不然他會纏得全家大小累個半死，你小時候我們就是這樣帶你，你大姊時常探你鼻息說，媽媽，戎啊死翹翹了，呵呵，如今你做爸爸了——坦白說，你和安安處得好吧？」

合了報紙，他說：「不是很好。」

「難怪你不下高雄，而她沒電話，也沒信，嗯？」

「不是這個樣子。」他說：「等妳回來再談。」沉默片刻，他又說：「妳也不必跟她說什麼，妳只管聽就是。」

「你要我裝著什麼都不知道？」

「嗯。」

「你們鬧得很凶嗎？」

「啊，應該這樣說——」他說：「是她在鬧脾氣。」

一九七〇年元月一日

A13

B2

列車剛晃出月臺，他們看起來都愉快；陳琳瑯很少這樣長途旅行，而王戎想的不只這樣——綺麗的想像，幾次使他心口亂跳。

「我們這幾天都在臺南嗎？」

「啊，我們去高雄，妳剛剛沒注意看喔。」他把車票掏出來說：「妳看，我們要去高雄，不去臺南。」

「咦？你不是說要先回家再說？」

「後來，後來我想這次就不回家了，我們先到高雄，明天可以去鵝鑾鼻，再去東海岸。」他紅起耳根，說：「從那邊回臺北。」
望著薄暮下山脈高低不平稜線分明，她忽然沉默起來。
「如果妳不想跑那麼遠？」他說：「我們可以在臺南下車。」
「我原來是想看你們家葡萄園，看陽光下一串串葡萄，一粒粒葡萄——」她說：「我不知道這印象怎麼來的，也許看了什麼電影，一想就著迷。」
「這時候沒有葡萄，連葉子也沒有，現在去，只能看到像是乾枯的葡萄藤，現在是冬天啊，春天它們才發新芽，長葉子，然後，啊，夏天可以採葡萄。」

一九八〇年元月三日

A14

中共「副總理」鄧小平對三百名中共顯要人物發表新年演說；他說，在一九八〇年代，中共打算更積極抵抗越南和蘇俄。又說，爭取「臺灣回歸」也是今年的主要目標。中共將斷然拒絕「一個中國，一個臺灣」方案。

打開駕駛臺上的小格櫥，王戎抓了一大把五元硬幣放進夾克口袋。
他擠過遠東百貨公司底樓人潮，往兒童遊樂場走上樓。到處是遊樂的兒童和陪伴他們的父母，還有一些年輕人。他們弄響全部的電動玩具，這一層樓非常熱鬧。

兩個國中小孩玩電子槍打飛靶，接著玩的人也興高采烈玩了十來分鐘。幽暗燈光下，那把木柄長槍看起來像真的，開槍射擊也會發出槍響的聲音。輪到王戎，他認真把槍托放在肩窩，眼睛瞄著準心和槍尖。他前面不遠處有一片銀幕，上面映滿樹林和天空——兩片碟狀光影從樹林後面快速飛上天空。他連發兩槍，飛靶被擊中，立刻消失同時發出轟隆巨響。他繼續玩那組機器，以致圍觀和排隊的人愈聚愈多，而他像是無知無覺，全神貫注在開槍、開槍、繼續開槍，偶爾因為聆聽那種毀滅巨響，忽然出神，才會任一兩組飛靶飛落樹林。

「王戎？」突然一陣輕柔的聲音喊。

望了喊他的女人一眼，他呆了片刻，又回過頭去開槍。

「我是琳瑯。」

「琳瑯？」他說：「啊，對不起。」

「你不是喔？」

他沒再回答，又繼續打飛靶，但是，他再不槍槍俱中。

「對不起，對不起。」她惶惶點頭致意，說：「我認錯人。」

「哪裡。」他說：「沒關係。」

她立刻就走了，當她走得夠遠，他放下槍匆忙在另一個方向走開，並且跑了起來。

一九八〇年元月四日 A15

內政部長邱創煥今天頒發獎金給花蓮林玉祝女士，表揚她的愛國行為；林女士在高雄暴亂事件中，曾經跪在地上請求暴徒不要毆打執勤警察。

輾轉幾回，琳瑯確信自己失眠，就翻下床去書房看書。附近有人家在打麻將，洗牌聲音嘩啦啦響。細雨襯著對面人家窗口透出的微微燈光，綿綿下，靜悄悄；她一看卻又無法專心看書。她不太相信自己認錯人，但是，對照他的舊照片，用雙手遮住兩頰上的長髮，她也無法清晰凝聚出遊樂場那個人的印象；這個人的頭髮一般人的長短。無論如何，她認得照片上的他，也想念他了。於是，她找出一個舊皮袋，一樣樣翻看他曾經給她的許多東西，一綹頭髮，一個特別樣式或顏色的衣扣，成雙的戲票和火車票——這是請求車站收票員准予他們保留的旅行紀念，還有許多信件。翻著那些從監獄發出的信件，她找到一張小紙片，用血寫：給永遠的琳瑯。那是他們之間最後的信息，看著，她的眼睛立刻模糊。

激動哭過一場，她忽然想去看看他家，即使只是路過，她想，也可能讓她覺得安慰。好多年前，她常常就是這麼做；現在，她詫異自己竟然想不起來為什麼後來沒再這麼做。

凌晨兩三點，路上看不到車子和行人；除了間隔的路燈，黑夜吞噬了路面和四處的建築物。她陸續經過幾個亮區和暗區，就失落在時光交替的寂寞和悲哀。

一九八〇年元月十日
A16

高雄暴亂事件總指揮施明德逃亡二十六天，還是逃不過治安機關的天羅地網，束手就擒。涉嫌窩藏施明德，許晴富主動投案。

司法行政部調查局將頒發獎金新臺幣二百五十萬元，給一位熱心愛國的商人，表揚他提供線索，協助治安單位緝捕施明德。

施明德在漢口街被捕的現場附近民眾，曾於下午三時半左右，當街鳴放鞭炮。

傾盆大雨在傘面乒乓作響，不停濺透細密水花；雨點在磚石彈跳，也將他的鞋子和褲腳弄溼。有一陣子他持續引頸張望，希望那班北上國光號不會遲到太久。現在，他已經麻木，只顧潮溼夜街上雨點迸跳。雨點密密麻麻，曾經幾次使他心中打顫——希望冬天趕快結束。要不是這個冬天，或許他已經安靜了，要不是這個冬天，或許經自我治療的努力，他還能分心去處理這一陣子的困擾。

車子到了，他一眼就在窗上看到車廂亮燈光影中揮手的媽媽，沒看到安安和小孩。

「你必須自己去帶他們回來。」她說：「你也應該這麼做——你怎麼看起來，兩三天不見，又瘦了？」

「沒什麼，感冒了——安安怎麼說？」

「他說你誤會她。」

「啊？」

「她說，她說，有一天晚上你回家，在客廳遇到的男人，是洗衣店的人，他掉了錢包，來問有沒有掉在家裡，剛來一下子就遇到你回來。」

「啊？她這樣說喔，真是的，這是什麼事啊，我怎麼會放在心上，我知道我們剛換洗衣店啊，我沒說過什麼啊——」他說：「呵呵，她一定是隨便說說，或是別有用意。」

「這都要怪你。」她說：「你應該時常在家裡，你老是待在公司幹什麼？」

「沒幹什麼，我們喜歡那裡，那裡很安靜，我可以觀看馬路上的行人——」

「唉，觀看行人幹什麼，行人有什麼好看。」她說：「你神經有問題嗎？」

「我有問題嗎？」他說：「從前我喜歡獨來獨往，那樣，我會很有勇氣，現在我會害怕，怕得要命，當然，我不會一直怕下去，我知道自己在怎樣的情況中，我會找到解決辦法，需要時間就是了——這是我暫時能說的。」

「你也可以這樣和安安說啊，夫妻是一體的啊。」

「她不會瞭解這樣的感覺。」

「你應該和她說說以前的事，多少說一點，這樣她也才可能多少瞭解你一點，是不是啊，即使是一般人也需要相互瞭解吧，你早就應該和她說，你難道要瞞她一輩子？」

「她只是普通人，一定無法瞭解，我想和普通人結婚，就是希望彼此在一般生活層面相互瞭解就好——」他說：「喔，她也許會瞭解，也一樣需要時間——但是，那時候她根本不必瞭解什麼事了。」

「呵呵，我聽不懂你在說什麼。」望著他，她皺起眉頭說：「難道你還想做什麼——你老實說，要不然我就站在這裡淋雨，不走。」

「哈哈，我們車正好停在這裡。」他打開車門說：「妳可以放心，妳一定要放心。」

「我怎麼能放心，你以前也這麼說，你總是這麼說，你哥哥姊姊都這麼說。」她說：「你們這些孩子，長大後，我就不太認得你們，有想要改革的，有想要叛逆的，有每天嘮叨不停的，這是什麼時代啊。」

他把車子開進喧譁的雨中。

「你多少告訴我一點什麼事吧。」她說：「安安說，你每天在外面不知道忙什麼，你不一定早出，但是晚歸，你究竟在忙什麼，是不是以前那個陳琳瑯？」

「陳琳瑯，沒什麼陳琳瑯，這時候更是不能談陳琳瑯，我也真的想好好重新過日子，就是需要一點時間調整啦，唉，我們為什麼不談談小孩，他怎麼樣啊，哭不哭啊？」

「哭了哭了，呵呵，哭起來不得了，嚇死喔。」她說：「我沒看過性格那麼燥烈的小孩，哭得臉發黑，像是要缺氧了，還繼續哭——」

「那不是怎麼樣吧？」

「他被寵壞了，他外公很健壯很有力，像是練舉重，整天抱著搖，所以，只要一下子沒人抱，不搖，他就哭，呵呵。」沉默片刻，她說：「真的沒有陳琳瑯嗎？」

「她早就嫁人了。」他說。

「有沒有小孩？」

「我不知道。」

「她先生是幹什麼的？」

「唉，妳總是愛問人家幹什麼的。」他說：「做貿易。」

「那很不錯吧。」嘆口氣，她說：「其實，我很喜歡很中意那個陳琳瑯，文靜，聰明伶俐，如果你不惹政治，你們現在也許——啊，都過去了，你就把她忘掉，安安也很好，只是個性有一點驕，像個小女孩，不過做媽媽了，她會慢慢變得沉穩吧——唉，你真的沒再和陳琳瑯來往？」

「唉，還沒。」

「這什麼意思？」

「坦白說，她半年前離婚了，沒有小孩，她沒有小孩也許——因為——」他說：「好多年前，還在學校的時候，她拿掉一個小孩。」

「你逼她拿掉小孩嗎？你怎麼會做出那樣的事，要是我知道，我一定會要她把小孩生下來，唉——以前醫療沒現在進步，但是，也可能是先生體質造成不孕。」呆了片刻，她說：「到底什麼時候，你去接安安和小孩？」

「過幾天。」他說。

「你快點去吧。」

一九八〇年元月十二日
A17

香港無線電視臺播出美籍製片人楊格、英籍作家麥鐸和奧迪斯、英國國立博物館副館長偉達等人，訪問中國「副總理」鄧小平的專輯。談話中，鄧小平表示：中共將繼續「社會主義路線」的貧窮政策，「中國」有了錢，人民所得也不會提高，因為「中國」要拿一大部分資金援助「第三世界」別的友邦，堅持履行「無產階級國際主義」義務。當訪問者要他預測「中國」未來的發展；他說，這比較難答，他大概能管十年，以後就不敢說。

他們在四樓接排一條長桌，開同學會。除了出國留學和住遠地的都來了，有些人還攜家帶眷。足足熱鬧一個下午，然後，他們單獨，三兩結伴，或者一家人離去。他們和他道別，熱烈握他手，安慰拍他肩膀，或擁抱他，幾次使他熱淚盈眶，覺得困窘。

那條嘻笑的長桌早就拆散了，收拾乾淨了。那些同學坐巴士、搭計程車或者騎摩托車、開車，夜色還沒落下大街，也在各路消散了；一切又恢復往常。週末夜晚，他持續坐在角落觀看窗下來往的行人和車子。

「王先生。」店裡職員說：「有一位陳小姐在櫃檯，這是她的片子。」

「喔——好，好，請她上來。」他說：「請給我們兩杯咖啡。」

要不是在百貨公司相遇，經她那般提醒，他相信他也可能會在路上和她錯面而過。她沒維持學生時代那樣平直的短髮；留長了，還做樣。她臉頰上原有兩片暈紅，現在被淡薄胭脂取代。比較她頸子的顏色，他想，她淡妝底下的臉色必定蒼白欠血色。不過，她看起來並不憔悴，而且神色自若。

「昨天你沒去玩槍。」她說。

「喔，昨天我去車站接我媽媽。」

「你究竟是什麼時候回來的？」

「兩年多了。」他鬆了一口氣，塌下肩膀，說：「那時候妳已經結婚了。」

笑意突然從臉上消失，她從手提袋抓出一包菸和打火機放上茶几。

他努力想把氣氛恢復正常，但是，她只顧抽菸，不在乎他們是否快樂憂愁。她持續抽幾口菸，把菸頭埋進菸灰缸，說：「你也結婚了？」。

「是啊，那時候，我需要趕快把心情安定。」紅了臉，他說：「你先生對你好吧？」

「問我先生幹嘛——」她點著頭說：「好，好，很不錯——你有小孩了呵？」

「剛出生，二十七天。」他窘迫說：「一個小男孩。」

「記得這樣清楚。」她說。

「啊，他是我的快樂和希望。」

「好。」她看了看手錶，把菸和打火機放進手提袋，站起來說：「我要走了，我不是特地來，我是路過，這樣再見面可以了——」

「妳才來——就那麼抽半根菸時間。」

「是啊，好像沒什麼話可說。」

「喔，也許有點突然，就有點心慌——」

「也許是心虛。」說了，她堅定的走開。

「歡迎妳再來，常來。」他說：「我希望我能——我虧欠妳太多了。」

「沒什麼，你不用這麼想。」她含著眼淚說：「希望你家幸福，寶寶健康快樂。」

「我可以陪妳走一下子。」他說。

「不用不用。」她說：「我開車來的，有空我再來看你，再見。」

「明天可以一起午餐嗎？」

「明天——明天我和我先生有應酬。」

「那就改天。」

「再見。」她說。

她在梯口消失時他衝動想追下去，但是，他只走到一個窗口，推開窗子，等著看她上街的身影。一會兒又一會兒，除了行人來往，他沒再看到她。他遺憾他們這兩次這樣的再見面，她表現那麼寬宏大量，甚至於說謊掩飾婚姻破裂。這樣，她當然可能把自己傷得很厲害；比較起來，他這兩次的畏縮就太無情太殘酷。

一九八〇年元月十三日 A18

小孩的哭啼聲中，安安被吵醒。她把他抱在懷裡，哄著搖，窗外卻又急駛過一輛卡車和發出嘯聲的摩托車，他大受驚嚇又哭起來。遠處有一陣雞啼，另一邊遠處接著一陣雞啼；不久後，到處都是雞啼，相互呼應不停。

她從窗口望下馬路，眼淚忽然奪眶而出，又忍不住低聲哽咽。

她母親開了門說：「寶寶乖，外婆抱，外婆抱呵，嗯，哭得好可憐，我看還是我抱到裡面的房間去。」

「都一樣吧。」她說：「每天這時候就是會很吵。」

「我看妳還是，這幾天的哪一天就回臺北，你們那巷子裡很安靜——」母親說：「寶寶乖喔，你爸爸就要來帶你回去了，你媽媽和爸爸吵架了？」

小孩繼續哭啼；「沒有喔。」安安說：「我沒和他怎樣喔。」

「他都沒來電話，這樣不是很奇怪嗎——如果吵架，我想一定是妳錯。」母親說：「我生妳養妳，知道妳脾氣呵，如果不是妳錯，妳也不會想解釋，只會賭氣——」

「乖喔——寶寶喔。」安安的父親在門外走道喊：「你阿公要睡覺咧。」開了門，他搶著抱小孩，說：「妳這樣搖哪裡行，用力搖才行，呵呵，阿公給你好好搖呵，搖啊搖，搖啊搖，咦咦，笑了笑了，妳們看，好可愛。」說著，他低下頭響亮親一下寶寶臉頰。

「就是你這壞阿公搖壞的。」母親說。
「呵呵，阿公把你搖壞？沒有呵，妳們看，他在笑。」
「好了好了。」母親說：「我們把他抱過去吧。」
小孩真是被哄乖了，但是，在黑夜和黎明之間，在一陣陣雞啼宛轉交疊間，許多片刻沉寂，她覺得從來沒有的失意。身為被寵慣的獨生女，她的失意也多會隨時得到補償。現在，她不敢這麼想。她在這個房間長大，許多地方的擺設，浮貼照片，記述了這個歷程，但是，她終於意識到那些安穩的日子都是過往了。

一九八〇年元月十四日 A19

王戎把車停進路邊停車格，隔著車窗、馬路和那間房子的玻璃牆，他看到陳琳瑯幾次在裡面走動。他不能看得清楚，因為車窗溼淋，空中還下著小雨。
電動門開時，她正背向裡面倒茶；回頭看到他，她嚇了一跳，杯子摔碎在地上。
他幫她把碎片撿拾，乾淨地面，她已經在茶几新沏一壺茶。
「我聽說妳在幾個黨外雜誌寫文章，就找出來，都看了——」
「怎樣？」她挑釁的偏了臉，說：「我和不少人熟，出事時，我也去了高雄。」
「那沒什麼——現在的時局，比我倒楣的那時寬鬆不少，因為除了社會主義思想，共產思想，其他反對組織，異議分子，美國都在後面撐著，當然，他們對重要的政治對手還是很嚴苛——」

他說：「啊，我是要說，這時候妳還能自由自在，走來走去，表示妳應該不會被怎樣。」

「我當然不應該被怎樣，我沒做什麼事，也不是什麼大角色——」她說：「我倒是很想做些什麼事。」

他們面對面坐沙發上，當她逐漸平靜情緒，他們又發覺他們之間另有一種隔閡，沉默起來。她點起一根菸抽，而他撇了臉去看玻璃牆外的馬路。

「你變得非常安靜，也許就是傳說的，他們會在食物裡給你下藥——可是，你還能生育噎，我聽說有幾個政治犯出獄後，再不能生育，這是真正安靜了——」她說：「啊，從前，不管什麼時候什麼場合你總是談個沒完，像字典，社科全書，呵呵——唉。」

「妳的笑聲實在可愛，和以前一樣——」他溼了眼睛說：「我實在很想再和妳快快樂樂談天說地，談任何什麼，可是我——我，他媽的——有病。」

她被他突然提高的尾音嚇到，瞪大眼，說：「我第一次聽你講粗話，還這麼大聲。」

「唉。」閉起眼睛，拍了一下額角，他說：「我今天來，想聽妳說任何妳想說的。」

「你應該在二、三樓或四樓的梯口裝鐵門。」她說。

「鐵門——我在那裡沒做什麼事喔，只是提供場所，讓人在那裡找得到好的知識，認識相關的朋友，聊聊天，交換意見，變得有智識，變得心胸開闊——」他說：「我不再像從前那樣任性了。」

「那你為什麼每個星期四晚上，去百貨公司練槍？」

「練槍喔，我不是練槍，我——」他說：「我無意中發現，那個遊戲可以鬆弛心神。」

「鬆弛，這當然就是說有什麼憂慮，什麼緊張——我也不再是從前那樣畏縮乖順的女孩。」她又點起一根菸，說：「我藏了幾箱土製炸彈，我們是用我先生公司進口一點材料，再陸續從別的幾家公司進口幾種材料，這樣合成的，以前我不能匹配你，現在我跑在你前面了。」這麼說，她的眼神炯炯發亮，嘴角也浮出笑意。

「我真的不是去練槍——」他說：「那比較像是在打自己，每個禮拜我打一種想法，一個概念，有時候，以為可怕的什麼東西，必須連續打幾個禮拜，就是把飛靶看成心裡的想法，這樣整理自己。」

「這什麼鬼話——」皺起眉頭，冷了臉，她說：「好吧，你說你不再像從前那樣任性，是什麼意思？」

「這個嘛——」沉吟片刻，他說：「我仍然希望人人好好過日子，但是，我自己也要像樣過日子——」

「哈哈哈，說得好，開了公司，有房有車有妻有兒，這真的很像過好日子。」從鼻腔吭了氣，她說：「他們把你整理得乾乾淨淨了。」

「沒有誰能把我整理——」他挺直腰幹說：「是我自己想整理，我——」

「不必說了——」她拿起眼前自己的茶杯，站起來，連茶水重重在地上摔碎，說：「到此為止，謝謝你來看我。」

一九七二年元月十五日 A20 B4

歷經長久監禁，王戎幾乎已經習慣不自由生活；這樣多久了，他後來也不再記得。但是，一旦覺得屈辱和憤怒——他認為自己是非常公正的人，只有審判別人的權力，結果竟然顛倒，就會在心中放聲大喊：這仇恨要報，要加數倍奉還。這時，他會激動，咬得牙齦發疼，全身顫抖。他的情緒有時候仍然會這樣狂暴，身處高度壓抑的環境就常做惡夢，夢到土製炸彈和被炸毀的建築，夢到槍聲和軍警慘叫求饒，夢到熱烈火海和塗地鮮血，夢到志得意滿，咆哮，狂笑。這樣的夢每次驚醒，他都覺得恐懼。

一九七七年元月十七日 A21 B5

再幾天，王戎就要回家了。他不再覺得屈辱憤怒，那些噩夢也模糊了；現在，他各種情緒活動都很淡薄，只在心中反覆低語：我要回家了，我要回家了，我就要回家了。自己這樣大幅度改變，他曾經很吃驚——那時候，他意識到自己像是在舞臺上表演一場別人寫的戲，演完了，鞠躬下臺卻沒聽到掌聲；他更加吃驚的是，這樣寂寞失意的想像中，自己竟然覺得坦然。有些事情已經在他身上發生，他想，漫長的徹底封閉，絕對孤獨，把他改變了。他很驚訝這樣的經驗，認識了一個人無論意識多麼能保持清醒，意志多麼堅強，總是會有一些東西是自己一時甚至於是永遠，無法瞭解和把握；例如，他始終熱愛的公正，完美，等等，那些倫理學的典型命題，是否真能有客觀標準或規格。意識著自己這樣的改變或被改變，他也悲也喜，但是，都很淡薄；無論如何，他想，反正自己還相當年輕。

一九八〇年元月十七日
A22

最後兩片碟影從樹林後面竄上天空，王戎連續兩槍把它們打碎；音響轟隆響起兩陣爆炸聲，燈熄了。百貨公司也即將打烊，他把槍放回架上，往四處張望。遊樂場管理員關了所有電動玩具的總電源，開始逐一熄燈趕人。再四處張望一次，他尾隨幾個最後的遊客離開那層樓。到了樓下，他繼續在門口徘徊。他不覺得煩惱，只有一點失望——他希望她會再來找他，安靜聽他一些話，而且聽進心裡；這些，他認為對他們彼此都重要。

確定她不會出現了，他又想他最好還是好好給她寫一封信；這幾天他認真寫過，每次都沒寫完。他要寫的東西太多，太複雜，太誠懇，無法結尾。

他在家門前把車停好，才打開車門，有一輛停在路中的車對他閃燈。他走去一看，竟然是陳琳瑯。他一上車，她就熟練把車倒退到一個轉折口，又順手把車開上街。

她像是剛洗了頭髮，他能聞到相當的馨香；看起來她也刻意把自己妝扮了。

「妳車開得很俐落，很自信，我很難想像妳以前那樣柔軟。」他看她把車往南開，好奇問：「這是要去那裡？」

「我不知道——呵呵。」她點了一根菸，說：「先離開街區再想。」

「妳今天晚上看起來很有精神。」

咬著菸，她抬頭瞥了一眼後視鏡，用手指掠了掠頭髮。

「妳菸抽太多了吧。」他說：「我上次看妳指頭有點燻黃。」

「指頭燻黃，啊，這就是你以前指頭的樣子，我正是因為在一件忘了洗的衣服上面，聞到你抽的菸味，想念你，抽起菸，以前和你見面你菸抽個不停，回家我都要洗頭髮洗衣服。」她嘆了口氣說：「你現在竟然不抽菸了，真是被整理得乾乾淨淨——抽菸真是有害健康，所以，你可以多活許久，這樣也好，也是塞翁失馬啦。」

「我陪妳抽一根吧。」

「不必不必，既然你已經戒了，我以前就常勸你把菸戒掉。」她把菸在菸盒裡按熄，忽然沉默了。不久後，經過一座橋，她把車開過新店溪；再一會兒，他在雨霧中勉強看得路標，猜想車子是開上往宜蘭的山路。「妳要跑多遠？」他忍不住問。

她沒回答，只顧把車在經常需要轉折的山路奔馳。

「現在我明白了。」他笑說：「有一次，一個開車的朋友說，他最怕坐在前座被人載著跑山路或高速公路。」

「你不用擔心我的開車，要擔心的話，擔心我的躁鬱，這心理病最後可能傷害自己或傷害別人。」說著，她就近把車停靠一處略寬闊的路邊。

他貼著車窗看，路邊是幽黑溪谷，就順手把手煞車拉起來。

「你害怕呵？」

「對啊。」他如實說。

「我無論如何不會做你的情婦，那樣卑賤自己。」

「唉，我是要說天雨路滑，水流急湍，或者，路基鬆軟容易塌陷啦。」

「那不就可以是在天比翼鳥嗎，呵呵，以前啊，有時候你也會油腔滑調，說一些騙我感情的話——不多就是了，也說得很笨拙。」想了想，她說：「你怕，當是只為你的妻兒設想——你毀了我，還有我的孩子，也是男孩噎。」

「我回來的時候——我回來的時候，如果妳還沒結婚，我們現在不會是這個樣子。」

「哇，說得好像只有我錯——」她掩著鼻子和嘴，一會兒，深吸一口氣，放開手說：「你用血寫什麼給永遠的琳瑯，然後再沒來信——我以為你就這樣消失了，後來——算了，我不想再去喚醒這些混亂，這些傷心，簡單說，後來我就努力，靜下心，幫父親支撐我們家。」說著，她掩起臉，幾次啜泣。

他幾次衝動，想把她抱在懷裡，但是，繼續安靜坐著，望著溪谷的黑暗，說：「說了妳可能不信，我曾經在你們新生南路那間房子對面，租了一個房間，有時去住，這樣住過三個月——是夏天，那時候妳穿著妝扮還是學生時代那樣素樸，也還喜歡花草，每天早晨妳在陽臺為那些盆栽洒水，有幾天妳先生去日本，我怎麼知道喔，因為你們家對講機好像壞了，有一個人按你家門鈴，妳站在陽臺上對他說：先生去東京了。妳先生很忙，常常不在家，但是他在家的時候，你們看起來很幸福愉快，很相稱，啊，我嫉妒得要命，最後就像是一個失敗者那樣傷心，離開了——」

「真會說故事——」她忽然提高聲音說：「你還是閉嘴吧，盡說一些沒用的。」

「好，好——」遲疑片刻，他說：「還是讓我把話說完。」

「一定不要再說那樣偷窺的事。」她在他眼前比食指用力點了兩次，說：「真噁心。」

「我自己那樣片面觀察，當然可能不確實。」遲疑片刻，他說：「但是，我們有不少共同的朋友，有的妳可能知道是誰有的妳不會知道，他們應我的請求談相關妳的事，也是出於關心，好意——但是，究竟妳為什麼離婚是很私密的事，這些人也說不出個所以然，應酬需要有時妳先生也會去花天酒地，他敬人家酒敬得很勤，自己喝很少，他還會耍詭計，比如拿毛巾擦嘴時吐在裡面，假裝喝茶吐在茶杯裡，他也會作弄那些小姐，很有分寸就是了，從這些事來說，他相當拘謹但並不無趣吧，有一次在斑馬線上，後面的人趕路超前，把他手提皮箱撞掉在地上，他沒生氣，那個人和他道歉他也客氣說沒關係，這多少可以認識他的個性——」

「你到底要說什麼，唉，你到底要說什麼。」

「有一天，我在街上遇到一個我們的朋友，和我說你離婚了——那時候我由一個高中同學介紹，已經結婚幾個月，啊，這樣陰錯陽差，命運吧，當然，這樣想才會使我覺得好一點，總是這樣——人生許多場景，境遇，我們無法追究為什麼一件事結果變成什麼樣，只能接受，做為一個結果它似乎有必然發生的驅動和意義，結果就是一切，所以，妳說我把妳毀了，這我沒什麼可以辯解，只能說我把自己也毀了，我那樣盲目衝動，把自己毀了也不知不覺把妳毀了，目前看，就是這樣的結果，而一階段一階段轉折，再開始，我們竟然方向對調，南轅北轍，我為什麼寫那張妳所說的，該死的鬼紙片呢，啊，妳一定忘了自己有一陣子沒給我寫信，回信，而當時我很混亂，然後，有一天我安靜下來了，我投降了，我想，這樣我才可能很快再見到妳——」

「唉，你說這些，我沒半點感覺。」

「好吧——」他吸了一口氣說：「再想這些事，我也很吃力。」

她想看他的臉，但是他在側窗面向低沉的河谷，她只能看到那邊窗上的黑暗，以及他原本寬厚的背部現在相當瘦削——忽然間，她心底一陣顫慄，覺得憐憫；同時發動車子，開出路邊，繼續往山上跑。

「已經很晚了。」他說：「我們是不是在那裡可以轉頭下山。」

「我們應該找個地方——」她嘆口氣，說：「真是可惡，讓我這樣說，啊，這樣說或許好些，也許你可以再讓我懷一個男孩或女孩。」

沉默許久，他說：「妳還年輕，應該考慮正常的——就是一般人的再出發，這個，我當然需要更加解釋，但是，妳一聽就會說，我已經被整理得乾乾淨淨，沒錯，我把自己弄亂了，也把妳弄亂了，我們現在應該做的就是把這些扭曲攤開，攤平，從來就是應該這樣做，也是這麼做的，到了一定年紀，人人都會感受到外面的規範和限制，自己做各種選擇的規範和限制，這種種限制中，人人也有能力讓自己健康愉快，而且，受過折磨的人，更應該加倍取回代價——」

她突然把車停下來，在一個小岔口幾次努力把車調了頭，才又停下來說：「你不只是被整理得乾乾淨淨——」吐了一口氣，又說：「是啦，是啦，就是你說的攤開攤平，呵——但是，你和我說這些畏畏縮縮的話實在莫名其妙，什麼受過折磨的人更應該加倍取回代價，啊，啊，我不正是受你折磨的人嗎——」她伸手到後座地板撈起一把傘，氣沖沖摔在他膝蓋上，說：「對不起喔，要請你下車，這樣我才能平心靜氣開車，安全開車，健康愉快開車，這都是你說的，你自己走下山，淋淋雨，醒醒腦，醒醒你的良心——」

一九八〇年元月十八日 A23

街上沒行人了，偶爾才有一兩輛計程車路過。王戎兩手插在大衣口袋，低頭走過一家家緊閉門窗的店鋪。細雨下得安靜，他走得快，冬天清晨使他打從心裡發抖。

他按第二次門鈴才能聽到動靜，然後，又等許久才能在門上探口看到她半張臉和疑惑眼睛；他說：「我來帶妳搭火車。」

「又是火車——」她沉默眨了幾次眼，說：「去那裡？」

「快去換衣服。」他說。

列車讓他們都有慘痛回憶，所以，坐下來都閉眼假寐，或因為太累，才閉眼也都睡得熟去。

原來他們臉各自別在一邊，醒來，他發覺他們額頭貼在一起，他臉還壓著她一邊頭髮。她仍然睡得熟，嗅著她臉上香味他發覺她匆忙間沒化粧，眼下隱約一片灰影，看起來憔悴。他看看她的嘴巴和鼻梁，再看她緊閉的眼睛。忽然，一列北上快車喧譁錯過，她眼睛張開了，他在裡面看到自己的臉，同時感受自己的手被她輕輕握著。

「妳真藏有一箱炸彈？」他說。

「你想密告我嗎？」她從大衣口袋掏出菸盒，點了菸，說：「以前我們搭火車，愛擠坐在車門階上，現在這種莒光號不行，我們也不再年輕了。」

「我們不能算很年輕，但是，還能活很久，我過去不曾想這些事，最近這樣想過，也這麼做——我像是死過一次的人，死去的人如果活過來也許也會這麼想，可惜人只能活一次，而大部分的人，無論達官巨賈販夫走卒，都才在學習和嘗試錯誤，就要死了，所以，我是個幸運的人，我想，我真是個幸運的人。」

「你今天心情很好，對吧？」她說：「我們兩個現在喔，一個患躁鬱，一個患妄想。」

「奇怪，妳覺得我妄想——那妳今天心情怎樣？」

「今天啊——天還沒亮就看到你，覺得像是你從很遠的地方回來，所以我一下子呆住了，想到你說曾經住在新生南路我結婚時住的家對面，那時候，如果你突然喊我，看到你我是不是會放聲大哭，我想我不會，那時候我真是幸福愉快，但是，我也已經生病了，我因為生病了也不能想你，畢竟就是你讓我生病，我想念你，有時也痛恨你，你真的對我很殘酷，無論如何，我已經哭得沒什麼淚水可以再哭——不知道為什麼，後來，我竟然也開始想你以前想的問題，雖然你——基本上，我現在想，雖然你愛想所謂的社會正義，所謂的社會大眾，但是，就像你自己曾經說的，大眾很少會想去和壓迫他們的人拚命，實際行動，徹底改變自己不平等的待遇，這樣的思想和作為多是貴族——那時你說的大概是經濟貴族、知識貴族等等，所以你骨子裡根本瞧不起所謂的社會大眾，所以你可以這樣輕易放棄，和我南轅北轍了。」

「這樣想——唉。」他說：「那妳現在到底怎麼想，要做什麼？」

「我沒要什麼，只是不要什麼——我不要獨裁專橫，我不要政府淪為西方帝國主義的買辦，不要全島變成組合的大工廠，人民變成跨國的廉價勞工，環境破壞，空氣汙染，食物有毒，我不要百分之二十五的人占有百分七十五的財富，我不要有人被剝削——啊，我不要什麼你當然很清楚，問這個幹麼，又要惹我生氣。」

幾次猶豫，他勉強克制想說服她的衝動，因為她說的確實是他以前的態度以及肆無忌憚的激進表現。但是，他忍不住還是在心底把自己新近想法整理一遍，像是自我辯解。他想：人的社會不可能有任何特定的主義會是絕對有意義，所有的主義都是從社會過去經驗整理出來的，因此，它變成理念的時候，實際上已經陳舊無用，社會也不需要預設什麼主義，因為社會問題發生在隨時的現在，必須就現在的狀況去解決，這多也還是無效的，因為時間在進行空間在變幻條件在轉化，使得一切都會變成過去，能認識的都是沒用的了。

列車開進荒野，天空灰暗錯亂，陽光藏在後面模糊曖昧。他忍不住想用這樣的現象說一些隱喻，例如命運或怎樣的先天條件所限，人心、社會、國家，一切都是不確定的，獲得生命也獲得死亡，快樂和痛苦，正值和負值，善良和邪惡，這樣孿生，這樣混亂，所以不能說人是一定有希望，在維持生命的物資有限或各種物資分配不均的時候，人就必然要結黨營私，互相爭鬥，對這樣的禍害有沒有自覺都一樣，因為壓迫會循環，爭鬥也如此，今天的被壓迫者明天變成壓迫者。

想到她情緒那樣不穩定，他終於放棄這些自認為對她有益的辯解，然後，從大衣裡邊口袋拿出一張支票，放在她手上說：「妳也許還記得，從前我們計劃一起出國去讀書。」

她把支票拿起來看，說：「哇，這麼多錢——是啊，那時說要離開現場，離開臺灣就不會惹事——現在羊死了牢也不補了。」她把支票扔在他膝蓋上，說：「今天出來，竟然是想要說服我出國，以為關在行駛的列車上，我就不得不聽你胡說八道喔，唉——」

「離開現場的說法，妳想起來，我倒是忘了，但是，出國求學原來也是妳曾經有的夢想，現在終於沒有家庭負擔，也有時間——」他說：「此外，我想的是妳的憂鬱症或躁鬱症，所以，妳可以先去舊金山我大姊那裡，準備入學，也看看醫生——」

她安安靜靜穿起外套，離開座位往邊廂走；他看她留下一個手提袋在座位，以為她是上洗手間。手提袋有兩本書和一份報紙，他看了看書名，把報紙拿起來看。

後來，他發覺車子好像停過站又啟動，接著，窗口一晃，他竟然看到她低頭快步走在月臺上。

一九八〇年元月十九日 A24

小孩終於睡著，王戎小心把他放回床上。柔和色燈下，他看孩子臉孔不再像出生時那麼瘦長，多皺紋，那麼粉紅——像猴子，而是圓圓滾滾胖起來。孩子的腳趾頭也不再那般疏漏，枝叉張揚，豐滿長成人樣了。憐愛的握握這樣的小腳板，他為孩子穿上啼哭時掙脫的襪子。孩子的手指仍然緊緊握著小拳頭，出生起就是這個樣子。他試著把這拳頭舒展，那些小指頭無論如何不肯展開，而且用勁抓住他一根指頭。恐怕把孩子吵醒，他親一下孩子額頭，重新包紮襁褓，然後把孩子放在床邊，自己打直兩隻手臂腳踏地板半趴在床上，浮空將孩子罩護在胸前，疼愛的看孩子臉。有一次孩子撇了嘴角笑，他也開心撇了嘴角——那時候，他想，人和人之間真有一種非常快樂非常強烈非常真摯的愛，至少在血肉關連的想像中，一個人也可以在這樣的愛裡，意識清楚的想愛自己。他想，人喜歡把小孩比喻天使，因為他們都深深記得且嚮往孩時的快樂，可是這種記憶和嚮往卻多使他們痛苦，結果天使對他們不會有什麼拯救的意義。現在，這個天使對他確是有意義的，提醒他至少也快樂過，知道快樂的意義和方法，痛苦不是他過去的全部，也應該不是未來的全部。

「我愛你。」他說。

「啊？」揉了揉睡眼，安安坐起來瞇著眼睛望著他，說：「你喊我嗎？」

「喔，沒。」他紅起臉，說：「我看著小孩，覺得好玩。」

他小心跪上床，把小孩挪移到床中間，然後靠著床頭坐在另一邊。「小孩看起來像一張白紙，但是，紙上已經看不見的塗抹了許多東西，大約是幾百年所有祖宗的特質和個性，比如我的聰明，衝動，比如妳的矜持，自信——」

「我應該和你道歉。」她說。

「沒什麼。」他說：「我也有錯，我有一些不愉快的回憶，沒和妳說，以後慢慢說。」

「是啊，我不知道你有什麼苦惱，我太自私——你沉默，我就不會知道你在想什麼，你如果時常表示意見，我就能夠改進，我知道自己嬌生慣養，問題不少——」

「我真的沒介意什麼，我正在學習平常生活，有點不容易。」望著她的愁眉苦臉，他說：「至於妳，無論如何，妳都只是鬧鬧脾氣，沒有要我這樣那樣——至於有沒有問題，我沒有什麼大問題，冬天過後，我們常常出去玩，談談心事，我們一直都是陌生人，我們一定要互相容忍的，生活愉快，那樣，孩子和以後的孩子，無論男女才會覺得這世界是仁慈、安全的，不是不可捉摸、空虛、艱苦——喔，雞開始啼了——」

一九八〇年元月二十四日
A25

陳琳瑯走到巷口，忽然看到王戎的車，趕忙退回巷口商店騎樓；她原沒想到王戎這時會在家。車子到了巷口停等綠燈，她就在前座窗口初次看到安安側臉，覺得嫉妒和憤怒。直到他們的車遠離巷口許久，不見蹤跡，她才慶幸安安離開家和孩子，這樣的情況才符合她原來的設想。她訝異自己原來根本沒想到家裡有王媽媽和安安同時在，自己簡直沒什麼有可能成功的機會。這時這樣誤打誤撞，她也喜也驚，覺得冥冥中真可能有造化弄人；因此，就為這樣僥倖的發生，覺得有點惶恐。她抽一根菸才離開巷口。那條巷子除了一家雜貨店和洗衣店，都是公寓住家，七點多的夜晚，到處亮著居家燈火和電視螢光，充滿休憩祥和氣氛。

門鈴把小孩嚇哭，他的哭聲很響亮，她的心房忐忑跳起來。

老太太推開門上的小窗口，一看到她就認得，親切說：「陳小姐呵。」

「王媽媽。」她說：「好多年不見——」

「陳——陳琳瑯，這名字我一輩子也不會忘記。」老太太說：「請進請進。」

「好可愛的寶寶，阿姨抱，叫什麼名字啊。」

「宗華。」老太太說：「照八字取的。」說著，她把小孩遞給陳琳瑯。

「哭得好可憐，阿姨把你嚇哭了呵。」

「小孩都是這樣，怕陌生。」老太大說：「妳請坐，王戎剛剛出去，安安也，他們去百貨公司給宗華買一點用品——」仔細打量陳琳瑯，她說：「自從那年在機場分手，我們就沒消息了，我給妳寫過一封信，想要妳去美國讀書，妳沒收到信嗎？」

「我有收到。」她輕輕拍著小孩背部，說：「謝謝王媽媽，真不好意思，我沒回信因為當時心情很亂，後來，不知道為什麼，竟然忘了。」

「王戎應該也跟妳提過，我沒妳的回信，曾經在給他的信又提一次，唉，人生的境遇真是無法預料——我去給妳沖杯茶，妳愛濃愛淡？」

「謝謝謝謝，濃淡都可以。」紅了臉，她說：「我只是路過，想進來看看王媽媽，一會就走，啊，所以是空手來，實在失禮——好可愛的小孩，很像爸爸也很像媽媽呵。」

「真很像。」遲疑片刻，老太太說：「妳真不能再生小孩了？」

驚訝抬起頭，望著老太太，她說：「看過三個醫生，都這樣說。」

「應該有什麼辦法，外國醫生——唉，王戎這孩子，這樣對不起妳。」老太太說：「妳願意去美國嗎？」

「我沒想去。」她說：「暫時這麼想。」

「啊，我先去給妳沖杯茶。」老太太一路走一路說：「這王戎實在罪過，真是——」

她看老太太離開客廳，幾次猶豫也幾次緊張得無法動彈，終於用雙手緊緊捏痛自己的兩邊腹側，才能醒來，抱著小孩跑出門。

一九八〇年元月二十六日
A26

連續兩個日夜到處探聽，王戎沒找到任何頭緒；除了往最少的傷害希望，他再沒的辦法或想法。

「我們還是去報警吧。」安安說：「警察找比較快，這種事不報警可以嗎？」

「她一定只是喜歡小孩，所以我們還是暫時不要報警，如果她還沒做什麼，也許警察會把她嚇慌，結果她真做出什麼事來。」

安安走來走去，終於坐下來。

「妳吃過飯吧？」

「還沒。」她說：「媽媽煮了，她自己也沒吃。」

「我去買點東西，也許大家會有胃口。」

「不用了，不用了。」望著陣雨喧譁的街上，她說：「也許這是你們兩個在演戲，什麼你想帶她去美國一趟，什麼你需要一點時間，你們想得真好，真精采，把我這樣騙，你不過是利用我為你生一個小孩。」

「喔，安安。」坐在她對面，他說：「妳不能這樣想，我是說妳不用這樣擔心。」

「你看。」數著手指頭，她說：「你沒想報警，沒很認真在找，我就是特地來看你到底怎樣，你果然沒在外面忙。」

「這個時候妳不能鬧脾氣。」

「我為什麼不能鬧脾氣？」她更加生氣說：「我是最大受害者噎，我不管她是誰，不管她曾經如何被你傷害，我不管，呵——」蒙著臉她哭了起來，說：「我只要我的孩子，即使你不要我，我也不在乎。」

「啊，妳一定要相信我。」他說：「以前的事我已經和妳談了，那就是全部。」

「我又怎麼知道，我怎麼知道那是全部？」她說：「把我的小孩偷走，你們共產思想是這樣嗎？」

「唉，和共產思想有什麼關係，真是胡扯——再等兩三天吧。」他說：「拜託拜託。」

一九八〇年元月二十七日 A27

在一隻小椅子擱腳，陳琳瑯蹺縮睡在一張沙發；在她和扶手之間，睡著包裹好的嬰孩。幾天來的糾纏，她筋疲力竭，有機會就和衣睡；這樣零零星星被動睡，她更加躁鬱。幾次，她仍然想把他弄死，但是，他伴著眼淚的哭聲，每次都讓她覺得恐怖，也把她的狠心融化，甚至於會讓她發起母子親暱的感情，憐愛他。這樣，她就經常困惑自己綁架這個小孩的初衷。

他真是愛哭，睜開眼沒人抱哭，肚子餓哭，尿溼哭——現在，他尿溼了，肚子也餓了；輾轉幾下，他眼睛還沒睜開就咧嘴大哭。她迷迷糊糊坐起來，順手抓起身邊奶瓶擱上他胸前，然後為他換尿布。「可惡的小鬼。」她說：「你媽把你寵壞了，一點教養也沒有，一點秩序也沒有，你一個晚上竟然醒三四次還是四五次，嗯，你需要一個機械人保姆。」她深長喘一口氣，覺得心跳急促，頭暈；幾次打盹，就又睡去，直到他的哭聲再度將她吵醒。「真真真真可惡喔，可惡啊你。」把脫落的奶瓶對上他嘴，她一邊生氣說：「再哭，我就真的把你餓死喔。」她的咆哮卻把他逗樂，停下哭泣，第一次發出聲音笑。「啊，實在拿你沒辦法，一點辦法也沒。」她把他抱起來，跟著笑。

他睜大眼睛，完全醒來，安靜吃奶了。看了看手錶，她說：「你這次才睡三個鐘頭。」他又咧嘴笑，也直直盯著她眼睛看。「眼睛黑白分明，白中一層淡藍，這樣的小孩會非常聰明，嗯，你會像你爸那樣鬼靈精，那是很久以前了，他的心地也很好，但是，現在，我看喔，你愛哭耍賴，狡詐，也可能是天生壞蛋，這當然是你媽的遺傳，那好，我就成全她，把你寵成壞蛋，蠢蛋，呵呵，那時她會心疼，你爸會頭痛，再不能強詞奪理，說那些似是而非，混淆事實，詭辯，呵呵，你的命運就這麼注定吧，你將過這樣的生活：貧困，悲慘，感受人世不公、冷酷、黑暗，你長大後無論能夠怎樣克制自己，都會免不了憤世嫉俗。」聽到她說話的段落，他又咧嘴笑。「你應該哭，但是你笑，唉，真可憐。」她說：「你還真無辜呢——」

一九八〇年元月二十九日
A28

王戎把車子停在巷子口。

「妳一定要留在車子裡，以免有什麼意外，妳也，無論如何不要報警。」他對安安說：「妳留在車上就好，妳答應嗎？」

「我想——好吧，我答應。」

再思慮片刻，他說：「那就再見了。」

「什麼意思？」

「喔，沒別的意思，一時恍惚說快了，是要說一會兒見。」

「你剛那樣說，我覺得不吉利——」抓著他的臂膀，她說：「如果你覺得困難，我們就暫時離開，再仔細想想。」

「我還是去吧。」說著，他關上車門，數著門牌號序快步走進巷子。

他在巷口內十來公尺就找到那棟四樓公寓，老舊，褪色紅門落歪半片，他不需開門就能進去。快步跳上陰暗潮溼的階道，他一口氣爬上四樓；門果然如約，沒鎖。小心推開門，他一眼就看到孩子和陳琳瑯。

孩子穿一套新的白色毛衣褲，同色帽子，恬適睡在一張新的藍絨布套推車；她妝扮整齊坐在沙發，推車橫她面前。她身上蓋一條寬條黑邊圍繞鮮豔紅色的毛毯，探出一條手臂垂在沙發扶手外面。他懷疑那隻手臂也許抓著她曾經說過的炸彈。身穿黑色呢絨洋裝，她臉色顯得更加蒼白，在這新租未整理的舊房子裡看起來陰森。

「你來得很準時。」她說：「你沒報警吧？」

「啊，當然，我相信妳不會有惡意。」

「你一個人來吧？」

「坦白說，安安也來了，在巷口在車裡。」

「那你還是沒照約定。」

「她在電話分機偷聽，她以為我們——」他說：「我沒辦法阻止她來。」

「我們，我們——你不要過來，你就站那裡。」

「我只是想看一看孩子。」

「他活著，剛吃完奶睡，所以，我才會說我不會鎖門，你也不要按門鈴。」似笑非笑，她瞥一眼熟睡的孩子說：「啊，可見我頭腦還清醒——」

「妳怎樣了？」他說。

「我要你死。」她說：「你有這樣想過嗎？」

他沉默走到窗口，望下巷子。

「你想和誰做信號嗎？」她說。

「下面沒人，喔，有一隻貓正路過——」他走回原地，說：「你要我怎麼死？」

「我們一起死，一陣轟隆巨響和烈火，不留痕跡，啊，這樣死多好。」

「好吧。」他說：「但是孩子無辜，妳放了他。」

「他哪裡無辜的。」她說：「他沒出生以前，可以這樣說吧，被我，還有你自己詛咒過噎，那時你說我們以後一定還會有孩子——」

「唉，妳也無辜，只有我不是。」他吸了一口氣，挺直身體說：「妳可以指定我在哪裡把自己消失——」

「好吧。」她說：「我給你兩個炸彈，一個你拿去扔總統府，一個你接著炸自己。」

「我不再喜歡仇恨——」他說：「但是，妳說了算。」

她忽然低下臉，臉色更加一層灰影而嘴唇變成暗紫，沒了力氣，說：「沒想到新生兒這樣可愛，這樣可怕，我病復發到成完全無力抵抗——我沒要你做什麼，只是要你來把小孩帶回家，啊，也就這樣和你說再見了。」

他快步走上前去，看她擱在沙發扶手外的手臂探進一個桶子，手腕上有支蝴蝶針連著軟管插在血管裡，手心手背和桶底滿是鮮血。

「我就要死了——」她掙扎想舉起那隻手，但是，提不起勁。

他把蝴蝶針抽出血管，又跑去打電話求救；這一驚動，小孩醒了，放聲哭起來。

一九八〇年二月十一日 A0

從路旁小徑他踏過泥濘走過一片草叢，鑽進一大片這時葉片已經落盡的葡萄園，好一會兒，他就在另一頭最邊緣看到一株葡萄藤繫了鮮紅蝴蝶結，這是她手記遺願的葬衣處，說是每年春天都能復活。摸了摸那個的蝴蝶結，他想起她最後片刻嘴角上的隱約笑意，像是結算了全部的恩怨、歡樂與痛苦。

◎收錄於二〇一七年《文藝春秋》，衛城出版。

原來是DIXSON，不是DICKSON。有時寫成狄克森、狄克生或逖克遜，不是老二的兒子。我以為自己拼錯了許多年，後來發現賴世雄拼成DIXON，許多片語書封面上不管誰編寫的都要打上「DIXON'S IDIOMS」。誰都不認識那個編了四七〇個片語的狄克森。但狄克森默默推進美國英文的擴張，他編寫的教材隨著好萊塢電影、美軍駐紮世界，逐漸流布各地。狄克森本人沒機會目睹四處打著他名號的翻版片語書，也不可能知道自己的名字留在臺灣那本《新英文法》的序文最後幾行，跟其他英語文學者專家並列。

Lesson1 : to get on /off（上下公車、船或飛機）

羅莉塔在上船之前，回看了這座碼頭。這時候她還不叫羅莉塔，還勉力當著瑪利亞。她想到自己的人生就是這麼來來去去，上了這岸，下了那碼頭，要找一個屬於自己的家。她要到了可以理解人世複雜的年紀，才知道爸爸原來不只是她的爸爸，也是別人的，在遙遙的大海另一端，有個對稱如她的女兒正在等著爸爸回去。所以瑪利亞十七歲第一次遠行就是尋找父親，帶著遙遠的口音說著同一種語言，暴露在加利西亞的沿海小鎮。從閉窒的船艙一登岸，好像眼前的繩索、浪潮和傳遞貨物的吆喝聲，都塗上了一層薄薄的油，滑溜地鑽進耳朵，岸邊來往的人、車輛、攤販正在播送她能辨識卻有些陌生的語音。她不知道自己該往哪裡去，揣著行囊，在這小小的城鎮到處走走。

人家說這裡是舊大陸，每座屋子都有歷史，每個人都有故事。她來自新世界，還年輕得沒有多少故事可說，但她知道自己是個美麗的女孩，總有人搭訕她，要帶她去哪，要請她喝一杯。她還在習慣這邊的聲調，在腦海中試著捲出一個音，默念幾個破碎的單字，模仿本地人的腔調，希望盡可能融入背景。

直到她聽見第一個孩子胡立歐的響亮哭聲，才明白有些語言是生來就會，不需要學，也不用講究發音。有些話則是用同一種語言溝通，就會愈飄愈遠，像一條翻越曬衣繩的毛巾，掉落在怎麼構都構不著的鄰家屋簷。像是她的丈夫荷西。回想起來，到底是什麼緣故讓她願意跟著荷西一起走，大概就是為了那句「我們一起找你爸爸。」但這句承諾是有極限的，超過一年，他就煩膩了，說要工作養家，說不能離家太遠，說難道我給你一個家還不夠為什麼你不肯放棄。瑪利亞知道，找不找得到父親不重要，他們的緣分早在他離開古巴的時候就結束了，他有另一個家要照料，他有另一個瑪利亞要疼愛。僅有一萬多人的小鎮裡，有些人認識她父親。有人說他舉家遷移到東邊的大城市了，聽說那裡有很多機會。有人說，當初他就是以為古巴是天堂樂土，才不遠千里到那邊討生活，哪知道那邊只是比較熱，跟這裡差不了多少。一個捕魚的人，不會因為到了遠方就變得會種田。瑪利亞心想，所以他才會給自己的女兒取了一樣的名字。他只是在有限的想像中，重建了一個類似的家庭，一個管不了他的妻子，兩個不受管教的女兒。可能某天，時候到了，他決定要回家，跳上返鄉的船，就再也不回來，一如他當初跳上前往古巴的船，搖搖晃晃，撐過一整個海洋，卻不知自己去幹麼。

瑪利亞第二個兒子小荷西出生，她的口音和舉止已經跟當地人沒有分別，總有一天，她沒有父親的日子會超過有父親的日子。某日經過她上岸的碼頭，一個念頭像劃亮一根火柴，說不定父親又返回古巴了，他們只是錯過。荷西說她瘋了，揮拳留下她，兩個孩子在哭，盤旋在碼頭附近的海鳥叫聲細細傳來，帶著點點鹹味，混合家裡潮溼的霉味，她打起噴嚏。瑪利亞的感官被充滿，暈暈然在餐桌旁躺下，清涼的地板與腫脹的肉正在緩慢中和，小孩還在哭，伴著尿騷和屎味。

沒人知道瑪利亞何時離開家，又是怎麼消失在碼頭邊。據說荷西渾身酒氣回到家的時候，被滿布家中的屎尿味衝得清醒起來，兩個小孩光著下身，骯髒的尿布散落處處。不過幾個月，漁夫兼碼頭工人荷西又釣上一個十七歲的外省女孩，填充瑪利亞留下的空位，而且新女孩不會吵著要找爸爸。

幾年後瑪利亞回來帶走兩個兒子，沒人知道她怎麼安然走出那間房子，又怎麼找到出航的船隻。那時人人都在談論佛朗哥、談巴塞隆納的局勢，當地居民從來不覺得這西北沿海的破落小鎮跟那些王室、政黨或革命有什麼關係，他們只是守著一個小小的港口，勉強討生活，以前如此，以後也如此。但是戰爭捲入了所有人，包括留下來的荷西。他參與的左翼工人組織在內戰後隨即被清洗，他被逮捕後，先是被監禁，接著丟到鋪設鐵路的單位幹活，又轉往他也搞不清楚的某處繼續被監禁。他在短暫的一生結束前，想起那個為他生了兩個孩子的混血女人。荷西不知道他們回到古巴，二戰後遷到美國紐約。一九五〇年代初期，女人改嫁給美國人羅伯特的時候，給自己換上新名字，從此成為一個教人如何使用英語的美國人。

Lesson 2：to wait for（等待）

她帶著婆婆到臺東山間探望丈夫，回來後婆媳都生了病。她猜想可能是在回程途中大武山站休息的時候，拿來飲水的公用茶杯不乾淨。她渾身發燙，虛軟躺在床上，清楚知道漆黑的房間只有自己，樓下是三個孩子的房間，一樓是出版社的辦公區。二、三樓擺滿自家出版品和各種書刊。所有東西都靜止，她卻覺得意識在旋轉。醫生說她們可能感染到肺病，得長期吃藥治療，平常多注意衛生，碗筷盡量消毒。

她有時真的相信自己告訴三個小孩的話：爸爸在美國留學，所以不能陪著他們長大。夫妻一年只能見上兩次面，每次十五分鐘，剛覺得可以好好說話，時間就終止了。逢年過節，她要到附近的堀江商場禮品店挑選外國進口的卡片和禮物，代替丈夫送到孩子手上，讓他們稍微感到父親還是在的，只是太遠，無法親見。但像這種病弱時分，她真希望身邊就有那雙濃眉大眼看顧著自己，甚且握著他溫暖的大手。那是一雙讀書人的手，修長的手指握筆寫稿，寫出指節一粒厚繭。可她只能等，等待一個微小的希望，讓那雙手再次接住自己。

儘管那渺茫的希望同樣在折磨自己。她腦中不時回放每趟跋涉到臺東的旅程：先是搭上金馬號，搖晃過屏東，過枋寮，轉入往臺東的山路，一路風塵僕僕，車子與碎石砂土反覆顛簸，像要把乘客篩出來，所有人的頭髮、眉毛和衣物都鋪上一層薄塵，晚上抵達臺東市區過夜。隔天早上七點多，搭車到隧道口下車，等待成功漁港來的班車，再進到清溪的泰源監獄。丈夫的面容被隔著的鐵絲網切割得零碎，沒有接觸的可能。她總是想在十五分鐘內記住丈夫的神情，然後在回程時仔細比對那些一起生活的熟悉身影。這是倒數的漫長過程，見一次少一次，終究可以等到一切歸零，重新開始的一天吧。

Lesson 3 : to pick out（挑選）

瑪利亞記得羅伯特教她英語的時候，會選一些報刊文章給她讀。後來羅伯特也縮寫幾本小說，把故事梗概和主要情節抓出來，保留原作的對話讓她練習閱讀。羅伯特對她兩個兒子挺好，母子三人時常一起聽羅伯特講課，英文單字就像一顆顆糖果逐漸融化在他們的日常，殘存在舌尖，散發淺淺的甜味。上課時候，瑪利亞可以忘記自己帶兩個孩子窩在布朗克斯的兩層樓公寓，跟另兩個家庭分享住房；可以忘記出門要提高警覺，小心別誤入義大利裔或猶太裔的地盤，快快抵達工廠或快快趕回家。所以瑪利亞覺得一切好得不像真的。她原本只是跟一群波多黎各人擠在郊區的紡織工廠做工，跟著人家去補習英語。就這麼遇上大她五歲的羅伯特。羅伯特是個細膩的男人，總開玩笑自己能從亞洲活著回來，一定要做點對人類有貢獻的工作。可他是個只會說英文和一點西班牙文的英文系畢業生，那就來做點語言工作吧。當年戰爭結束後，羅伯特復員回到紐約，找了個紡織工廠差事，管理一大票從中南美洲來的移民工人。那陣子波多黎各來的特別多，可是普遍不會說英語，只能做低技術的勞務，工作上、管理上時常出差錯。他向老闆爭取該給這些工人學點基礎英語，沒成。他乾脆自己找了塊黑板，晚上就在廠裡教工人英文，教著教著竟然產生成就感。這些人再也不是面目模糊的工人，而是有名字、有想法、有個性的一個個人。他們不再只是領班與勞工的關係，還是老師與學生。

隨著一個個字母朗讀過去，羅伯特一邊矯正自己的西語發音，一邊修正學生的英語發音。他在第一批學生中選中了瑪利亞，讓她協助英語課的事務，幫忙分發油印講義，有時幫忙盯分組對話練習。羅伯特喜歡看學生們逐漸熟練起來的表情，像是日常操作的紡紗機器或捲線工具，愈來愈融入當地生活。他的助教瑪利亞進步得尤其迅速，就連口音和文法都自我要求到接近於他的準確。

這段教學相長的時日沒維持太久。有其他同事打羅伯特小報告，說他教外國勞工英語，讓他們變得更難管，甚至會頂嘴。有的影射羅伯特說不定跟共產黨有關，不然怎麼那麼好心免費幫那些拉美工人上課，接下來組織他們做什麼誰曉得呢。老闆叫了羅伯特到辦公室，要他自己說明這是怎麼回事。羅伯特壓抑不住，脫口就說美國是偉大的國家，因為任何人都有權到這塊土地上追求美國夢。美國是大熔爐，紐約就是小熔爐，我們應該幫忙這些移民有機會在這裡立足，幫助他們融入社會，與所有人平等競爭。老闆打斷他，我相信你真的是個好人。你要浪費時間幫那些波多黎各人或猶太佬，我沒意見。我尊重你，畢竟美國有言論自由，開國元老們定下的憲法也說人生而平等。但誰要在我工廠裡搞鬼，誰就是跟我過不去。你知道你接下來該怎麼做吧，羅？

羅伯特離開工廠，繼續在外頭找地方教移民英語，同時著手編寫課程講義，準備出書。他對未來充滿樂觀想像，隨著戰後美國國力日強，一定很多外國人要跟美國打交道，學習英語的需求必定很大。他覺得自己就是那個被挑選出來從事這項志業的選民，彷若看見了自己的著作隨著英語之流，奔向世界各地，屆時整個地球都有他的學生。

Lesson 4 : to take part in（參與）

這些年來，她想盡辦法要讓丈夫參與到自己的生活。前幾天她傍晚回到家，開燈看見小兒子在哭，以為是跌倒或跟誰吵架了。問他怎麼啦，他說放學回家後，看不到媽媽，也沒有爸爸可以叫，別的同學每天都可以叫爸爸媽媽，我突然覺得自己好像孤兒，很難過。她看看四周，幾張辦公桌和待包裝整理出貨的幾落書，整個家空蕩蕩、黑漆漆的，難怪孩子感受不到溫暖。她決心辭掉教職，專心在家經營出版社事業，等待丈夫回來。

丈夫每星期都有信來，如果沒接到信，她就忍不住胡思亂想，擔心他在裡面發生什麼事。這麼多年的來信其實都大同小異，限制兩百字以下的信除了問候寒暄，就是簡單交代身體狀況，根本無法說什麼心裡的話。每封信打開，總是一個「效忠領袖反攻大陸」、「保密防諜人人有責」或「查訖」的藍色印章，提醒她要節制，許多話還有別人看得到。但她怕丈夫吃得不夠營養，時時寄餅乾、葡萄乾、藥品、罐頭和奶粉進去，回來的信上面就蓋著「食品易腐禁寄拒收」。恐懼淡淡地籠罩在她的生活，一如當初目睹丈夫午睡被叫醒，連件外套都不給穿就上銬帶上吉普車，自此回不了家。

她根本不知道這究竟是怎麼一回事，就連去到臺北的法庭，也不明白何以整天忙著教書、寫書的丈夫怎麼會牽扯到預謀叛亂。她最生氣的是管區警察，明明不是不瞭解他們家裡的狀況，每個月都要來查看，有次居然還要在讀國小的大兒子的照片。她生氣地回說，要什麼照片？他爸爸被抓的時候他才四歲，根本什麼都不懂。除非全高雄的小孩都要做檔案，不然我不會給。當下這樣說，晚上自己在房間裡，在寂靜黑暗中，仍無法放鬆地擔憂敲門聲響起。

或許三個小孩都敏感的察覺家裡狀況比較特殊，總是盡可能獨立不讓她操心。因為丈夫，她買《基督山恩仇記》給三個孩子看，讓他們知道善惡並不總是那麼容易分辨，例如坐牢的主角就是被冤枉的。她不時跟孩子談起在美國的丈夫，翻看丈夫製作寄回的剪報簿，吸收新知，注意家庭保健，彷彿人在遠方的丈夫透過這些知識訊息，隱隱傳遞著關心，參與他們的日常生活。

其實社裡業務好多事得丈夫決定，報紙廣告的文案也要他擬稿。他是唯一的創造者，因為那本文法書暢銷，才有這家出版社的穩固基礎，也是因為他在裡面辛勤增補改訂新版，才能讓社內業務維持下去。可是她沒法不在意丈夫寫的小說內容。當初讀了刊登在《新生報》副刊的〈北九州的來信〉，心情實在好不起來。後來丈夫在信裡又興沖沖說要好好改寫、加長篇幅，另行出版，她的內心就犯躊躇。他們分別將近十年，她幾乎等於守寡，如今卻要看丈夫對另一個她從來不知道的女人傾訴心思懷念，好像一字一句都是打在臉上的巴掌。莫非她是替代品？這十多年的婚姻算什麼？她忍了幾週不回信，終於忍不住把這些感受寫在短短的信箋上，顧不上有審查人員會看到這些內容。儘管丈夫說「希望您不要以為我真的有過那麼一個愛人。我愛著的只有您，文學作品本來就要那樣寫的，請您諒解是禱。」還是無法說服她。那篇小說她反反覆覆看到幾乎能背起句子來，實在難以相信主角始終愛慕的日本女性不存在，畢竟主角身世的一切描述幾乎都是丈夫曾說過的往事。

三個孩子一起讀爸爸的小說，他們問起為什麼爸爸不是寫媽媽而是寫對另一個日本女生的愛慕思念，她一時答不上來，鼻酸的情緒突然湧出。她也不知道、不確定啊。丈夫的頭腦和能力一向比她好，現在相隔那麼遙遠，她沒有自信說自己理解丈夫在想什麼。她告訴自己這是小說，是假的，卻又被其中的逼真細節震懾住了（她唱給主角的那些歌曲不也是丈夫曾要我唱過的嗎？）。她恨不得可以抓著丈夫的肩膀，請他好好說明這是怎麼一回事，為什麼要寫這篇小說，為什麼對那個日本女人有這麼深的眷戀，甚至暗自期待著自己的孩子有朝一日去日本留學還住在人家家裡，以便和對方的子女發生戀情。這部小說若是出版，就像永遠在告訴世人「我的丈夫始終懷念著初戀情人」，而身為妻子的她就免不了替身的嫌疑。

近來丈夫每封信總帶著歉疚的口吻，三番兩次澄清自己的小說是虛構，絕不是在懷念舊情人。甚至願意修改、放棄出版此書。她看得毛躁起來，一下覺得自己不該扼殺丈夫的創作，一下又想到自己的淒涼。反倒是一天，上國中不久的大兒子，支支吾吾要她說出爸爸到底在哪裡的真相，她拿出判決書給兒子看，跟兒子一起哭。這麼哭過，似乎也明白了不該糾纏於往事，假如那是真的又何妨，我懷中的孩子跟另外兩個小孩可都是自己懷胎十月辛苦生下來的結晶，他們會哭會笑，都是真的。只要照顧好他們，就是讓看不見的丈夫持續地跟我們一起過活。

Lesson 5 : to change one's mind（改變主意）

第五章動詞，第六節語氣：（3）假設法（Subjunctive Mood）

假設法用以表示假定，想像，願望等非事實的觀念，亦稱 Thought Mood（敘想法）：

條件句（Conditional Sentences）

A．非事實的現在（Present-Unreal）

表示跟現在（或未來）的事實相反地假設和想像：

當初他重新修訂至這個章節，發覺要不是能以這個形式寫作，自己可能活不下來。每個草擬的例句，都在幫他界定時空處境。正因為如此，他可以想像買了車，到處遊覽（If I had a car, I should be very happy.）；想像自己是一隻鳥，可以自由飛翔（If I were a bird, I could fly.）。對那些壓制他人的人丟出問句，假如現在你處在我這個地位，你將怎麼辦呢？（What would you do if you were in my place?）藉著句型演練，深深地隱藏心底的願望。

1. If I were rich enough, I would buy a car.
2. If I had a car, I should be happy.
3. If I were you, I wouldn't do that.

4. If I had wings, I would fly to you.
5. If you could come, it would be very nice.
6. If he came, I might see him.
7. If I saw him, I should tell him that.
8. If Tom were here now, he would help me.
9. If you fell into river, you would be drowned.
10. If you had more time, would you study Japanese?
11. If it stopped raining, you could go out.
12. If the plane left at noon, it would reach Tokyo at four o' clock.

偶爾樂觀的時候，他計劃出去後買車，就像在信裡跟妻子說的：「每天清晨散步時，眺望遠近美麗的山景，我就想：我們要買一部小汽車，我開車載你和孩子們到鄉下去欣賞田園風光，有時要只帶著你，兩人到寂靜的山上或河畔，重新和你談戀愛；要是能這樣多幸福，這是我的心願呢，不知您認為怎麼樣？」在多夢的夜晚過去後，他醒來，回想夢中妻子乘計程車來迎接，他們在臺東休息了一個中午，然後高高興興地回到高雄去。他忽然不知自己為何身在此地。究竟為什麼非得要在這小小的籠子中浪費生命。他只能藉著書寫另一種語言，代替自己抵達每個夢想。厚重的時光在一字一句的英文、日文和中文雕刻得稀薄了，他在三種書面語、四種口語間來來去去，有時他想，若是不使用任何一種語言，還能考える／think／思考嗎？在空白的日子裡陷入空白是危險的，他盡量讓自己忙，試著回到幼時沉迷於雜誌紙頁間，在知識中徜徉，編寫英文講義，教同學日文或英文，想想出版社的經營策略，晚上九點鐘熄燈後，靠牆沉思。思緒零碎噴灑。從臺灣搭四小時的飛機就能到達東京，妻子和母親卻要花上將近一天的時間，轉好幾趟車，才能從高雄來到臺東接見。他沒搭過飛機，也沒走過她們前來探望的路途，只能等待這場人生的大雨止息。或許雨過天晴，就能出去了。

B・非事實的過去（Past-Unreal）

表示跟過去的事實相反的假設和想像

歷史藏在語言之中。他想過另一種可能的人生是，戰爭過後，臺灣宣布獨立，建立起一個即不是日本殖民也不是中國國民黨接收的國家。臺灣人的國家。他的生命將會大大改寫，不會在二二八當天，從和平東路的師範學院宿舍出門到中山堂看電影的途中，目睹公賣局臺北分局前群眾聚集抗議，砸毀一箱箱的菸酒。也不會在回到宿舍後，聽其他同學說陳情的民眾在行政長官公署附近被衛兵掃射。二二八會是個什麼都沒發生的普通日子，他們按照原訂計劃看電影，接著畢業成為一名普通的英文老師。沒有被強迫要說的國語，沒有被嚴禁使用的日語，大家愛說什麼語言就說什麼語言。

他又想到少年時在雜誌看過一篇小說，大意是日本轟炸機在華盛頓丟下原子彈，迫使美國投降。美國成了日本的殖民地。那麼美國的地位就跟臺灣差不多，或許他會成為一名在美國教日文的老師。

或者是，蔣氏政權遭到毛澤東剷除，臺灣落入共產黨的勢力範圍，那麼他可能要學習俄文，也許成為一個俄文教師。

堅硬的現實讓他想不出這些狀況如何可能。那些他參考過的英文文法專家學者諸如 Harold E. Palmer、A. S. Hornby、A. J. Thompson、Robert J. Dixson 以至赤尾好夫、小野圭次郎，有人可能像他這樣關在斗室裡，一邊參酌其他同行的著作，一邊添加自身的見解，完成一部文法書？他不瞭解他們的人生，正如他們不瞭解他的際遇。可是他們卻在英文中相遇，透過那些機械的句型、用法說明和例句，彷彿真能觸摸到英文的骨骼血脈。他知道帶來最多啟發的 Harold E. Palmer 曾待在日本十四年，擔任過文部省外國語教育顧問，奠定了現代英語的教學基礎。他記得大二時存了好久的錢，走了三趟西門町虹橋書店，才終於買下 Harold E. Palmer 的原版小書 The New Method Grammar。他不知道 Palmer 過世於他買書後一年的一九四九。他同樣不可能知道，Robert J. Dixson 帶著新婚太太和兩個繼子從紐約搬到美國最南方的佛羅里達邁阿密，展開新生活的時候，正逢他結束火燒島兩年感訓出獄，重獲新生。

經過那回無故被構陷的教訓，他再也不寫日記，更避免與任何人提及政治話題，世界向左或向右，都不干他的事。只要能夠好好過活，成家立業，教書、寫書過一輩子已經足夠。他確實照著自己的理想，結婚生子，從事英語教育工作，直到那輛吉普車的引擎聲將他從午睡的房裡叫出來。他就這麼跨出自己一手建立起來的家。

C・非事實的未來（Future-Unreal）

表示跟未來的事實相反的假設和想像

例句：If I were to go abroad, I would go to Japan.

（倘若有一天我能出國，我要去日本）（但我知道我不能出國）

他第一篇發表的小說，寫的是自己的初戀故事。他記得第一次入獄關押在單人牢房的時候，偶然看到前人以鉛筆寫在牆壁的遺言，悲哀地想起師範學院時代沒能成婚的女友。結果居然是多年後在另一間牢房中，提筆寫下這些沒有消散的思念和遺憾。他把過去和未來揉在一起，虛構出一位日本女性，擁有一切理想女人的相貌和美德，假想他仍在高中教書，突然接到久違的來信。二十多年一晃而過，自己如今身在當時無法想像的未來，假託主角蔡明哲（這融合妻兒的名字）活出另一版本的人生。可是妻子卻為這篇小說傷心難過大半年，她竟以為那些都是真的。

這或許就是語言的魔力吧。像一個仔細端詳著地圖的人，盯著等比例繪製的圖像、符號，看久了，就以為那是實際的疆土。他的前半生都在跟語言打交道，透過詞語和聲音，與人溝通或誤解。有些語音一聽就知可以往來，有些聲腔一脫口就該閃遠點。但人心往往潛藏在語言底下，立場則超越省籍出身。同學們大致分成四派，一種類似他的臺獨民主人士；一種是被他這派叫作「紅芋」的共黨派本省人；一種是國民黨軍人出身的外省人；還有一種是信奉共產黨的外省人。每幫人時常一言不合就吵起來，動手動腳，群體間合縱連橫，也有向獄方誣告陷害的。他最討厭國民黨外省人動不動就喊著：「如果臺灣㨃他娘的獨立，我寧願把臺灣交給中共！」他想自己從前教書的時候，可從沒遇過這種不可理喻、不受教的學生。轉念一想，其實大家都是失去自由的人，同樣受到迫害，身上無處發洩的血氣就只好往周圍人招呼，這不能說不是一種悲哀。

一九七〇年的大年初三，那幾個年輕人起義失敗時，他深深觸碰到語言的界限。一個人透過語言知道什麼，起身為此獻身，以至犧牲；同樣的，語言有時就跟他所在的監獄一樣，局限著人去知道什麼、獲得什麼。他事前就知道那幾個當過兵、體格強健的臺獨派年輕人計劃起義，他們打算跟警備隊的臺灣人聯合起來，占領監獄，再占領廣播電臺，向國際發出臺灣獨立的呼聲。他心裡覺得不妥，認為計畫過於空想，應當奪取槍械後就近控制監獄附近的市鎮，接著進入山間進行游擊戰，等待全臺發生連鎖效應。

起義失敗，奪槍逃逸的六人陸續被捕獲，五人同日槍決，一人判十五年。始終待在牢房中的他被誣告為主謀，關入獨囚房一年多。在那盞日夜亮著的燈下，他背靠冷硬的窄牆，獨自唱出所有記得的歌謠，一遍又一遍，以音符和詞語撫慰寂寞的心靈。妻子若是知道他的狀況如此，還會緊抓著虛構的初戀情人不放嗎？但他不能說。當局認為他常教同學英文、日文，懷疑他活動過於積極，早就盯著了。結果起義的本省年輕人怕計畫洩漏不敢靠近他，起義失敗，平日看他不順眼的外省人又趁機陷害他。一切都是語言文字構成的虛構罪責，卻在折磨他真實的肉身和精神。他聽見本來就不對盤的共黨派本省人在鐵窗外嘲諷：「活該，快點死掉算了！」他同樣聽見教過的同學在鼓勵他。他寫下《基督山恩仇記》的基督山伯爵冤獄時說的「你要等待，要等待希望。」貼在牆上當成座右銘。孤獨中，他一次又一次回想自己寫的兩篇小說內容，想著男女主角被外在的語言、國籍阻隔成不同的人，終究無法在一起。許多個無法成眠的夜裡，他翻開英漢辭典，整理分類英語單字，低聲誦讀，聲音輕輕彈跳在狹窄的牆間。絕望襲來的時候，他害怕等待中的未來只是非事實的未來。他使用著語言，也懷疑著語言，靠語言養活一家人，也不斷被語言徵斂。

D．不確定的未來（Future-Uncertain）

表示對未來的極大的懷疑

例句：If I should fail, what shall I do?

（萬一失敗的話，叫我怎麼辦呢？）

他的刑期按理說剩下兩年，但周遭同學服完刑期仍沒有釋放，而是移送到綠島的新生感訓隊。他猜想自己大概也是如此。一九七二年四月下旬，他跟其他同學像綁粽子似的綁成一串丟上卡車，搭上前往綠島的運輸船。半夜的海面墨黑，稀微的月光碎裂在波浪間，他在窒悶的艙內，混雜機油味、廢氣和各種男性體味，搖搖擺擺在水面上前行，想起剛升上國一的女兒先前寫來的信：「我很懷疑你不在美國，而是在臺東，如您在美國，為什麼會用臺灣製的信封，用臺東清溪山莊的用箋呢？還有為什麼我們寫信總是寫臺東郵政七九〇八附二信箱呢？為什麼不寫美國ＸＸ州ＸＸ路ＸＸ號呢？爸爸請您把您的地址詳細的告訴我吧！」他在獨囚房內讀信無聲哭泣著，只能據實以告，期望子女日後長大能夠諒解。但他能等到親眼看到孩子們長大成人的一日嗎？

重回綠島於他的心思有些複雜。他忍不住想起十年前在新生訓導處的往事，腦子裡不自覺比對著眼前新建的綠島監獄和往昔的處處差異。原先的訓導處已改為綠島指揮部，管理竊盜慣犯和新生感訓隊。指揮部前方由水泥高牆圍繞的放射型雙層建築則是綠島監獄。他在放封散步時遇過那個因為翻譯《大力水手》漫畫冒犯蔣氏政權的外省作家，也與那個因組共產主義思想讀書會而遭捕的本省作家交談過。他們都為著語言受到壓迫，彼此卻沒有多少話好說。

他開始覺察，同樣的語言的內部，可能又分成兩層，一層對外，一層向內。語言最裡面的那層，說的是一種只有自己能理解的話語，有時介於抽象的思想和形象的詞語之間。在那深處，不是他所擅長的英語、日語、臺語或中文，無法從中整理歸納出文法結構、句型公式，是某種接近於沉默、說不出來的話語，甚至無法發音。好比說，他每次在家書中提到關於「回家」的時候，往往是他覺得自己回不了家了，妻子卻始終不曾發現他的言外之意。

在綠島的四年比起之前的十一年都難熬。一是他服滿刑期卻被轉移到新生感訓隊，不知何時能獲自由。妻子和母親遠赴綠島來接，以為就此一家團圓，沒想到卻只能在雨中遠遠揮手。再是蔣介石過世大赦，聽著從隔壁監獄出來的人放鞭炮慶祝，他只能繼續重複著勞動、思想改造。他偶爾想起十幾年前那個一起待在感訓隊的老人。七十多歲的老人目不識丁，整天在隊上就是到河畔照顧那一群鴨，像是全隊最自在的人。問老人怎麼被送到這裡，在濃重的鄉音下，勉強知道原來是唯一的兒子逃回大陸，只好抓老父親來管訓交差。所以認得幾個字，能說兩門外語，在獄中比不過一介文盲？監獄於老人只是一堆牆壁、欄杆和鐵絲網的組合。有時他羨慕那樣的空白，沒有任何一個詞語跳出來表達情緒和意義，甚至可以化約自己成一盞燈、一堵牆、一間小小的監牢。彼時或將是真正的平靜，沒有時而高潮時而低谷的情緒起伏，沒有焦躁和不安的等待。希望和絕望幾乎相等。

這樣他就不會為了轉至較為寬鬆的福利社服務而欣喜，不會因為被調派幫副指揮官的女兒補習英文而覺受賞識，更不會受那年輕預官敵視而感沮喪。他訓練自己的語言能力收斂下來，取消詞語的意涵，盡可能去忘記。二十多年後，他終於成功刪除所有的語彙。當做的已經都做完了。

E．可能的未來（或現在）（Future-Possible）

表示未來（或現在）可能發生但不確定的事情

例句：If you work hard, you will succeed.
（如果努力用功，你將會成功）

瑪利亞的原名是Maria Dolores Iglesias Andujar，嫁給Robert J. Dixson後改名Lolita Dixson。她的兩個兒子跟著改姓Dixson。他們一家人在邁阿密的豔陽下，過得還算順利。大多時候，夫妻忙著編寫英文教科書，有時幫忙接濟從古巴來的同鄉親友。大兒子胡立歐已經可以加入編寫的行列，也跟羅伯特合著給英語人士的西班牙文學習用書。羅伯特死於一九六三年，活到五十五歲不算長，但他寫出的英文學習書幾乎每本都活得比他長，年年持續領著成千上萬人走入英語世界。

羅伯特死的那年前後，國內外的騷動令蘿莉塔對未來有些不安。先是古巴飛彈危機在他們毫無知覺中解除；再則是南方的黑人民權抗爭正在劇烈湧動，她跟許多人一樣讀到關押在伯明罕市立監獄的金恩博士那封〈伯明罕獄中書〉，彷彿自己的混血血統正在訴求公平正義，正在挑戰種族藩籬。當年的八月二十八日，金恩博士在林肯紀念堂前，對著二十五萬人發表演講〈我有一個夢〉，她跟許多人一樣深受那鏗鏘有力的嗓音和音韻感動，確信這個聲音的主人，必然有機會實踐那夢想的國度。或許她可以收錄演講全文做為補充教材，一邊播放錄音加強學生聽力，一邊幫助學生記憶文句。

此時五十歲的蘿莉塔反覆咀嚼金恩博士演說的其中一段話：「有了這個信念，我們可以一起工作，一起禱告，一起奮鬥，一起入獄，一起捍衛自由，知道我們終有一天是自由的。」（With this faith, we will be able to work together, to pray together, to struggle together, to go to jail together, to stand up for freedom together, knowing that we will be free one day.）應當屬於「可能的未來」的句型。她期盼這個未來將是真實的。蘿莉塔一直住在邁阿密，活到九十六歲過世。隔年她的兒子胡立歐拖著癌症病體跟她後腳離開。蘿莉塔的孫女茱莉從佛羅里達大學畢業後，成為邁阿密的執業律師。茱莉的朋友們幾乎都不知道跨越美國兩、三代人用過的英文學習工具書，好些出自狄克森家族的手筆。

Lesson 39 : to fix up（修理、改善、整理、安排）

狄克森編出的第一本片語書是一九五一年版的*Essential Idioms in English: Phrasal Verbs and Collocations*，後來陸續修訂到五版。柯旗化在一九六〇年代初編寫《英文單字成語手冊》、《高中英文單字成語總整理》，均參考過狄克森的著作。那時翻版、編譯狄克森的片語書甚多，後來變成英語教學名師的賴世雄曾在中學時就讀過《遜克遜成語》，一九九〇年代初期還以自家的常春藤出版社出了重修版。

我很難忘記世紀末前幾年被關在私立高中晚自習的時光。每晚都要按時收聽賴世雄教英文，聽他渾厚的嗓音講解文法、單字片語，抱著學校訂購的《常春藤美語》月刊做筆記、寫習題。高一入學的時候，全班同學都拿到一本常春藤版《遜克遜成語》，但其實早在國中時期的英文老師就逼著我們背片語，同樣是那本《狄克森片語》。那位英文老師剛從師大英語系畢業，相當認真執教前段班的學生。她發很多補充講義，鼓勵學生勇於開口，大聲朗讀，不要怕發音不準確，盡量在課堂上說英語。可是我們鄉下孩子大多害羞，老師問有沒有問題大都一片沉默，點名起立回答也是羞答答、忸忸怩怩多有停頓，幾秒鐘說不出一句完整的話。課程很快從辨識英文字母進入由主詞、受詞、名詞、形容詞、副詞和動詞組成的結構階段。有些同學始終畏懼著英文，做過再多參考書、考卷，還是常常搞不懂時態變化。老師就說，同學們，你們要想像英文是一輛腳踏車，腳踏車落鏈、漏風，就是給它fix up，修理一下。同學想像一下那個讀音跟畫面，fix長得很像工具，up有種彈起來、飽滿的感覺，好像沒氣的車胎灌飽了就是up，修理好了就是fix up。所以我們可以引申來看，你們家要整修，是fix up your house；你媽媽要去弄頭髮綁辮子，是fix up her hair in braids；你要安排約會，也可以說fix up a date。這我懂，我要是在學校不小心說幾句臺語就會遭到fix up。

我們從小被訓練在學校課堂要說國語，臺語只能偷偷地在下課說，且要避開討厭的抓耙仔，免得被罰錢，最後成了發音不三不四的臺灣國語。上了國中要學英文，語言的位階自然是英文↓國語↓母語。有時回鄰村阿公家，他總是很遺憾我們聽不太懂他的話，我們講的臺語零零落落他也聽不習慣。我們的臺語從一開始就生鏽，以後更沒機會磨亮，就整個廢了。可我們那時卻在瘋美國回來發唱片的L. A. BOYZ，買他們的錄影帶練街舞動作，學他們臺語交雜英語的Rap（英語部分多半糊成一片略過），以及不怎麼標準的國語唱腔。我跟幾個同學曾經拿著L. A. BOYZ的英文歌詞，央求老師講解。老師稍微看了看，說歌詞其實省略不少正統寫法，有些詞是縮寫或簡寫，因為幾乎都是口語用法，會跟你們正在學的文法不太一樣喔。不過你們對英文有興趣還是最重要的。

只是興趣永遠沒考試重要。某次阿公看我拿著《狄克森片語》在苦背，他說，孫仔，若有不識的所在，可以問恁伯公。伊少年讀過日本時代的高中，彼當時聽說成績蓋好。我心想有可能嗎，連我都知道日本人的英語發音實在有點可憐啊。恰好伯公來串門泡茶，阿公指著我說，這隻猴英文學毋蓋通，恁稍指點一下。我看著瘦小黝黑的伯公，只知道他是村裡人人敬重的讀冊人，鄰居常找他處理、調解各種事，但其實他高中也沒畢業啊。伯公接過我的片語書，隨意瀏覽翻閱，念了幾個片語，哇嗚，發音滿標準的，有點嚇到我了。伯公說，米國話足久沒看，早就未記了了，今麼只會ＡＢＣ狗咬彘啦。我厝內有本恁阿叔卡早買的文法書，等等轉去拿乎你參考。伯公拿來的是本墨綠色硬殼精裝文法書，書封書底皆無任何文字，只有書背燙金的「新英文法（全）柯旗化編著 第一出版社」。中華民國七十年六月增補改訂第四十一版。

那個不熟的阿叔，五專就讀到臺北去，過年才有機會見到面。我翻看這本舊文法書，上面到處是前任主人的足跡，有時鉛筆，有時原子筆，有些圈起來或劃底線的重點。我愈看愈覺得英文實在深奧，怎麼有辦法第一章〈名詞〉就寫那麼多，這應該不是給國中生讀的吧。我闔上書，繼續背我的狄克森片語。

Lesson 20 : to hold still（保持靜止）

他有時想起受到刑求偵訊、逼供的往事，還是充滿了恨。身體痊癒的傷痕，彷彿還殘存裂開、腫脹的記憶。反覆的拷問消磨心志，言語的欺瞞和威嚇，像是碎玻璃，碎片扎在思想深處，隱隱痛著。他理智上可以控制，睡眠中卻常遭到夢魇的噬咬，妻子準備裁縫尺在床邊，隨時要把他喚回現實裡來。他剛回來那陣，正逢家裡兩個小孩一個準備考大學、一個準備考高中，他緊張他們，想幫忙複習英文；兩個孩子焦慮著大考壓力，還煩惱著不知怎麼與幾乎沒相處過的父親一起生活。妻子夾在中間，要勸丈夫說小孩都很獨立知道怎麼應付考試別太操心；要跟孩子說爸爸離開這麼多年是想以他的方式彌補你們。但雙方在略顯尷尬的氣氛中，仍有些不習慣。

妻子找他晨起到外面散步，他卻只想到頂樓照顧小小的一方花圃。往日散的步夠多了，他只是想站在高處，試著脫離原有的視角，看看城市隱沒的盡頭。他本來以為自己與社會並不脫節，這些年來讀過的書報雜誌，可能遠比大多數活在外面的同輩人都要多。習慣在紙頁字裡行間來去的生活，要天天面對像是一夜長大的青少年子女，他反而不知怎麼拿捏應對。他只有繼續投入編寫國、高中英文參考書，只有這件事，不因被偷走的十七年而有所改變。一個英文單字的拼音，一行過去完成式的句子，一種語言的基本結構，沒有誰能摧毀。英文無法被誰嚴刑拷打，也不能逼英文承認從來不存在的罪。他在英文字母、標點符號構成的世界中，可以全然放心。英文不會背叛他。

音樂也沒有背叛他。當他終於能夠安坐家中，放置德弗札克《新世界交響曲》的黑膠唱片，唱針刮出的音符，完全依照他年少時的記憶一一列隊湧出喇叭。音樂像長出的果肉，緊緊包裹著最裡頭的核。他想像當年從東歐遠渡美國的德弗札克，懷著怎樣的心情，寫出第九號交響曲。演奏至第二樂章，如歌的往事悠然流洩，那些吟唱著Goin' Home的歌聲，在記憶的抽屜間迴旋。他已經越過了人生的中間線，如今回首前半生，居然有著從大洋彼岸遙望故鄉的慨嘆。

他希望從今以後盡可能掌控自己的人生，所以去學開車。在駕訓班第一天，教練介紹車輛各部位名稱及功能後，他小心翼翼坐上駕駛座，發動汽車，握住方向盤，有如緊緊抓住了不可知的命運。他買車後，到哪裡都想自己開車，他喜歡握著方向盤，操縱排檔桿，踩著離合器，好像開上的每條路都通往自由。只要車輛保養得當，適當操作，汽車也永遠不會背叛他。

LESSON TWO: I Have a Dream
（國立編譯館，高級中學英文課本第六冊，一九八七）

我幾乎都忘了還有英文課本。高中英文老師簡直是常春藤美語的推銷員，課程照著月刊進行，隨堂小考用的是月刊上的測驗題，賴世雄編寫的文法書、分類字彙書則是補充教材。老師永遠怕我們詞彙量不夠、測驗得不夠，課本根本不夠看。學期初拿到的課本通常到期末才會拿出來讓老師瘋狂趕課，一節當三節高倍數濃縮，一星期就幹掉一冊課本的十四篇課文。

我對小馬丁．路德．金恩博士的印象就是，他在課本上的肖像畫被同學加上鬍子、獠牙或山羊角的塗鴉。我們當時匆匆翻過，只覺得那英文不難。但英文老師在那課暫停了一會，罕見地以一整節課講解課文。老師端出手提音響，放出金恩博士的聲音。教室迴盪著三十幾年前的雄渾人聲，穿插聽眾的歡呼和鼓掌聲，金恩博士念出的每一個單字，正在形成意義，每一個句子，每一個段落，正在控訴不公義、正在吶喊著自由。大約十五分鐘的演說，老師只是靠在黑板邊，陪我們靜靜聽著。錄音播完，老師說，可能同學無法完全聽懂，中間有些是聖經的句子，不過大家應該都能感受到金恩博士演講的魅力。我記得第一次聽，在他喊出「I have a dream today!」的時候，渾身起雞皮疙瘩。接下來的段落是排比句，產生循環的韻律感，也是這場演講最為人知的段落。同學們，要學好英文真的不容易。這畢竟不是我們的母語，我們不生活在那個英語環境裡，很多東西就不可能瞭解得深入。你們不覺得課本收錄這篇演講有點奇怪嗎？不知道歷史老師還是三民主義老師有沒跟你們講到一九六〇年代美國黑人民權運動？沒什麼印象嗎？那我稍微跟你們講講。

這是我整個高中三年唯一見證英文老師的人性光輝時刻。那節課，他講了金恩博士的奮鬥故事，講課本選文部分其實是他當時演講的即興演出，原先備好的演講稿根本沒有。可見他真是一個很有渲染力的牧師。我們暫時忘了狄克森，忘了賴世雄，忘了學測，忘了聯考，就只是老師與學生，單純地試著理解遠方的一小片歷史。在那之後，英文老師又變回原來的模樣，一切課程內容都是重點整理、考前模擬。

Lesson 23：to clean out（清除、整理乾淨）

雖然他自覺已經做完所有國、高中英文學習參考教材，轉而專注在臺灣語言、文化及歷史領域，編選「臺灣文化圖書目錄」，偶爾仍會翻翻中學課本選文內容。他發現，解嚴前夕的高中英文課本第六冊竟收錄了金恩博士的〈我有一個夢〉。他知道金恩博士是美國知名的黑人民權領袖，但此時才第一次注意到原來自己跟金恩博士同年生。這場演講的時間點正好是他第二次入獄被宣判十二年刑期的前一星期。他記得當年在報紙讀到金恩博士遭人暗殺的消息，人還在泰源監獄，拖著肺病完成增訂版文法書不久。他找出演講全文通讀，時而懷疑高中生能否理解金恩博士對公平正義的追求，時而期盼解嚴後的臺灣社會真能有一番新氣象。

但他不相信壓迫人民幾十年的政府，不相信解嚴就立刻有所改變。他仍時時感覺特務仔的目光監視著自己，從來不敢過於放鬆。不管開車到哪裡、出國到日本或美國，他已無法以最單純的目光看待眼前的事物。他一生跟三種語言搏鬥，先是與母語地位幾乎相等的日語，再是戰後學的國語，最後是餵養生活的英語。讀寫日文的時候，他會想起那個熱愛讀書報雜誌、勇於參加有獎徵答的少年。日文包圍他整個學習年代和戰爭歲月，所有青春、浪漫的主題歌都以日語吟唱。接下來學會的國語則讓他有著工具性的疏離。所謂字正腔圓的國語發音，在他聽來，常隱含著霸道的侵略性。正是他必須要說的國語、必須要寫的漢字，排除了熟悉的日本語文。那是偵訊、刑求的語言，那是欺壓、囚禁的文字，逼他不得不挺身抵抗。如果說日語是初戀情人，國語是包辦婚姻，那麼英語就是賺錢家私。他可以愛一種語言，卻討厭說那種語言的國家。結果家裡三個小孩先後到美國留學，女兒甚至就留在美國結婚生子。

當他以日文寫完回憶錄後，彷彿一生要說的話都說完了，他的記憶逐漸像英文克漏字測驗，出現愈來愈多的空格。他看著自己寫下的句子，回想歌曲旋律，卻想不起接下來的歌詞：

香りも高きふるさとの
丘のこかげの白百合よ
あの日の姿はそのままに
今でもこころに　いている
（故鄉山丘木蔭下的清香白百合，昔日綻放的風姿依然在我心中）

他打開自己多年前寫的文法書，盯著習題1：

鳥能飛。______ can fly.
她來自中華民國。She comes from ______ ______ ______ ______.
日本人是勤奮的民族。______ Japanese ______ a diligent ______.
星期三在星期二與星期四之間。______ comes between ______ and ______.

他填不出正確答案。

他時常忘記妻子的叮嚀，時常開了車出門卻忘了把車開回家。妻子幫他準備好襪子，他把一雙襪子套進同一隻腳，焦躁找著另一隻襪子。妻子要他在廚房邊坐著等飯菜做好，他偷吃還沒下鍋的備料。妻子帶生病的他去看醫生，他從醫院穿著薄薄的病服徒步走回家。他漸漸變得沉默。那些他不說話的日子，有很多人來跟他說話。他只是靜靜看著他們。地球另一端的蘿莉塔，晚年也是這樣靜靜看著她的家人。那些累積了一輩子的詞彙，有如獲得解放的奴隸，自由四散。他們退回到面對世界的原初狀態，語言還不存在，事物還沒有名字，歷史正要開始。

編輯說明與誌謝

這套選集的編輯，像是一則則尋人啟事。在尋找三十多位作家的過程中，編輯的不只是作品，而是時間本身。要謝謝所有回覆的作者，不論是透過電子郵件、電話甚至是在臉書大海撈針，都在聯繫上的一刻，感到失去的時光被找回來了。當然這些作品都曾經發表、出版過，但要以「白色恐怖文學」這樣的計畫去思考與並置，把所有作品放在同一個時鐘裡啟動，特別感受到時光的艱難。

艱難其一，許多作家早已逝去或者已聽不清楚出版社打去的電話，因此要謝謝第二代甚至第三代親友的協助。艱難其二，這些作品來自不同年代、不同出版社，編輯原則殊異，除了必須重新打字，也必須重新建立編輯原則。要特別感謝東年先生，知道收錄的篇幅可能有限，願意重新修訂作品。最後，也謝謝麥田、印刻、聯合文學與前衛等出版社的慷慨，提供文字檔、書籍與協助合約處理。

選集的編輯體例有以下幾個原則：

一、保留原作品分節方式。有的用國字，有的用阿拉伯數字，在整個讀過原作後，認為當時作家選用分節的編號形式有其意義，因此不刻意統一分節方式。

二、校訂原則。早期的作品會用「着、脚、却、猪、鷄、羣」等字，會統一改為「著、腳、卻、豬、雞、群」等字。原則上，有部分仍使用春山出版的統一字如臺、嘆、拚命、愈來愈等，因為有部分作品內部用字有不一致情形，為減少閱讀上的混亂，仍一定程度以出版社的統一字校訂。但如儘量、盡量，惡夢、噩夢，偶爾、偶而，思維、思惟等，因不涉及對錯，且出現次數較少，仍以作者用字為主。至於數字如廿、卅等的使用，考量此種寫法有一定的時代性，大多保留。副詞地、的使用，則不統一，保留每個作者的用法。

三、加注編按。如無法確定是否為錯誤，如吳濁流用喜氣揚揚，施明正將泰源寫作泰原，並不直接修改，而是加注編按說明原文如此。

四、日文翻譯。吳濁流〈波茨坦科長〉、邱永漢〈香港〉為從日文翻譯的作品，其中〈香港〉已參考日文版重新校訂，在此也謝謝授權譯稿的朱佩蘭老師。

最後，此次選集書名來自策蘭的詩「Corona」，為北島翻譯版本。將詩的最後幾句節錄如下：

是石頭要開花的時候了，
時間動盪有顆跳動的心。
是過去成為此刻的時候了。
是時候了。

原來時鐘就是心。

莊瑞琳／春山出版總編輯

讓過去成為此刻：臺灣白色恐怖小說選

作品清單

卷一　血的預感

郭松棻　月印
吳濁流　波茨坦科長
葉石濤　臺灣男子簡阿淘（節選）
邱永漢　香港
李　渝　夜琴

卷二　眾聲歸來

朱天心　從前從前有個浦島太郎
李　昂　虎姑婆
楊　照　一九八九·圳上的血凍
藍博洲　臺北戀人（節選）
陳垣三　浦尾的春天
黃　凡　賴索
東　年　去年冬天（節選）
黃崇凱　狄克森片語

卷三　國家從來不請問

舞　鶴　逃兵二哥
施明正　渴死者、喝尿者
李　喬　告密者
林央敏　男女關係正常化
瓦歷斯·諾幹　城市殘酷（節選）
林雙不　臺灣人五誡
苦　苓　黑衣先生傳
吳錦發　消失的男性
楊青矗　李秋乾覆C·T·情書
平　路　玉米田之死
劉大任　浮游群落（節選）

卷四　白色的賦格

宋澤萊　糶穀日記
黃春明　蘋果的滋味
拓拔斯·塔瑪匹瑪（漢名田雅各）　尋找名字
陳若曦　老人
蔣曉雲　回家
賴香吟　暮色將至

臺灣白色恐怖小說選　大事記

製表　陳文琳・莊瑞琳

年分	重要作品	歷史事件	文學、文化事件
一九四〇		二月十一日日本臺灣總督府修訂戶口規則，鼓勵臺灣人改從日本姓名。	
一九四五		五月三十一日美軍大規模轟炸臺北，是為「臺北大空襲」。 八月十五日二戰結束。國民政府接收臺灣，九月一日成立臺灣省行政長官公署。 十一月一日，行政長官公署與警備總司令部共同組織臺灣省接收委員會，全面展開日產之接收與處理工作。	九月《一陽周報》創刊（一九四五年九月至十一月），楊逵為主編。 十月，臺灣行政長官公署發行《臺灣新生報》。 十月《民報》創刊（一九四五年十月至一九四七年二月），林茂生創辦。 十一月《政經報》創刊（一九四五年十一月至一九四七年二月），陳逸松為主編。 十一月《新新月刊》（一九四五年十一月至一九四七年一月），黃金穗為主編。
一九四六		夏天中共建立「臺灣省工作委員會」，中共地下黨在臺灣進行反國民黨的地下鬥爭。	一月《人民導報》創刊（一九四六年一月至一九四七年二月），由王添灯主辦。 二月二十日《中華日報》創刊。龍

一九四六		夏天中共建立「臺灣省工作委員會」，中共地下黨在臺灣進行反國民黨的地下鬥爭。	一月《人民導報》創刊（一九四六年一月至一九四七年二月），由王添灯主辦。 二月二十日《中華日報》創刊。龍瑛宗擔任日文版文藝欄主編，直至十月二十五日行政長官公署正式宣布廢除報紙日文版文藝欄（二月至十月）。 七月《臺灣評論》創刊（一九四六年七月至十月），李純青主編。 九月《臺灣文化》創刊（一九四六年九月至一九四七年二月），由蘇新主編。
一九四七		一月一日臺灣行政長官公署公布《臺灣省公有耕地放租辦法》。 二二八事件爆發。 三月二日謝雪紅在臺中號召民眾，攻占臺中警局與公賣局臺中分局。後成立著名的「二七部隊」，與國民黨軍對抗，十二日退守至埔里，預備在山裡進行游擊戰，但未成功。謝雪紅於五月輾轉至香港再到中國，終生未再返臺。	八月，《臺灣新生報》增闢橋副刊，由歌雷主編。發刊於一九四七年八月一日至一九四九年四月十一日為止，總共出刊了二二三期。 十月《自立晚報》創刊，最初由大陸報人顧培根、首任發行人周莊伯等人創辦。
一九四八	五月吳濁流〈波茨坦科長〉首次以日文〈ポツダム科長〉於臺北學友書局出版。	五月十日《動員戡亂時期臨時條款》公布實施。	
一九四九		四月一日國共雙方在北京進行和談，南京一共十一所專科學校包括中央大學、金陵大學、政治大學與戲劇專科學校等，超過五千人向代總統李宗仁請願，當時南京已經進行戒嚴狀	四月十一日《臺灣新生報》橋副刊因「四六事件」，主編歌雷與多位執筆作家如楊逵遭到逮補，橋副

		態，學生遊行至光華門，與國防部軍官收容總隊產生衝突，雙方互毆，有學生被毆打送醫不治，是為「四一慘案」。 臺灣發生「四六事件」。起因於三月二十日晚上臺大與師院兩學生單車雙載遭第四分局（今大安分局）警察取締，後引發三月下旬一連串學生罷課事件。臺灣省主席兼警備總司令陳誠下令壓制學生運動，於四月六日凌晨逮捕臺大、省立師範學院（今臺灣師範大學）學生三百多位，其中遭起訴的一共十九位。其後又以各種罪名「二度逮捕」事件當時未被起訴的學生。 五月十九日由臺灣省主席兼警備總司令陳誠頒布戒嚴令，於隔日開始實施。 五月二十四日《懲治叛亂條例》公布，六月二十一日施行。 八月中共地下黨因「光明報事件」曝光，情治機關開始追緝地下黨員，開啟五〇年代初期白色恐怖。後來殘餘勢力分別轉進鹿窟與桃竹苗山區，一九五三年才覆亡。 十二月七日國民政府遷往臺北。	刊被迫停刊。 十一月胡適、雷震等人創刊《自由中國》。
一九五〇		六月十三日《戡亂時期檢肅匪諜條例》公布施行。 六月十五日教育部頒布《戡亂建國實施綱要》，以「三民主義」教育為授課核心。 六月二十五日韓戰爆發，美軍介入臺海，國共內戰情勢凍結。	二月《中國時報》由余紀忠創辦，原為《徵信新聞》，於一九五五年創刊人間副刊，一九六一年更名《徵信新聞報》，一九六八年九月一日正式更名為《中國時報》。 九月五日《民眾日報》由李瑞標於基隆創立，後由李哲朗擔任董事長，於一九七八年將報社遷往高雄。與《臺灣時報》、《臺灣新聞報》並稱「南臺灣三大報」。

一九五一		一九五一年至一九六五年，臺灣進入「美援時代」。 五月十七日第一批政治犯被押至火燒島，警備總部「新生訓導處」在火燒島成立。 六月七日國民黨政府公布《耕地三七五減租條例》。 柯旗化（1929.1.1～2002.1.16） 一九五一年七月三十一日被捕，被認定思想左傾。一九五一至五三年、一九六一至七六年，兩度入獄且在綠島服刑多年。一九六〇年出版《新英文法》，再版一百四十三版，成為維繫家庭經濟的重要來源。 葉石濤（1925.11.1～2008.12.11） 九月二十日被保密局逮捕，後遭判「知匪不報」處有期徒刑五年，被關三年後減刑出獄。	九月十六日由王惕吾創立《聯合報》。一九五三年十一月由林海音接任《聯合報》副刊主編。
一九五二		十二月二十九日凌晨軍警包圍鹿窟，逮捕因疑為中共支持的武裝基地之成員，時間前後長達四個月，牽連兩百多人，經判決死刑者三十五人，有期徒刑者百人。「鹿窟事件」是一九五〇年代最大的政治事件。	
一九五三		一月二十六日國民黨政府公布《實施耕者有其田條例》。	
一九五四		完成從高中到專科學校的軍訓教育實施，軍訓教官進駐校園。	二月皇冠文化出版公司成立，創辦人為平鑫濤。 三月《幼獅文藝》創刊，由馮放民、鄧綏甯、瘂弦與朱橋等人所拓展。
一九五五	八月至十一月邱永漢〈香港〉首次發表於日本《大眾文藝》，並於同年獲直木賞。中文版本一九九六年		

	由允晨文化出版。		
一九六〇		九月四日警備總部以涉嫌叛亂，逮捕雷震等人，是為「雷震案」。	九月《自由中國》被勒令停刊。
一九六一		施明正（1935.12.25～1988.8.22）因胞弟施明德「叛亂」案受牽連而入獄，在獄中開始寫作。於一九六五年出獄。一九八八年絕食聲援胞弟施明德四個多月，導致心肺衰竭致死。	
一九六四			四月，吳濁流獨資創刊《臺灣文藝》。
一九六八		臺灣警備總司令軍法處及國防部軍法局的所屬單位和看守所遷入軍法學校舊址，通稱「景美軍法看守所」，為現今「景美人權文化園區」的前身。	
一九七〇		二月八日發生「泰源事件」，部分政治犯與泰源監獄分駐軍共謀發動的監獄革命，受鎮壓而失敗。	
一九七一		七月九日，時任美國總統安全事務助理季辛吉前往巴基斯坦後，祕密轉訪中國。 十月二十六日由時任中華民國總統蔣介石宣布臺灣退出聯合國。 釣魚臺問題引發留美學生抗議示威，是為「保釣運動」。	八月二十五日《臺灣時報》創立，吳基福為首任董事長，夏曉華為首任發行人。總社位於高雄。
一九七二	十二月二十日至三十一日黃春明〈蘋果的滋味〉首次發表於《中國時報》人間副刊。	國民黨政府在火燒島興建的「綠洲山莊」落成，將泰源監獄與各軍事監獄的政治犯集中關押至「綠洲山莊」，避免類似泰源事件的反抗再發生。	
一九七三		十一月，行政院長蔣經國提出未來五年要進行九大建設，後改稱十大建設。	

一九七四			三月沈登恩等人創立遠景出版社。
一九七五		四月五日蔣介石過世。公布罪犯減刑條例，部分政治犯因此減刑出獄。	八月《臺灣政論》被勒令永久停刊，發行人為黃信介，共發行五期，十二月停刊。 九月遠流出版社成立，創辦人王榮文，一九八一年二月改組為遠流出版事業股份有限公司。
一九七六	劉大任完稿《浮游群落》，先後於香港《七十年代》、紐約《新土》和臺北《亞洲人》雜誌等連載，一九八二年由香港臻善首次出版《浮游群落》，臺灣則由遠景一九八五年出版。 十二月二十六日陳若曦〈老人〉首次發表於《聯合報》副刊。		
一九七七		十一月十九日爆發「中壢事件」。國民黨於桃園縣長選舉中作票，致許信良落選，引發群眾不滿，包圍桃園縣警察局，造成警民衝突。	
一九七八	十月二十五日宋澤萊〈糶穀日記〉首次發表於《福爾摩沙的明天》，前衛叢刊第二期。	八月前高雄縣長余登發與其子余瑞言涉嫌匪諜案被捕，黨外人士抨擊政府的逮捕行動是為了阻止黨外運動進行全國性串聯。 十二月十六日，美國宣布與中國建交，與臺灣斷交，並廢止《中美共同防禦條約》，於一九八〇年一月一日起生效。美國改通過《臺灣關係法》，一九七九年一月一日生效。	

一九七九	黃凡〈賴索〉獲第二屆時報文學獎首獎，此為黃凡第一篇發表的作品。	一月二十二日黨外運動領袖許信良、黃信介等人在余登發的故鄉橋頭組織民眾示威，要求釋放余登發父子，是為「橋頭事件」。余登發父子在事後被釋放，而時任桃園縣長許信良遭臺灣省政府停職。 十二月十日國際人權日，當天美麗島雜誌社成員在高雄市組織群眾進行的遊行與演講，遭不明人士挑釁，鎮暴部隊繼之與群眾爆發衝突，是為「美麗島事件」。 十二月十三日起林義雄、林弘宣、呂秀蓮、施明德、黃信介、姚嘉文、陳菊、張俊宏、蘇秋鎮、紀萬生、魏廷朝等人因美麗島事件而陸續遭逮捕。	七月許信良應黃信介之聘擔任美麗島雜誌社社長，呂秀蓮擔任副社長，張俊宏任總編輯，八月《美麗島》雜誌創刊，同年十二月被勒令停刊。
一九八〇	三月東年《去年冬天》完稿；一九八三年三月八日起於紐約《世界日報》連載；一九九五年於聯合文學出版。 十二月施明正〈渴死者〉首次發表於《臺灣文藝》革新號十七期（七十期）。	二月二十八日林宅血案[1]，林義雄母親遭殺害，他的女兒兩死一重傷。 三月十八日起美麗島案件開始進行九天的軍事審訊，被稱為「美麗島大審」。	四月《自由時報》創立，原名《自由日報》。原為吳阿明所創，後轉予林榮三。其前身為一九四六年《臺東導報》，歷經多次轉手與更名，一九六一年《臺東新報》至《遠東日報》；一九七八年《自強日報》；一九八七年正式更名《自由時報》。
一九八一		七月二日旅美學人陳文成因金援美麗島雜誌社而遭警備總部約談，隔日陳文成陳屍臺大校園。[2]	
一九八二	十月李喬〈告密者〉首次發表於《文學界》第四期，收錄於一九八三年《臺灣政治小說選》。 十二月施明正〈喝尿者〉首次發表於《臺灣文藝》革新號二十五期（七十八期）。		一月《文學界》創刊，由葉石濤為首的南臺灣藝文界人士所創辦。 九月前衛出版社成立，負責人林文欽。

一九八三	九月十七日至十八日平路〈玉米田之死〉首次發表於《聯合報》副刊。		七月《文訊》創刊。第一任總編輯為文工會黨工孫起明，一九八四年底由學者李瑞騰接任，一九九二年由封德屏擔任至今。 李喬、高天生合編《臺灣政治小說選》，開拓八〇年代「政治小說」的議論層面。
一九八四	七月二十一日至三十日郭松棻〈月印〉首次發表於《中國時報》人間副刊。	六月、七月、十月在土城海山煤礦、三峽海山一坑、瑞芳煤山煤礦發生重大礦災，造成至少兩百七十人死亡。 十月十五日華裔美籍作家劉宜良在舊金山遭槍殺，凶手是中華民國國防部情報局僱用的黑道分子陳啟禮、吳敦與董桂森，美國聯邦政府對此案展開調查，是為「江南案」。 十二月臺灣原住民權利促進會成立，向國民黨政府提出「正名」要求，此後展開長達十一年的原住民正名請願運動，內容包含修改「山地同胞」的稱呼，也要求回復部落傳統姓名使用以及恢復地方命名等。	十一月《聯合文學》創刊。
一九八五	十一月吳錦發〈消失的男性〉首次發表於《文學界》十六期。		十一月《人間》雜誌創刊，發行人為陳映真。
一九八六	一月五日至七日李渝〈夜琴〉首次發表於《中國時報》人間副刊。 一九八六年林雙不〈臺灣人五誡〉收錄於《決戰星期五》，前衛出版。	一月二十五日發生「湯英伸案」。鄒族青年湯英伸因被雇主扣留身分證，並超時工作，在酒後殺害了雇主夫婦以及一名兩歲女兒，此事件引發社會關注原住民地位與勞動的結構性問題。 九月二十八日民進黨成立，其行動綱領包含「定二二八為和平日」與「公布二二八真相」。	九月一日由宋澤萊、王世勛、吳晟、林雙不、林文欽、豐原三民書局負責人利錦祥與記者高天生等人出資創辦《臺灣新文化》，內容含括臺灣社會當時的各種議題，如「新文化評論」、「反對運動」、「農民運動」、「勞工運動」、「新思潮譯介」、「臺灣文學」等，共發行二十

			期，維持一年八個月的營運。
一九八七	七月十五日楊青矗〈李秋乾覆C．T．情書〉出自《給臺灣的情書》，敦理出版，初版為一九八七年三月一日，書名為《覆李昂的情書》，七月再版時更名。 十月苦苓〈黑衣先生傳〉首次發表於《臺灣新文化》第十三期，收錄於一九八八年《外省故鄉》，希代出版。	一月十日，婦女運動團體、人權團體、宗教團體與政治團體等三十個民間單位，到龍山寺與華西街示威遊行靜坐，以「彩虹專案」為名，聯合發表聲明「反對販賣人口——關懷雛妓」，為「販賣人口與山地雛妓」發聲。此為社運團體首次以關懷雛妓問題走上街頭。 二月四日，鄭南榕、陳永興、李勝雄等人成立「二二八和平日促進會」，發起「二二八公義和平運動」。 七月十五日蔣經國總統宣布解除「臺灣省戒嚴令」。 十月十四日將經國總統於國民黨中常會通過大陸探親決議案；十一月二日由紅十字會正式受理探親登記與信函轉投。第一天登記人數高達一三三四人，開放六個月內，登記人數高達十四萬人。 「原住民權利促進會」更名為「原住民族權利促進會」，除卻恢復傳統姓氏與正名運動，尚展開一連串「原住民族運動」，包括打破吳鳳神話、反核運動、還我土地運動及自治訴求運動。	六月聯合文學出版社成立，發行人張寶琴。
一九八八	林央敏〈男女關係正常化〉收錄於《大統領千秋》，前衛出版，一九八七年三月二十二日完稿。 五月二十二日葉石濤〈吃豬皮的日子〉首次發表於《臺灣時報》。	一月十三日蔣經國過世。 二月，蘭嶼達悟族人組織「雅美青年聯誼會」，發起「二二〇驅逐惡靈」反核廢料運動。 五月二十日由雲林縣農權會主導下，帶領南部農民前往臺北請願，主要訴求內容有全面辦理農保及農眷保、降低肥料售價、增加稻米收購價格與面積、廢除農會總幹事遴選、改革農田水利會、成立農業部與農地自由使用。是臺灣解嚴後大規模的農民運動，是為「五二〇事件」。	一月報禁解除，報紙增為六大張。 一月二十一日《自立早報》創立，是臺灣解除報禁後第一份新辦日刊綜合性報紙。 晨星出版公司成立於臺中，負責人吳怡芬。

		原權會結合原運團體與臺灣基督教長老教會組成「臺灣原住民還我土地運動聯盟」，號召首次「還我土地運動」，至一九九三年止，共發起三波還我土地運動。 九月，原權會、原住民大專生及長老教會原住民牧者等，前往嘉義火車站吳鳳銅像前抗議，訴求「打破吳鳳神話」，並拉倒銅像，引發一連串衝突。	
一九八九	三月二十日葉石濤〈鹿窟哀歌〉首次發表於《臺灣時報》。 七月二日葉石濤〈邂逅〉首次發表於《自由時報》。 八月十二日葉石濤〈約談〉首次發表於《自立早報》。	四月七日，鄭南榕於《自由時代周刊》總編輯室自焚。 六月四日中國北京天安門廣場發生六四事件。 八月十九日首座二二八紀念碑在嘉義落成。	
一九九〇	五月十日至十一日瓦歷斯・諾幹〈都是銅像惹的禍〉首次發表於《民眾日報》。 十一月二十八日至三十日朱天心〈從前從前有個浦島太郎〉首次發表於《中國時報》人間副刊。	二月二十八日立法院首次為二二八受難者默哀，新版的高中歷史教科書首次提到二二八事件。五月二十日李登輝總統指示成立「二二八事件專案小組」。 三月十六日至三月二十二臺灣各地學生集結於中正紀念堂（今自由廣場）發起靜坐抗議，要求「解散國民大會」、「廢除臨時條款」、「召開國是會議」與「提出民主改革時間表」等訴求，是為「野百合學運」。 十月劉宜良（江南）的遺孀崔蓉芝與中華民國政府在美國達成庭外和解，中華民國政府賠償崔蓉芝一百四十五萬美元。	
一九九一	十二月舞鶴〈逃兵二哥〉首次發表於《文學臺灣》創刊號。	二月花蓮地方法院林火炎因被告稱自己為原住民，故判決書上首度以「原住民」稱呼山胞。	十二月《文學臺灣》季刊創刊。為九〇年代本土文學與本土論述的重要據點。

		五月一日《動員戡亂時期臨時條款》廢止。 五月九日發生「獨臺會案」。調查局幹員進入清華大學逮捕歷史研究所碩士廖偉程、文史工作者陳正然、民進黨黨員王秀惠與傳道士林銀福，指控他們受史明支持，在臺灣建立「獨立臺灣會」。 五月二十日「獨臺會案」引發萬人大遊行，提出「撤除思想警察」、「揮別白色恐怖」主張，迫使立法院在七天內先後廢止《懲治叛亂條例》和《戡亂時期檢肅匪諜條例》。	
一九九二	拓拔斯・塔瑪匹瑪（漢名田雅各）〈尋找名字〉收錄於《情人與妓女》，晨星出版。	二月二十日行政院公布《二二八事件研究報告》。 三月十四日與四月三十日，原運團體前往陽明山中山樓向國民大會抗議要求正名。 五月，繼「反政治迫害聯盟」而起的「一百行動聯盟」經過多月抗爭，迫使立法院修法，廢除以思想言論治人於罪的刑法第一百條。	
一九九三	七月五日蔣曉雲〈回家〉以〈楊敬遠回家〉首次發表於《聯合報》副刊，後二〇〇九年改寫成〈回家〉，收錄於二〇一一年《桃花井》，印刻出版。	五月二十八日曾梅蘭先生偶然發現六張犁白色恐怖受難人的亂葬崗。 七月二十五日臺灣政治受難者聯誼會成立「白色恐怖時代受難平反權益委員會」。 八月四日，民進黨出面邀集聯誼總會、互助會、臺權會、政治受難老兵聯盟等團體，在臺大校友會館舉行「白色恐怖案件平反委員會」成立大會。	
一九九四		二月二十五日監察院通過監察委員黃越欽和張德銘的「陳文成命案死因」覆查申請之提案，這是監察院重新調查案件的首例。	二月二十日「行政院二二八事件研究小組」的研究報告《二二八事件研究報告》由時報出版。

		八月一日國民大會修憲將憲法增修條文之「山胞」，改成「原住民」。	
一九九五		一月二十八日總統公布《戒嚴時期人民受損權利回復條例》。 二月二十八日臺北新公園二二八紀念碑落成；落成典禮上，李登輝總統正式公開向受難者及家屬道歉。 四月七日《二二八事件處理及補償條例》開始實施。 十月二十一日「二二八事件紀念基金會」成立，十二月十八日開始受理受難者申請補償案件。 修訂《姓名條例》第一條，原住民可以恢復傳統姓名。於二〇〇一年與二〇〇三年再修正條文，讓原住民有多種注記姓名的方式。並將「原住民因改漢姓造成家族姓氏誤植」列為改姓要件之一，匡正過去草率賦姓的錯誤。	
一九九六		二月二十八日二二八和平紀念日在臺北新公園正式揭碑，市長陳水扁將臺北新公園改名為「二二八和平紀念公園」。 三月，第一次總統直選。	
一九九七		七月二十一日國民大會修憲將憲法增修條文之「原住民」修正為「原住民族」。 九月二十六日政治受難者在臺大校友會館集會，成立以平反為宗旨的「五〇年代白色恐怖案件平反促進會」，推動白色恐怖的平反與補償立法。	
一九九八		總統公布《戒嚴時期不當叛亂暨匪諜審判案件補償條例》。	

一九九九		四月一日「戒嚴時期不當叛亂暨匪諜審判案件補償基金會」會務開始運作。 九月二十一日發生規模七點三大地震。十多個縣市共兩千多人喪生，逾十萬戶房屋倒塌，災損總計超過三千五百億元。 十二月十日以鄭南榕自焚廣場「自由時代雜誌社」為址的「鄭南榕紀念館」啟用。 十二月十日「綠島人權紀念碑」落成。	
二〇〇〇	李昂〈虎姑婆〉收錄於《自傳の小說》，皇冠出版。	臺灣第一次政黨輪替。 八月二十五日「馬場町紀念公園」落成。 十二月二十九日「鹿窟事件紀念碑」落成。	
二〇〇一		二月二十三日行政院核定綠島的軍事監獄與相關建物劃入「綠島人權紀念園區」。	
二〇〇二		七月二十九日制定《二二八事件受難者及其家屬申請回復名譽作業要點》。 十二月十日世界人權日綠島人權紀念園區與景美人權紀念園區正式啟用，景美人權紀念園區登錄為歷史建築。其間，兩個園區歷經三次更名。[3]	二月《臺灣監獄島：柯旗化回憶錄》中文版由柯旗化長子柯志明彙整修訂後出版。
二〇〇三	六月瓦歷斯・諾幹〈櫻花鉤吻鮭〉首次發表於《幼獅文藝》五九四期。 九月楊照〈一九八九・圳上的血凍〉首次發表於《印刻文學生活誌》創刊號。	一月十一日臺北市六張犁「戒嚴時期政治受難者紀念公園」落成。 十一月二十一日公布《戒嚴時期不當叛亂暨匪諜審判案件受裁判者及其家屬申請回復名譽作業要點》。	四月印刻文學生活雜誌公司成立，負責人為張書銘，八月《印刻文學生活誌》出版創刊前號。

二〇〇四	八月十九日瓦歷斯・諾幹〈遺失的拼圖〉首次發表於《聯合報》副刊。		
二〇〇五	十月陳恒三〈浦尾的春天〉首次發表於《文學臺灣》五十六期。	六月廢除國民大會。 七月三十一日國防部公布「清查戒嚴時期叛亂暨匪諜審判案件專案」，一九四五年至一九九四年間約有一六一三二人次的政治案件。	
二〇〇六			二二八紀念基金會出版《二二八事件責任歸屬研究報告》。
二〇〇七		二月二十八日「二二八國家紀念館」掛牌，二〇一一年二月二十八日「二二八國家紀念館」開館營運。 十二月民間人士因為政府的不作為而自立組織，成立「臺灣民間真相與和解促進會」。	
二〇〇八	三月賴香吟〈暮色將至〉首次發表於《印刻文學生活誌》。		
二〇〇九		八月莫拉克風災，共造成六百餘人死亡，近二十人失蹤。	
二〇一〇		文建會（今文化部）主委盛治仁宣布，未來組織改造後將設置「國家人權博物館」。此回應了臺灣民間真相與和解促進會發起的連署要求。	九月《獄中家書：柯旗化坐監書信集》由謝仕淵編撰，國立臺灣歷史博物館出版。
二〇一一		七月十四日「國家檔案內含政治受難者私人文書申請返還要點」生效實施，檔案管理局依此點清查出一百七十七份政治受難者的私人文書，目前正陸續通知家屬領回中。 十二月十日「國家人權博物館」籌備處掛牌成立，管理綠島、景美人權文化園區。	

二〇一四	藍博洲《臺北戀人》於印刻出版。	三月十八日至四月十日，由臺灣學生與公民團體共同發起社會運動，占領立法院議場，反對國民黨單方面決議通過《海峽兩岸服務貿易協議》。是為「三一八學運」。 九月八日「戒嚴時期不當叛亂暨匪諜審判案件補償基金會」結束運作，總受理案件為一萬零六十二件。	
二〇一五		因一〇三課綱將白色恐怖自公民與社會科課綱刪除，改成概括性的人權侵害說明，引發爭議。	二月真促會與衛城出版合作出版《無法送達的遺書》。 十月真促會與衛城出版合作出版《記憶與遺忘的鬥爭：臺灣轉型正義階段報告》共三卷。
二〇一七	黃崇凱〈狄克森片語〉收錄於《文藝春秋》，衛城出版。		
二〇一八		三月十五日「國家人權博物館」正式成立，兩處園區分別改成「白色恐怖綠島紀念園區」與「白色恐怖景美紀念園區」。 五月三十一日促進轉型正義委員會成立。	

參考來源：

《PeoPo 公民新聞》，林羿萱〈訴說「原」委——臺灣原住民議題與運動回顧〉：https://www.pe〇p〇.〇rg/news/249697
中華日報新聞網：http://cdns.c〇m.tw/news.php?n_id=1&nc_id=62499
《民報》，邱萬興〈紀念二十九年前，臺灣史上首次關懷雛妓運動〉：https://www.pe〇plenews.tw/news/e4e91a38-d879-4c3b-99ef-f566f5bd664e
胡慕情《黏土》（新北市：衛城出版，二〇一五）。
國立臺灣文學館：https://www.nmtl.g〇v.tw/
陳芳明，《臺灣新文學史》（臺北：聯經出版，二〇一一）。
臺灣大百科全書：http://nrch.culture.tw/twpedia.aspx?id=11168
臺灣民間真相與和解促進會，《記憶與遺忘的鬥爭：臺灣轉型正義階段報告》（新北市：衛城出版，二〇一五）。
臺灣社會人文電子影音數位博物館計畫〈原住民運動到原住民族運動〉：http://pr〇j1.sinica.edu.tw/~vide〇/main/pe〇ple/5-tribe/tribe3-all.html
《觀察》：https://www.〇bserver-taipei.c〇m/article.php?id=1697

注釋：

1 一九九六年九月當選監察委員的江鵬堅啟動調查林宅血案。二〇〇九年三月馬英九政府表態願意重啟調查林宅血案與陳文成案，高等法院檢察署顏大和檢察長，針對林宅血案和陳文成案，成立「重啟調查專案小組」。二〇一八年促轉會成立後重啟調查，本次調查以檢視政府在兩案中所扮演的角色為核心。

2 一九九三年十月「臺美文化交流基金會」（「陳文成基金會」前身）獲得蔡同榮立委等人協助，在立法院舉辦陳文成博士死因公聽會。一九九四年二月二日公聽會，促使檢警單位不得不承認此案朝他殺方向調查。一九九七年一月臺北地檢署在監察院要求下，宣布組成陳文成專案小組，重啟調查，但旋無音訊。二〇〇九年三月馬英九政府表態願意重啟調查林宅血案與陳文成案，高等法院檢察署顏大和檢察長，針對林宅血案和陳文成案，成立「重啟調查專案小組」。七月二十八日臺北地檢署對陳文成案全部被告作成不起訴處分，理由仍係推測陳文成死因為意外自高處落下。八月十日陳文成家屬依法對不起訴處分聲請再議，臺北地檢署函覆，指出審核後認定再議並無理由。二〇一二年六月陳文成的師友、人本基金會、陳文成基金會、臺大學生會與研究生協會等發起活動，要求在臺大校園陳文成陳屍處立碑，也在校務會議正式提案討論。二〇一四年臺大校務會議原則性通過提案，將該地點命名為「陳文成紀念廣場」。二〇一五年三月二十一臺大校務會議正式通過，將此地點命名為「陳文成事件紀念廣場」。二〇一八年促轉會成立後重啟調查，本次調查以檢視政府在兩案中所扮演的角色為核心。

3 二〇〇六年十月「綠島人權紀念園區」更名為「綠島文化園區」。二〇〇五年六月二十一日行政院將景美軍法看守所定名為「動員戡亂時期軍法審判紀念園區」，十一月三日更名為「戒嚴時期軍法審判紀念園區」。二〇〇八年一月二十三日更名為「景美人權園區」。二〇〇九年二月二十四日「景美人權園區」更名為「景美文化園區」；四月二十九日政治受難者與臺灣民間真相與和解促進會、外臺會、臺權會等民間團體齊聚在文建會外抗議，反對將「景美人權園區」改名與變更用途。最後於六月二十四日分別更名為「綠島人權文化園區」與「景美人權文化園區」。

春山文藝 005

國家人權博物館白色恐怖文學系列

讓過去成為此刻：臺灣白色恐怖小說選

卷二　眾聲歸來

合作出版——國家人權博物館
春山出版

主　編——胡淑雯、童偉格
作　者——朱天心、李昂、楊照、藍博洲、陳垣三、黃凡、東年、黃崇凱

國家人權博物館
發 行 人——洪世芳
專案執行——詹嘉慧、田芷芸
地　址——二三一五〇新北市新店區復興路一三一號
電　話——〇二-二二一八-二四三八

春山出版
總 編 輯——莊瑞琳
顧　問——黃長玲、黃丞儀、林傳凱、丁名慶
協力編輯——王偉綱、陳文琳、翁蓓玉、黃頌婷
打　字——陳文琳、翁蓓玉、黃頌婷、林姵君
行銷企畫——甘彩蓉
封面與內頁設計——王小美
內文排版——張瑜卿
法律顧問——鵬耀法律事務所戴智權律師
地　址——一一六臺北市文山區羅斯福路六段二九七號十樓
電　話——〇二-二九三一-八一七一・傳　真——〇二-八六六三-八二三三
總 經 銷——時報文化出版企業股份有限公司
地　址——桃園市龜山區萬壽路二段三五一號
電　話——〇二-二三〇六-六八四二
製　版——瑞豐電腦製版印刷股份有限公司
印　刷——搖籃本文化事業有限公司
初版一刷——二〇二〇年一月
初版三刷——二〇二三年三月
定　價——三八〇元

國家圖書館出版品預行編目資料

讓過去成為此刻：臺灣白色恐怖小說選，卷二　眾聲歸來
／朱天心等著；胡淑雯，童偉格主編.
－－初版.－－臺北市：春山出版，2020.01
面；公分.－－(春山文藝；05)
ISBN　978-986-98497-9-1（平裝）

863.57　　108022600

GPN:1010900143

春山 出版

EMAIL SpringHillPublishing@gmail.com
FACEBOOK www.facebook.com/springhillpublishing/

填寫本書線上回函

From Interest to Taste

以文藝入魂